那天,我帶著十一份資料,走向我認識的設計師住的公寓。

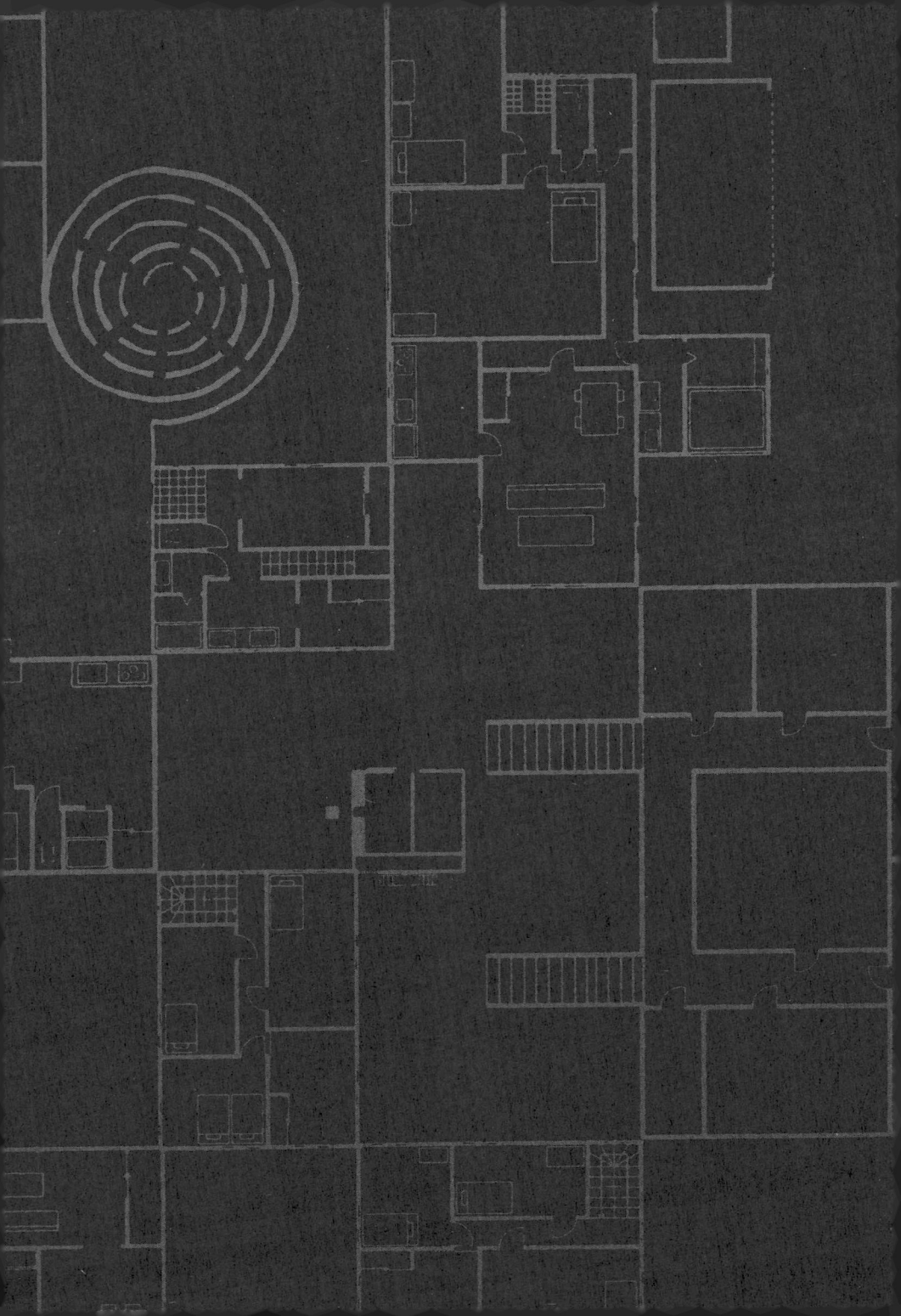

詭屋 2

変な家

11張平面圖

Uketsu
雨穴

丁世佳 譯

兩年前，我寫了一本叫做《詭屋》的小說。

一張奇妙的房屋平面圖，建造那棟房屋的理由，以及在那裡發生的恐怖事件，那是我和設計師朋友一起調查的敘事記錄小說。

《詭屋》有幸獲得大家的喜愛，收到許多讀者回饋，同時得到了很多跟「房屋」有關的各種情報。

「我看了書。其實我家的房間佈局也很奇怪。」

「以前我去阿嬤家玩的時候，沒有人的空房間發出奇怪的聲音。」

「我曾經住過一家民宿，那裡有一根很詭異的柱子。」

「詭屋」遍佈全國各地，超乎大家的想像。

因此這本書就是調查了那些「詭屋」之中的十一間蒐集到的資料。一眼望去每一份資料看起來像是毫無關係。但是仔細閱讀的話，就會發現一個**關聯**。

那麼，請您一面閱讀一面推理吧。

目錄

資料① 沒有目的地的走廊 …… 008

資料② 孕育黑暗的房子 …… 047

資料③ 森林中的水車小屋 …… 074

資料④ 捕鼠之家 …… 092

資料⑤ 凶宅就在這裡 …… 118

資料⑥ 重生之館 …… 151

資料⑦　叔叔的家 ……	172
資料⑧　連接房間的紙杯電話 ……	186
資料⑨　朝殺人現場而去的腳步聲 ……	209
資料⑩　無法逃脫的公寓 ……	228
資料⑪　只出現一次的房間 ……	247
栗原的推理 ……	282

資料①
沒有目的地的走廊

2022年6月10日和17日
根岸彌生小姐的採訪及調查紀錄

那天，我去了富山縣的一家咖啡店。坐在我桌子對面的是一位女性。她的名字是根岸彌生。她跟我住在同一個縣市，是個三十來歲兼職工作者。根岸女士之所以跟我見面，契機是她的孩子。

根岸女士的兒子和樹，馬上就要七歲了。有一天他從小學的圖書館借了一本《詭屋》的單行本，因為他覺得封面的平面圖很有趣。

但是他才剛剛開始學漢字，閱讀成年人的書籍很困難，所以讓母親讀給他聽。根岸女士以「每天一次，睡覺前讀十分鐘」為條件，答應每天晚上在床邊讀書給他聽。隨著閱讀進展，她想起了兒時的記憶。那是她埋藏在心底，讓人不快又有點陰森的回憶。

根岸　我老家的房子，有一個很奇怪的地方。

但是老家很久以前就拆掉了，我現在的生活很忙碌，沒有時間回憶以前的事⋯⋯應該說，我想忘記它。但是，隨著閱讀那本書，我漸漸想起了老家，和**我母親的事**⋯⋯

說出「母親的事」四個字的時候，根岸女士的表情明顯地變得陰沉。

根岸　從那時起，不管是做家事，還是打工的時候，腦子裡都一直想著那件事⋯⋯然後我想，如果跟那本書的作者聊一聊，或許能改變什麼，於是就聯絡了出版社。話雖如此，我也並不是期待要解明真相什麼的⋯⋯總之就是想跟人傾訴一下，好讓自己逃離過去的枷鎖吧。給您添麻煩了，真是不好意思。

筆者　不用客氣，並不麻煩。自從那本書出版之後，很多人跟我說過關於「平面圖」的故事，現在我的工作已經變成「蒐集奇怪的房屋平面圖」了。這次也是，因此完全不麻煩，不如說正好符合我的興趣。要是這能讓根岸女士您心裡輕鬆一點，可以說是一舉兩得。

根岸　光是聽您這麼說，我就已經輕鬆多了。

根岸女士從包包裡拿出筆記本，在桌上攤開。筆記本上有一張手繪的平面圖，看得出好幾處橡皮擦修改的痕跡。她說是慢慢回想起模糊的記憶，修改了幾次。

根岸 我的老家在富山縣高岡市的住宅區，是獨棟的平房。

※筆者根據根岸女士草圖整理的平面圖

住起來沒有什麼不方便的地方，但是只有**這裡**，怎麼想都覺得奇怪……我從小就這麼覺得了。

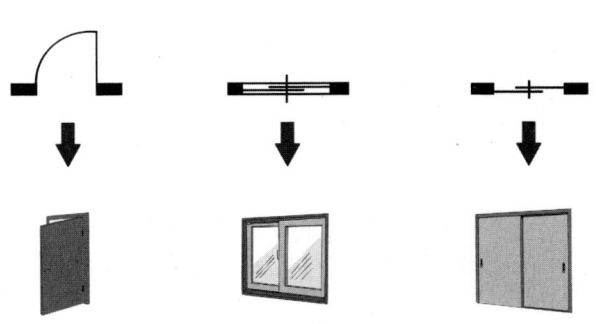

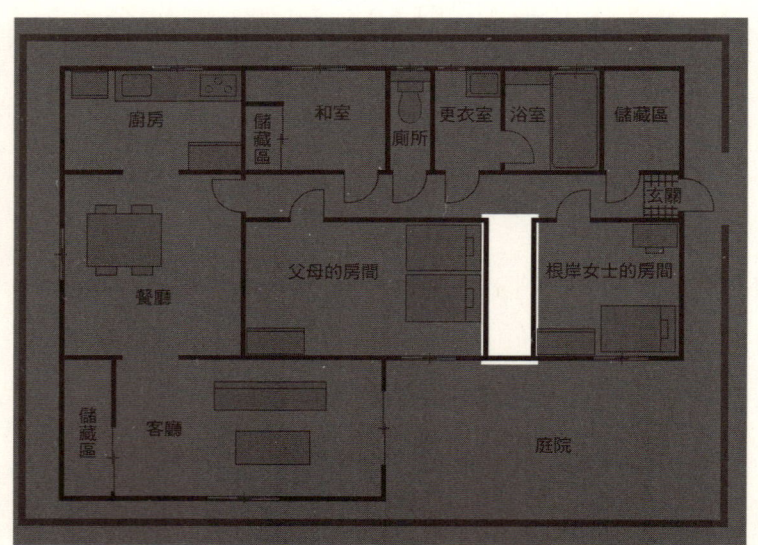

她指向平面圖上的一個地方。

根岸　您不覺得這條走廊**沒有必要**嗎？

筆者　沒有必要……？

根岸　它並沒有通往任何地方啊。這條走廊哪裡都去不了。要是沒有這條走廊，我跟我爸媽的房間應該都會更寬敞。為什麼要製造這種沒有用的空間呢？我一直覺得很不可思議。

這麼說來，確實是很奇特的空間。以儲藏空間來說太狹長了，也沒有門或是窗戶。「沒有目的地的走廊」……只能這麼稱呼了。

根岸　以前我曾經問過我父親一次。「這條走廊是做什麼用的啊？」那個時候我父親不知道為什麼好像很焦慮，強行改變話題。我的問題被無視，覺得很不甘心，就抱怨了一下，執拗地問「這條走廊到底是怎樣啊？」。我父親平時很寵我，通常這種時候會順著我的，但只有那時堅持不肯讓步，一直到最後都不告訴我為什麼。

筆者　令尊當初一直不想談這條走廊，是不是有什麼不方便說的原因？

根岸　我覺得有。老家的設計是我爸媽跟建築公司的人討論過才建造的，所以父親不可能

013 ｜ 資料① 沒有目的地的走廊

什麼都不知道。既然如此還不肯跟我說……我懷疑應該是有什麼隱情。

筆者　那麼令堂怎麼說呢？

根岸　我沒有問過母親。或許應該說……沒辦法開口問。我們不是那種可以隨口問這種事情的關係。

提到母親，根岸女士的表情又黯淡下來。

我從經驗學到，要瞭解一個「家」，不只要理解設計平面圖，還需要深入瞭解住在那裡的「人」。我覺得要解開這個家的謎題，「母親」就是關鍵。

筆者　在您方便的範圍內，可以告訴我關於令堂的事情嗎？

根岸　……好的。

我母親在我父親跟鄰居們看來，就是個普通開朗的人，但只有對我，一直都很嚴厲。如果只是這樣的話，或許可以歸類為「嚴母」，但她看我的眼神，好像在看什麼恐怖的東西一樣……她害怕我……應該這麼說吧。我也覺得她會避開我。總而言之，她對我的態度並不尋常。

筆者　您跟令堂關係惡化，是有什麼原因嗎？

根岸　我不知道。從我懂事時起，就一直是這樣。所以我總覺得是「媽媽討厭我」。但是現在回想起來，事情沒有這麼單純。母親雖然嚴厲，但對我非常過度保護。我是早產兒，從小身體就很虛弱，每天都被關心「妳覺得怎麼樣」，或是「身上有沒有什麼地方會痛」之類的問題。還有就是「有沒有去過大馬路？」。

筆者　大馬路？

根岸　是的。這點也得向您說明一下對吧。

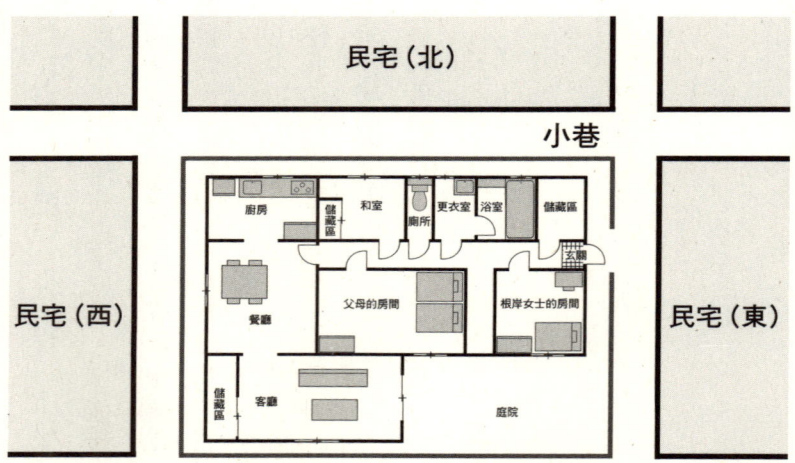

根岸 我的老家南面對著一條大馬路。北、東、西側則是民宅，每棟房子之間都有像小巷一樣的距離。

母親說：「不管發生什麼事，都不能走到大馬路上。」大馬路的人行道確實很狹窄，說危險是有些危險，但我們在鄉下，其實沒有那麼多車輛，我覺得她想太多了。但我要是不聽話就會被怒罵，所以我都照著她的話做。

雖然很嚴厲，但卻又過度保護⋯⋯這樣的態度讓我有種想法。根岸女士的母親，**是不是不知道該怎樣表達對女兒的愛呢？**

世界上確實存在著「不知道該如何愛孩子的父母」。他們都很認真。過於認真，以至於認為「非得盡到為人父母的責任不可」，於是盡全力保護小孩。

然而這種緊張感會傳達給孩子，導致親子無法好好溝通。這樣一來反而會焦慮不安，結果開始逃避孩子。

「父母」這個角色帶來的壓力以「過度保護」和「拒絕」這樣完全不同的形式展現，讓孩子痛苦。要是這樣的話⋯⋯我想到了一個可能。

筆者 根岸女士，聽妳這麼說，我覺得這條走廊或許是令堂提議要這麼建造的吧。

017 ｜ 資料① 沒有目的地的走廊

走廊位於父母的房間和根岸女士的房間之間。換個角度來看，有這條走廊，所以隔開了兩間房間。或許這就是這條走廊的作用吧。

根岸　一面過度保護，想讓孩子留在自己身邊，但同時又想保持距離。這條走廊是在母親的這種矛盾心理下，像「牆壁」一樣的存在也未可知。

根岸　其實我以前也這麼想過。母親是不是想疏遠我。但是這樣想來很奇怪。這棟房子是1990年9月建成的……是我出生之後半年。

> 1990年3月　根岸女士出生
> ←半年
> 1990年9月　房屋落成

根岸　不論怎麼趕工，從設計到落成，都不可能在半年之內完成吧。這樣一來，這條走廊就是**在我出生之前就建造**的。

再怎麼樣，應該都不至於那麼早之前就想疏遠我吧……

的確，不管怎樣都沒有在小孩出生前就想疏遠的父母。

019 ｜ 資料①　沒有目的地的走廊

根岸　不好意思，我應該早點說明的。

筆者　沒事沒事。但是「出生半年之後落成」，應該會是重要的線索。

根岸　是這樣嗎？

筆者　從時間線來看，令尊令堂應該是在知道有了孩子之後，才決定建這棟房子的吧。

這樣一來，就表示這棟房子算是**為了根岸女士而建造的**。這樣的話，這條走廊有可能跟根岸女士的誕生有關。除此之外現在什麼都不好說……要是這樣的話……那我應該跟父母問清楚的。

根岸　……那個，請恕我冒昧，請問令尊令堂現在如何？

筆者　他們倆很久之前就去世了。

根岸女士說了雙親過世的情況。

根岸　那是我小學三年級的冬天時發生的。我們一家三口正在吃飯，母親突然說：「頭好痛啊。」就當場倒下了。我們急忙打了119，但是因為是年尾，救護車都在出任務，過了好久才接受了治療。

檢查的結果是腦中風。

由於根岸女士的母親沒有即時就醫，全身都留下後遺症，在那之後臥病在床。父親辭去工作，在照顧病人的空檔，打著短時間的零工。根岸女士則盡力幫忙家事，但她還是個小學生，能做的事情畢竟有限。父親連覺都沒法睡，每天都過得非常辛苦，日漸憔悴。這種日子持續了兩年。根岸女士十一歲那年，母親因為肺炎去世。在那之後不久，父親也隨之病逝了。根岸女士覺得父親照顧了母親兩年，加上最後無法忍受失去妻子之苦，才會過世。

根岸　後來我被遠房親戚收養。老家賣掉了。買家沒有裝修，我聽說幾年之後，就因為改建公寓而拆掉了。

根岸女士喝了一口咖啡，把杯子喀嗒一聲放回碟子上。

根岸　……父母去世後，我整理遺物，發現兩件出人意料的東西。一件是現金。母親的抽屜裡有一個信封，裡面有六十八張一萬日圓的鈔票。大概是私房錢吧。

筆者　六十八萬日圓啊……存了不少呢。

根岸　母親生病之前，在便當店打工，存這筆錢應該不困難，但我覺得她沒有什麼物欲，因此有點意外。若只是這樣的話，倒也沒什麼……

筆者　還有另外一件呢？

根岸　……是人偶。和室的櫥櫃裡，有一個用報紙包著的木雕人偶。不知道是父親的還是母親的……

筆者　咦……？

根岸　奇怪的是，那個人偶……**斷了一隻手和一條腿。**

筆者　我覺得很不舒服，就扔掉了。但那到底是什麼東西，為什麼那樣斷掉手腳……到現在我還是想不明白。

謎之走廊、母親的態度、六十八萬日圓、斷手斷腳的人偶。完全無法產生關聯的片斷情報，在我腦中轉個不停。

這個時候，「喀嗒喀嗒喀嗒」的聲音讓我回過神來。根岸女士拿著咖啡杯的手微微顫抖，咖啡杯和碟子碰撞發出聲音。

詭屋 2 ｜ 022

筆者　您還好嗎？

根岸　我沒事……不好意思。我突然緊張起來。

筆者　緊張？

根岸　其實……我今天**真正想和您說的事情，現在才要開始**。

* * *

根岸女士看著自己仍舊微微發抖的指尖，小聲地開口。

我父母去世之後，我一直在思考。那棟房子裡到底有什麼秘密。我真的非常非常非常介意，我還閱讀建築相關的書籍，把想到的事情記在筆記本上，這麼多年來我一直想個不停。

最後有一天，我找到了一個答案。

筆者　答案……那麼，謎題解開了嗎？

根岸　……是的。但是我沒有根據，而且，最重要的……要是那個「答案」是正確的，對我來說是非常可怕又悲哀的事……於是我就放棄了。我想忘記。

……但是我忘不了。無論過了多少年，就算我長大成人，結婚生子；但只要想起那個「答案」就非常害怕。光是要說出這件事，就已經緊張到不行……我只想逃避。

她一開始說「總之就是想跟人傾訴一下，好讓自己逃離過去的枷鎖吧」。她所說的「過去的枷鎖」，大概指的就是那個「答案」。

她想透過跟我聊聊，來讓自己輕鬆一點。

筆者　這麼久以來，您一定很難受吧。老實說，根岸女士的「答案」到底對不對，我沒有自信能正確判斷。

但是傾吐一番，應該也能輕鬆許多。您不用急，慢慢說給我聽。

根岸　謝謝。

她清了清嗓子，開始講述。

根岸　我一開始想的都是為什麼要建造一條「沒有目的地的走廊」。但後來我突然想到，這個想法是不是根本就錯了。

那並不是「沒有目的地的走廊」，而是「失去目的地的走廊」吧。

根岸女士拿出原子筆，在平面圖上畫了符號。

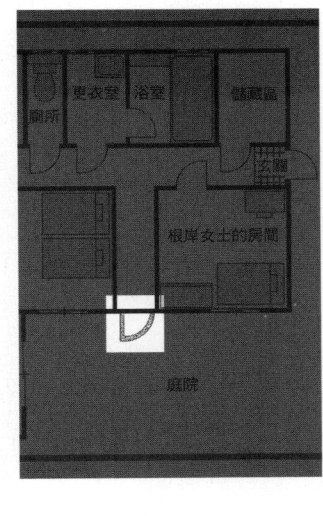

筆者 通往院子的門？

根岸 一開始我是這麼想的。那裡本來應該有一扇門。但是，要去院子的話，客廳有落地窗，也可以從玄關出去。沒有必要特地在這裡開一扇門。

而且，既然建造走廊，只取消了門也太奇怪了。後來，我產生另外一個想法。

她再度握住筆。

025 ｜ 資料① 沒有目的地的走廊

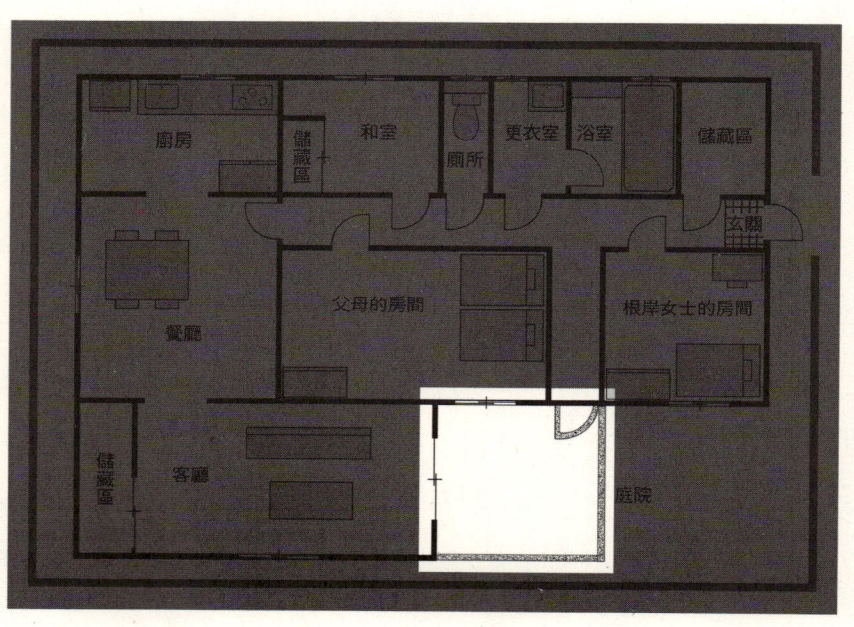

筆者　「房間」嗎？

根岸　在原本的計畫中，**其實打算建造另外一間房間**。這條走廊是前往那個房間的「通道」。但是在動工之前，突然改變計畫，這個房間從藍圖上取消了。結果就只留下這條走廊。

筆者　但是，取消一個房間，是很大的變動呢。

根岸　是的。所以一定發生了不得不這麼做的大事。

筆者　比方說⋯⋯家裡少了一個人⋯⋯之類的。

根岸　啊⋯⋯？

這個房間本來是要給「某人」住的。

祖父、祖母、叔叔、嬸嬸、親戚⋯⋯不知道是誰，但是在動工之前，那個人就不在了。

筆者　但即便是這樣，一定要變更設計也有點⋯⋯一般人不會這麼做吧。是的。按常理看說不通。「那個人」對我父母來說，並不是一般人。是特別的存在。

到底是什麼人呢？我思考的時候，發現了奇怪的地方。

027 ｜ 資料① 沒有目的地的走廊

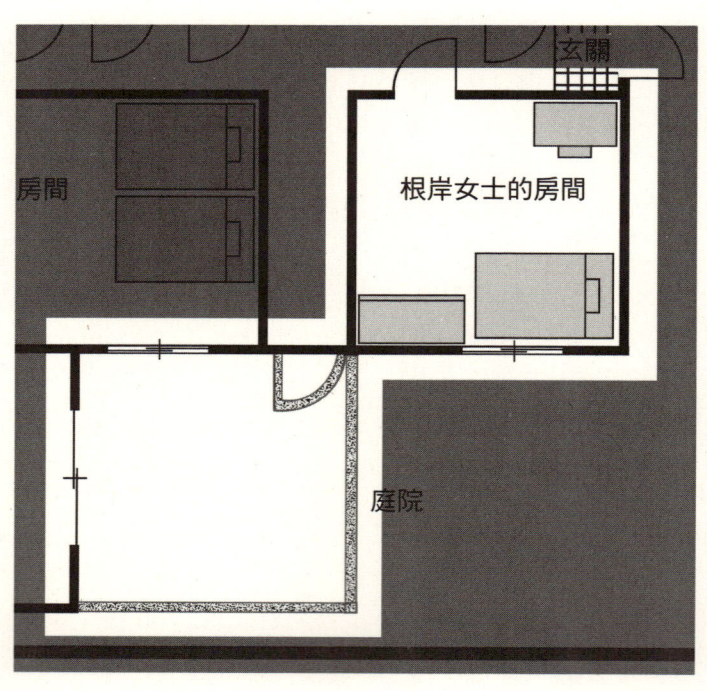

根岸 這間房間,跟我的有點像呢。大小幾乎一樣,也都臨著庭院。好像……**雙胞胎一樣**呢……

聽到這句話，我瞬間胸口一緊。

根岸　剛才我有提過，我是早產兒，比預產期早了兩個月出生。而且是剖腹產。產婦和孩子情況應該都很危險。

當時的情況父母都沒有詳細跟我說過，或許……我可能有兄弟姊妹，**雙胞胎兄弟姊妹**。

在懷孕期間母親身體出了狀況，緊急動手術剖腹。**其中一人**……也就是我，平安出生，但**另一個孩子**沒有救回來。

這間房間，本來是要給另外一個孩子的……？

根岸　這就是我的「答案」。我父母對我隱瞞了雙胞胎的事。……我也為人父母，這種心情我能理解。

筆者　對自己的小孩說：「妳是雙胞胎，另外一個人出生前就死了。」這種話會嚇到小孩，產生心理創傷吧。

根岸　所以令尊令堂不想讓根岸女士發現這件事，不讓妳起疑心，所以不要這間可能會讓妳起疑的房間。是這個意思吧。

是的。只不過，更重要的原因可能是我父母也想忘記。看到這間房間，就想起失去的孩子，實在太痛苦了。

029 ｜ 資料① 沒有目的地的走廊

根岸 這要是事實的話，母親對我的態度從某種程度上也說得通了。因為不想再失去孩子，才會過度保護我。

同時母親可能也畏懼我的存在。我是「她未能保住的孩子的半身」。我活著這件事，可能一直刺激著母親的罪惡感。這麼想來，櫥櫃裡的人偶也說得通了。斷了一隻手一條腿，表現了「失去另一個孩子的痛苦」吧。

根岸女士把手伸進包包裡，拿出一張照片。

根岸 整理遺物的時候，從父親的抽屜裡找到一疊照片。應該是想把房子逐漸建成的過程記錄下來吧。這是其中的一張。

都是老家在興建時的照片。

照片上的房子還只有骨架結構，骨架上掛著「施工中 美崎建設」的布條。是負責建

的確，要不是發生這麼重大的變故，應該不會做出「動工之前取消原定的房間」這種決定吧。

造這棟房子的建築公司吧。

然而最引人注意的，是照片一角照到的**紅色小點**。

```
┌──┐  ┌──┐
│  │  │  │
│  │░░│  │
└──┘░░└──┘
   ░工地░
   ░░░░░
┌──┐░░┌──┐
│  │░●│  │
│  │大馬路│
└──┘  └──┘
```

那是在畫面右下大馬路的一邊。

仔細看去，那是一朵插在玻璃杯裡的花。

根岸　我覺得是父母祭奠另一個孩子的花吧。

我覺得不太對勁。

在建築中的新居供花，紀念死去的孩子這種行為當然可以理解；但不論怎麼想，場地

031 ｜ 資料①　沒有目的地的走廊

也太奇怪了。與其說是紀念自己孩子的花，更像是……

＊＊＊

根岸 您覺得如何呢……客觀來看，我的想法如何？

筆者 怎麼說呢……根岸女士的推理從理論上看，很有說服力。只不過老實說，還是有幾處疑點。

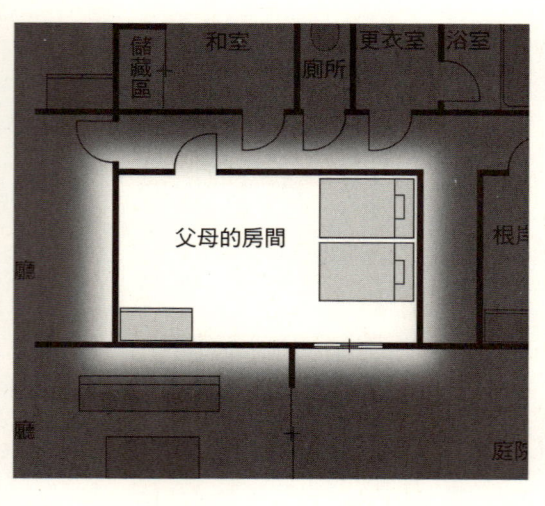

筆者 比方說，要是這個地方有房間的話，令尊令堂的房間就沒辦法裝窗戶了，會沒有對外的牆壁。

這張平面圖，是令尊令堂跟建築公司討論過決定的。有專業人士在，我不覺得會這樣配置。

根岸 ⋯⋯這麼一說，確實⋯⋯

筆者 然後，在動工前能不能做這麼大的結構改變，也有疑點。地基的形狀也必須更改，從訂購建材之類的層面來看，感覺要花不少時間和金錢。話說回來，建築公司到底會不會答應都很難說⋯⋯

根岸 說得⋯⋯也有道理。

筆者 把這些疑點綜合起來考慮，**根岸女士的推理並不實際。**

老實說，我沒有辦法徹底否定。但要是隨隨便便就同意根岸女士的說法，之後只會讓她痛苦。一直懼怕著甚至不知道是不是真的存在過的雙胞胎的亡靈。

既然如此，現在就應該徹底否決這個推論，讓她從過去的枷鎖中脫身比較好。她應該也希望這樣⋯⋯我是這麼認為的。

然而出乎我意料，根岸女士不知為何露出了悲傷的表情。

根岸　多謝您。知道我自己的想法不切實際，心裡輕鬆了不少，但同時又覺得有點寂寞。

筆者　……您的意思是？

根岸　我現在仍舊討厭母親。雖然她已經去世很久了，但完全沒有「現在想起來她是個好媽媽」這種想法。這真的非常難受。所以我一定是覺得，至少要認為「她那種態度也是情有可原的」、「母親一定有不得已的理由才對我那麼嚴厲」，這樣起碼心裡會好過些。

　　我現在第一次發現，那個「答案」其實是我的願望。

根岸　多謝您。

＊＊＊

離開咖啡廳，夕照十分強烈。我和根岸女士告別，朝車站走去。

「不想一直討厭母親」……或許答案確實就是由這種想法產生的推理。

不過即便如此，我還是覺得應該忘了比較好。不該為了已經不在人世的母親繼續痛苦地活下去。我深信否定根岸女士的「答案」並沒有錯。

只不過我還是有一個無法釋懷的地方。

照片上的小紅花。那到底是什麼，是為了誰放在那裡的呢？

根岸女士說是「父母祭奠另一個孩子的花」，但那是不可能的。

放置的地方太奇怪了。怎麼會放在路邊呢？

放在路邊的花……從常理推測……

就在這時，我腦中靈光一現。一個假設突然成形。

難道是……而且這樣一來，「沒有目的地的走廊」就說得通了。

我用手機地圖APP，找出圖書館的地址。

從咖啡廳徒步半小時，走到了市立圖書館。那裡保存著縣內地方報紙的存檔。我查閱了根岸女士老家完工的1990年的新聞。

最後終於發現了一則報導。

> 1990年1月30日 晨報
>
> 昨天29日下午4點左右，富山縣高岡市發生意外死亡事件。死者是住在該市的小學生春日裕之介（8歲）。裕之介小朋友在路上步行的時候，一輛卡車從建築工地倒車出來，撞倒了他。卡車上載運著建築材料。司機表示：「視野不好，沒有看見小男孩。」司機是美崎建設的員工……

報導附有一張車禍現場的照片。那和剛才根岸女士給我看的照片是同一個地點。

正如我所料。「沒有目的地的走廊」是因為這件車禍**產生**的。我急急離開圖書館，打電話給根岸女士。

根岸　喂喂。

筆者　根岸女士,能拜託您跟美崎建設聯絡嗎?就是蓋了根岸女士老家的建築公司。我們直接問問工作人員吧。

根岸　直接……?但是我父母蓋那棟房子,已經是三十多年前的事了,在那之後根本沒有往來。

筆者　那麼久以前的客人,對應該不會認真回應吧。而且不知道當年的員工現在是不是還在……

根岸　我也這麼覺得。但是我剛剛去圖書館,查閱以前的新聞報導,發現一件很重要的事。

筆者　這是怎麼回事……?

根岸　對美崎建設來說,根岸女士應該是非常重要的客人。

筆者　其實啊……

在那之後,請根岸女士跟對方聯絡後,不出所料,公司就轉介了一位員工。是一位人事部長,他姓「池田」。

「希望跟知道當時情況的人談談」,公司就轉介了一位員工。**記得她這個客人**。進一步要求

下一個星期五，總公司邀請我們過去，跟池田部長會面。

***

星期五下午，我和根岸女士一起到了美崎建設的會客室。坐在我們對面的池田先生是個待人親切和氣，上了點年紀的男士。他一面看著根岸女士，懇切地開口。

筆者　池田先生認識根岸女士嗎？

池田　是的。從小姐在母親肚子裡的時候就認識了。當時我在公司負責接待客人，令尊令堂蓋房子的時候，我有幸幫上一點小忙。我還記得令尊撫摸著令堂的肚子，一面很開心地說：「是個女孩子。」但是……難得客人選擇了敝公司，卻出了**那樣的意外**，實在是我們無法抹滅的恥辱。

筆者　這樣啊……那個時候的小姐，已經長這麼大了啊。

池田　我們今天就是來詢問這件事的。您能告訴我們那場意外的詳細情形嗎？

池田　好的。那是……地基勘查完成，開始準備打樁的時候。我們公司的員工，在工地前面的路上，撞到了一個男孩子。

筆者　那個孩子死於這次事故。

池田　是的。這是絕對不能原諒的失誤。

根岸女士拿出了那張照片。

根岸　供花的是池田先生嗎？

池田　不只是我。在貴宅完工之前，我們公司的員工每天都輪流到車禍現場獻花，誠心誠意地繼續贖罪。同樣地，我們對根岸女士和令尊令堂感到非常抱歉。

筆者　因為「自家門口出車禍死了人」的事實，是我們造成的。所以更改平面圖，**修改了玄關的位置**吧。

池田　您知道這件事啊。

039　｜　資料①　沒有目的地的走廊

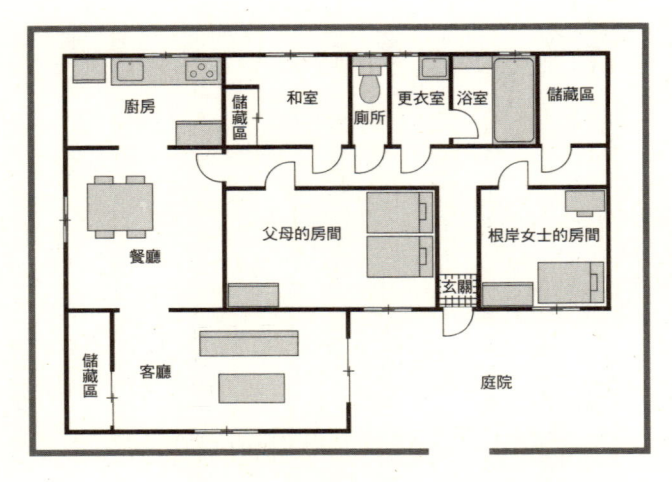

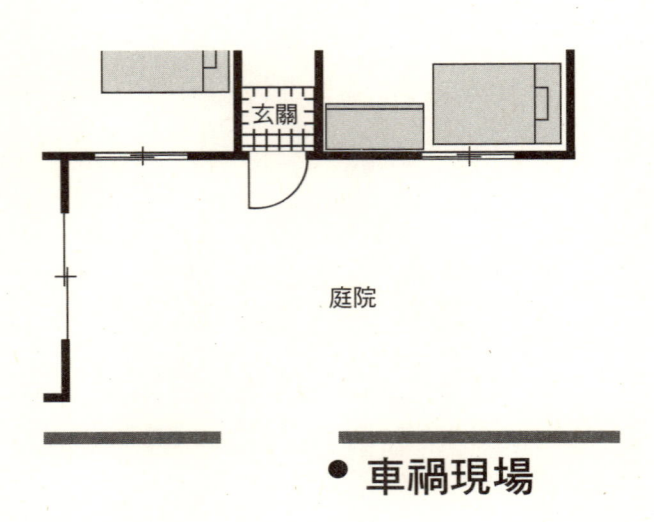

車禍現場

根據池田先生的說法，當初的平面圖上，玄關位於南側。而車禍發生在玄關的正面。

就算不相信鬼神之說，也會覺得「出門就是車禍現場」讓人很不舒服吧。根岸女士的父親對公司大發雷霆。

然後根岸女士的母親出面調停。她提出了一個要求。

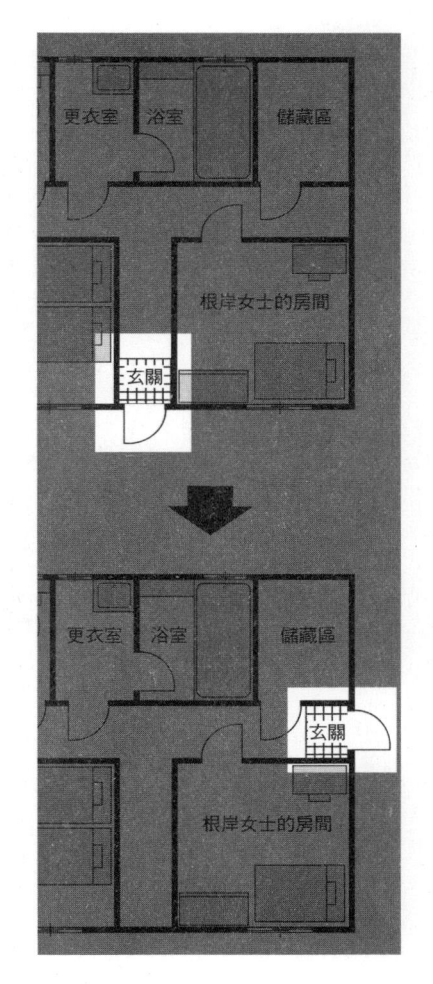

「更改玄關的位置」……這是母親原諒公司的條件。

那個位置本來就只是走廊底，更改成玄關出入口並不是困難的作業，公司決定免費更改設計圖。

就這樣，「玄關」這個空間失去了作用，變成了「沒有目的地的走廊」。

041 | 資料① 沒有目的地的走廊

雖然也提出了「不要走廊，讓房間更寬敞」的方案，但從房屋的耐震強度上來看，結論是少了一堵牆耐震度就會降低。

池田先生不斷地稱讚：「令堂的提議真是太高明了，令人佩服。」確實，這樣一來，就不會從家裡看見車禍現場，心裡會舒服很多。只不過母親的目的可能不僅止於此。很可能是等自己的孩子出生長大之後，不會從玄關跑到大街上，遭遇同樣的悲劇吧。

母親說：「不管發生什麼事，都不能走到大馬路上。出門的時候走小巷。」

這是因為大馬路上發生過死亡車禍才這麼囑咐的。

發生車禍非常不幸。但經由這件事可以知道「母親擔心根岸女士應該會比較好過吧。

不知道該如何跟女兒相處，大聲怒罵，拒絕親近，但心裡是愛自己的孩子的……我這麼覺得。然而在這之後，我們得知了難以理解的事實。

* * *

一席話畢，池田先生好像想起什麼，開口道：

池田　這麼說來，我有件事想請問根岸女士。

根岸　什麼事呢……？

池田　您知道令堂為什麼希望那樣改建嗎？

043 ｜ 資料① 沒有目的地的走廊

根岸　改建……您在說什麼呢……？

池田　啊，果然根岸女士也不知道。

其實貴宅完工五年之後，令堂一個人到敝公司來。當時令堂對我說了一番不可思議的話。

「能只拆掉東南角落的房間嗎？」

根岸　拆掉……？

池田　我們的確會承包拆除住宅一部分的「拆除工事」，但只拆掉一間房間卻是前所未聞的。我問了理由，令堂卻什麼也不肯說。

但從令堂的表情看來，應該是有很嚴重的情況，所以就先做了評估。花費不算少，令堂似乎也就放棄了，但到底是為什麼呢……

我想起抽屜裡的「六十八萬日圓」。難不成是要攢工程費用，所以偷偷存錢？

筆者　那可以請問一下，「東南角落的房間」是哪一間呢？

池田　這個嘛……在玄關旁邊……

根岸 是我的房間。

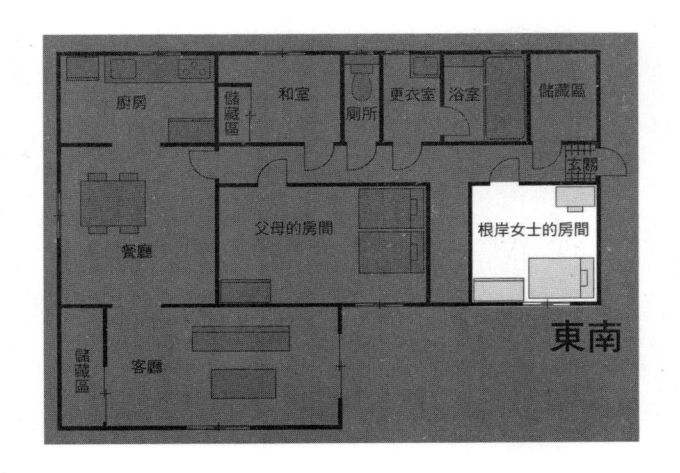

筆者 啊！？

東南角落的房間⋯⋯確實是。然而⋯⋯

（平面圖標示：廚房／儲藏區／和室／廁所／更衣室／浴室／儲藏區／玄關／餐廳／父母的房間／根岸女士的房間／儲藏區／客廳／東南）

根岸　果然……母親真的討厭我吧……

筆者　不會的，不可能的！令堂還擔心根岸女士跑到大馬路上會發生意外不是嗎……

根岸　那為什麼……

為什麼**想要拆掉女兒的房間呢？**

我無言以對。

資料①　沒有目的地的走廊　完

資料② 孕育黑暗的房子

2020年11月6日
飯村達之先生的採訪紀錄

有一個詞叫做「特殊清理」。

是清掃孤獨死亡和意外死亡房間的工作。

平常人去世之後，會由家人或友人主持葬禮，幾天之內火化安葬。但是無親無故的人在家裡去世的話，可能幾個星期，甚至幾個月都沒有人發現，遺體就這樣在屋內腐壞，地板會染上痕跡。

他們的工作，就是清除掉屋內附著的「生命痕跡」。

這次的採訪對象飯村達之先生，從事特殊清理這個職業將近十年。

他原來是建築工人，四十五歲過後，轉職到現在的工作。

飯村

就是體力到了界限啦。不管怎樣辛苦的工作，一直到三十歲都還能喝點酒睡一覺就恢復精神，但過了四十歲，前一天的疲勞就會累積下來呢。有天早上起床，身體無法動彈，就這樣越來越疲倦，不知什麼時候就撐不住了。有天早上起床，身體無法動彈，就這樣進了醫院，之後就不行了。肌肉沒了力氣，沒辦法再回去當木工了。雖然這麼說，但事到如今我也不可能去當上班族，所以就靠前輩的介紹，開始做特殊清理工作。

飯村先生把毛豆放進嘴裡，喝了啤酒。

飯村 所謂特殊清理，也就是**把人從房子裡解放出來的工作**。很多人的想法都相反。覺得是「房子被屍體弄髒了，所以清理乾淨」。

簡直像是房子比人重要。根本不是吧。房子因為有人住才有用啊。最重要的永遠是人。這是我當木工時師傅教我的。就算換了工作，仍然是我的工作準則。

往生者不管是去天堂還是地獄，要是身體有哪個部分留在房子裡，就不能安心離開吧？所以我們會好好清理乾淨，讓往生者逃離房子的束縛。這就是我們的工作。很有意思的。

……不好意思，能再叫一瓶啤酒嗎？

我跟飯村先生是朋友介紹認識的。我發現他很清楚我想知道的**某個情報**。於是我就到他老家靜岡縣的居酒屋採訪他。

他聊特殊清理的話題很有意思，但這樣下去我覺得問不到我想知道的內容，所以我又叫了一瓶啤酒，然後轉向正題。

筆者 對了，聽說飯村先生負責清理了津原一家的房子，能請問一下這件事嗎？

飯村 啊，沒錯。不好意思離題了。

＊＊＊

2020年，靜岡市葵區的北部，發生一起案子，當時16歲的少年殺害了全家人。除了外出工作的父親之外，全家所有人都被殺害了……**津原少年的母親、祖母和弟弟**共三人。鄰居聽到母親的慘叫報了警，但警察趕到的時候，三個人都已經死了，津原少年沒有抵抗，任由警察扣留。

凶器是一把菜刀。廚房裡還有切到一半的蔬菜，警方認為少年從正在做飯的母親手中奪取菜刀，用來犯罪。

三人的遺體狀態如下：

母親——被發現倒在廚房裡。胸部有一處刺傷，衣服有掙扎的痕跡。

祖母——躺在自己房間的被褥上，閉著眼睛。身上蓋著的毛巾被有好幾處戳刺的地

弟弟──倒在廚房門口，腹部被菜刀刺中。

津原少年的上半身也有好幾處傷口，在醫院接受治療之後，由警方逮捕。

他對警方供述「一直很煩躁」、「覺得未來沒有希望」、「母親跟祖母關係惡劣，家裡氣氛很難受」等等。在輿論討論著「Z世代的絕望感」、「家人溝通不足」等社會議題的時候，傳出一種不可思議的說法。

說是「津原家的**格局**有問題」。

這種說法沒有成為熱門話題，很快就被人遺忘，當時我正在撰寫《詭屋》，對房子的平面圖有很大的興趣，因此十分在意。

我自己進行了一些調查，但始終無法得到關鍵情報，甚至連津原家的平面圖都沒到手。

正要放棄的時候，我想起了一件事。

發生凶殺案的房子，在警察現場勘查結束之後，就會由特殊清理業者負責清潔。也就是說，**清理津原家的房子的工作人員，會知道津原家的格局**。於是我採訪了飯村先生。

飯村　那個時候，連我在內出動了十個人。通常特殊清理最多也就八個人是上限了。那次是特例。畢竟發生了那樣的案子。

筆者　工作很棘手嗎？

飯村　是啊。特別是從老太太的房間到廚房，簡直是一片血海，必須把地板全部換掉才行。雖然這一直都是個辛苦的體力活……但那個時候心情也很低落。你知道被害者當中有小孩吧？

筆者　知道。津原少年的弟弟吧。

飯村　廚房的入口有一小灘血泊。小孩的血跡。看到的時候心裡非常難受。我跟離婚的老婆也有一個孩子。

筆者　這樣啊……

飯村　……抱歉啊，把氣氛搞壞了……你想要的是津原家的平面圖吧。我帶來了。勉強算得上是你請我吃毛豆的回禮吧。

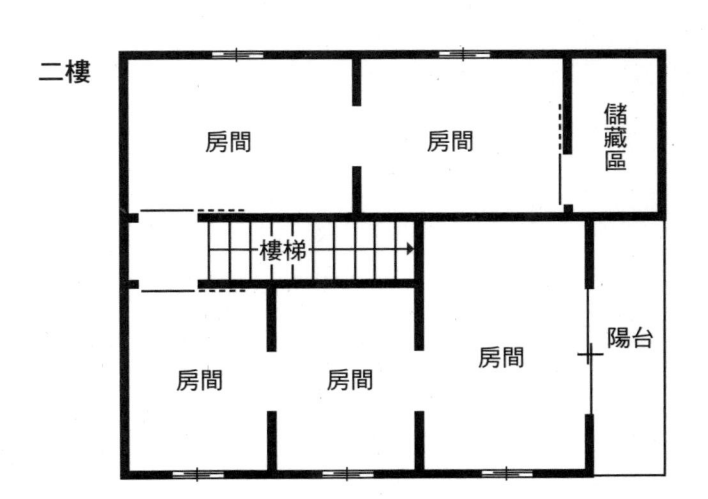

飯田先生從口袋裡掏出一張折疊的紙。

那是印出來的房屋平面圖。

一樓

- 和室
- 廚房
- 浴室
- 儲藏區
- 樓梯
- 更衣室
- 廁所
- 儲藏區
- 客餐廳
- 玄關

二樓

- 房間
- 房間
- 儲藏區
- 樓梯
- 房間
- 房間
- 房間
- 陽台

053 | 資料② 孕育黑暗的房子

飯村　這就是津原家。

筆者　哎？你怎麼拿到的？

飯村　這種東西，網路上到處都是啊。隨便搜一下印出來就是了。

筆者　我也查過好多網站，但都沒有找到津原家的平面圖。雖然如此，親自進過津原家的飯村先生這麼說，那就是真的了。可能是我搜尋不得要領吧。

好奇怪。

飯村　儘管這樣，還真的是非常糟糕的房子啊。

長年住在這種房子裡，精神出問題也不奇怪。因為住起來實在太難受了。

筆者　住起來很難受……是什麼意思……？

飯村　你看看平面圖。看就知道了吧？

對不起。在我看來只是普通的兩層獨棟住宅而已。

飯村　那你不妨試著把自己想像成這間房子的住戶。

比方說，你在一樓的客餐廳吃飯。然後總是會聞到令人食慾全消的味道。你明白背後的道理嗎？

詭屋 2 ｜ 054

筆者　廚房跟浴室這種「用水區域」都集中在北面。北面照不到太陽。所以冬天的時候水氣不會乾，夏天則很悶濕。

加上廁所的味道會從走廊飄進起居空間。客餐廳的入口沒有門，沒法防止臭味進入。

飯村　客餐廳為什麼沒有門呢？

筆者　應該是要省錢吧。建築材料費壓得越低越好。

飯村　原來如此。

筆者　起居空間沒有門還有其他的壞處。

吃飯的時候要是有人上門推銷訂報紙或是傳教，那會怎麼樣呢？吃到一半的飯菜跟家裡的人都會暴露在外人眼中。完全沒有隱私。

要是至少靠廚房那一側有扇門也好，但因為樓梯壓縮了空間，沒有辦法再開一扇門吧。

北

和室　廚房　浴室
儲藏區　　　　更衣室
樓梯　　　　　廁所
儲藏區　客餐廳　玄關

055 ｜ 資料② 孕育黑暗的房子

飯村　在狹窄的土地上硬要蓋獨棟住宅，就會出現這種弊端。換句話說，**日本的住宅很容易出現弊端。**

但要是有優秀的建築設計師的話，還是能設計出好東西的，但畫這個設計圖的傢伙真的太差勁了。

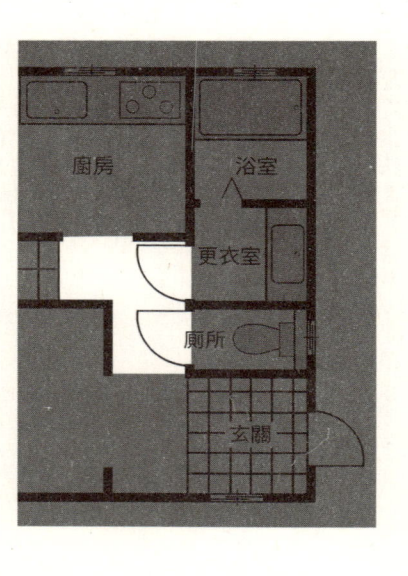

飯村　比方說「廚房」、「更衣室」和「廁所」三個地方的出入口，都集中在這個空間，家人很容易在這裡發生衝突，甚至吵起架來吧。

筆者　的確如此。這麼說來，這棟房子果然住起來好像很不方便呢……

飯村　是吧？二樓更糟糕呢。

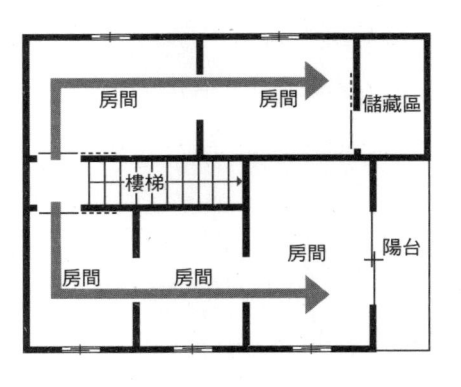

飯村　這種大小，隔成三到四個房間比較合適。然而這裡卻塞了五個房間。因此就沒了走廊的空間。

二樓

沒有走廊，要到裡面的房間就必須經過前面的房間。前面的房間也兼做了「通道」。而且跟樓下一樣，全部都沒有門。

也就是說，完全沒有「私人空間」。

筆者　這樣一來……令人很沒有安全感呢。

飯村　我也不喜歡陽台不是朝南。洗滌的衣服讓南風吹乾是最好的。

057 ｜ 資料② 孕育黑暗的房子

我感覺自己的興趣慢慢消退了。飯村先生說的話確實很有道理。他本來就是建築工人，蓋過很多房子，光是看平面圖就能判斷房子的好壞。而這棟房子可能確實如他所說，住起來很不方便。

但是「住在不方便的房子裡＝變成殺人犯」有點牽強了吧。飯村先生可能察覺到我心裡的想法，輕輕咳了一聲，改變腔調。

飯村　在這棟房子裡住個一兩天，應該沒有任何問題吧。但要是住上個五年十年，日常壓力日積月累，情緒會變得不穩定。你可能覺得我誇張了，但房子就有這種力量。

筆者　是這樣嗎……

飯村　不過呢——

他突然放低聲音。

飯村　到現在為止我說的話，都只是前提而已。重要的是，**津原一家人住在這棟房子裡，結果發生了什麼事。你……有小孩嗎？**

筆者　沒有，我沒小孩。

詭屋 2 ｜ 058

飯村　那你想像一下再回答。兩三歲的小孩在家裡玩耍的時候，最重要的是什麼？

筆者　嗯……附近沒有危險的東西嗎？

飯村　你說得沒錯，但還有更重要的一點。正確答案是「小孩能看到爸媽」。小孩成長到一個階段，產生自立心，就會自己一個人玩。所以兩三歲的小孩常常在起居空間玩耍。雖然如此，完全一個人還是會感到不安。爸媽就在附近的安心感，自己一個人玩耍的自由。兩者兼具對小孩來說是最好的。

然而這棟房子的客餐廳看不到廚房。能看見廚房，並且可以供小孩玩耍的房間並不存在。

津原少年從小就過得非常不安吧？

筆者　嗯？請等一下。廚房旁邊有一間和室呢。這間房間供小孩玩耍不是最合適嗎？

飯村　不行。那是祖母的房間。

「祖母的房間」……聽到這幾個字，我毛骨悚然。

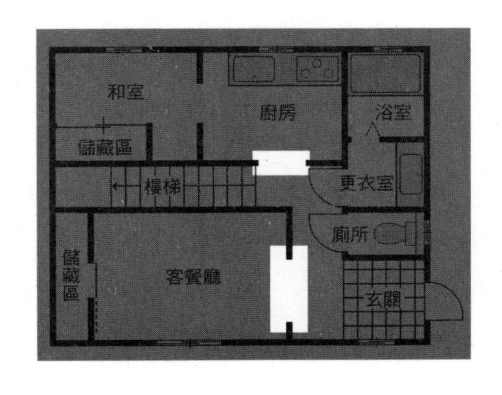

059 ｜ 資料② 孕育黑暗的房子

母親——被發現倒在廚房裡。胸部有一處刺傷，衣服有掙扎的痕跡。

祖母——躺在自己房間的被褥上，閉著眼睛。身上蓋著的毛巾被有好幾處戳刺的地方。她腿腳不便，不良於行，應該是毫無抵抗，就這樣被殺害了。

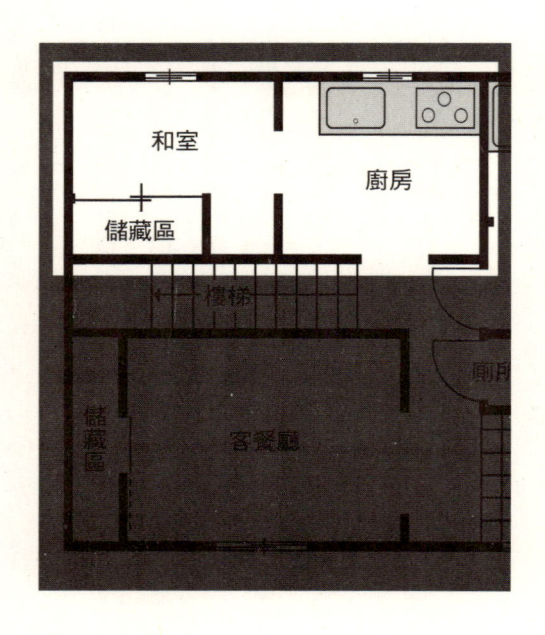

弟弟——倒在廚房門口，腹部被菜刀刺中。

飯村　津原家的祖母是父親的媽媽。

對媳婦來說，等於是在廚房做事的時候，婆婆一直在旁邊。就算是有血緣關係的親子也會覺得不自在，婆媳更加如此。

而且祖母腿腳不好，幾乎成天都躺在屋裡。媳婦一定得常常中斷手頭的工作，扶她上廁所，一定很不耐煩吧？

小孩對父母的情緒是很敏感的。我不覺得小孩能在母親總是焦躁不安的地方愉快地玩耍。但是若留在客餐廳就落單了，很沒安全感。

我覺得，津原少年小時候在這個家裡沒有能感到安心的地方。

少年的確對警方說過：「母親跟祖母關係惡劣，家裡氣氛很難受」。

飯村　然後小孩長大了，就想要自己的房間。

這就出現了問題。津原少年的房間是這裡。

祖母在自己的房間被刺殺。母親跟弟弟死在廚房。

殺人案發生在兩間相鄰的房間。我不由得在腦中想像當時的光景。

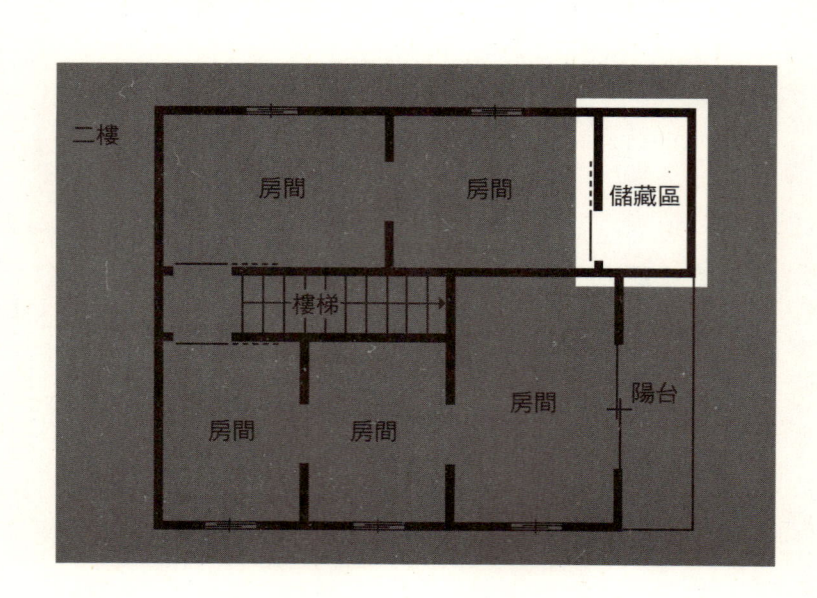

飯村先生指的地方，是二樓的儲藏區。

飯村 我們去清理的時候，我瞥了一眼。裡面有書桌跟檯燈，還有被褥。他可能喜歡足球吧，牆壁上貼了日本足球聯盟的海報。

筆者 為什麼要住在儲藏空間裡呢？

飯村 這是消去法的結果啊。剛才說過，二樓沒有私人空間。對青春期的孩子來說，簡直是地獄。唯一可以關門，能夠放心的地方，只有這間儲藏室。津原少年不是喜歡這裡才選的，**是只能選擇這裡**。

沒有窗戶，狹窄陰暗的空間。長年住在這種地方，誰都會心情鬱悶。

（二樓平面圖：房間、房間、儲藏區、樓梯、房間、房間、房間、陽台）

這一切因素加起來，讓津原少年的心理慢慢扭曲……大概是這樣吧。

小時候感到不安和孤獨，在狹窄陰暗的地方度過的青春期，住起來非常難受的房子。

飯村　當然啦，並不是說住在這棟房子裡，大家就會變成罪犯。津原少年本來就有犯罪傾向吧。

然後被這棟房子增幅了……滋長了內心的黑暗。

筆者　要是他在別的房子裡長大，就不會發生悲劇了嗎？

飯村　我是這麼覺得的……但是，同樣的事情或許在別的地方也會發生。

內心陰暗的不只是津原少年，房子也不是只有這一戶。

筆者　……您說，「不是只有這一戶」……？

飯村　就是字面上的意思。**這種房子，在日本有一百多戶。**

筆者　啊？

飯村　你聽說過……「日倉房屋」嗎？

那是在中部地方營業的建築公司。在木工之間是有名的「缺德企業」。他們是這樣賺錢的。

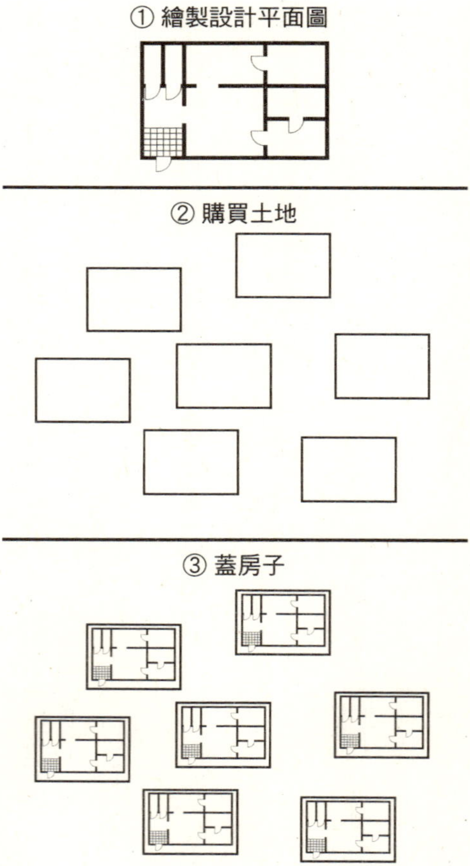

飯村

首先設計平面圖。假設是三十坪的平面圖吧,這家公司就在中部各地只購買三十坪的土地面積。然後在那裡跟蓋章一樣蓋同樣的房子。

這樣不僅一張平面圖可以重複使用,建築材料也能批發訂購,價格就能壓低。這樣大量生產的房子可以低價賣給客人。也就是賣「成屋」。

所有房地產公司都會賣成屋,這並不是什麼壞事。問題在於**原始的設計圖很差,於是生產了大批差勁的成屋。**

① 繪製設計平面圖

② 購買土地

③ 蓋房子

就像這棟房子一樣。

筆者　也就是說，津原少年的家是日倉房屋大量生產的建售成屋嗎？

飯村　是的。我在中部住了很多年，見過很多傳單。傳單上有房屋格局平面圖，還有這樣的宣傳文案。

「新建的獨棟住宅，兩層樓6LD，一千五百萬日圓」……光看字面真的很有賣點。市面上的獨棟住宅大約一棟要三千萬日圓。相形之下這是半價。而且除了起居空間之外，還有六個房間。一般人都會覺得很划算吧。但其實是**這樣**的。

廣告上的數字很漂亮，事實上房間狹窄逼仄，為了壓低成本而犧牲房門走道。完全

資料② 孕育黑暗的房子

飯村　不考慮實際住起來的感受。誇張的廣告、強硬的推銷、沒有售後服務，這家公司就是這樣。津原一家完全受騙上當了。

出售。

飯村先生一開始說津原家的平面圖「網路上到處都是啊」，現在我明白他的意思了。他應該是從網路上的不動產情報網站上下載的。也就是說，**這種房子現在也還在各地出售**。

***

飯村先生喝完第二瓶啤酒，點了香草冰淇淋。

要是哪裡也住著一個跟津原少年一樣的人……我感覺有點發冷。

飯村　不好意思，只有我一直吃吃喝喝。

筆者　沒有的事，謝謝您告訴我這麼多貴重的情報。

飯村　……但是日倉房屋這種缺德的業者，竟然沒倒閉呢。

他們非常會操縱媒體。花很多的錢打廣告。只要公司的形象良好，大部分的客人都會上當的。

筆者　原來如此……

飯村　只不過，不是從以前開始就這樣的。日倉是從某件事之後，開始重視媒體操作的。

筆者　某件事？

飯村　那是在……我還在當木工學徒的時候，1980年代後半吧。

有人在傳日倉房屋社長的奇怪謠言，說他「年輕的時候曾經虐待女童」。結果可能是不實的傳聞，但電視跟雜誌都大肆報導，一般民眾都議論紛紛，也就是現在所謂的「甚囂塵上」。

輿論、風評是很可怕的，日倉的股價立刻跌停。這只能說一聲「可憐」了。

就在這個時候，當時中部地方的競爭對手「美崎建設」趁機買進日倉的持股。在那之後十幾年，日倉都沒辦法重振起來。

經過這次教訓，他們學會了「在媒體面前，事實完全無力」。

＊　＊　＊

回家之後，我在網路上搜尋「日倉房屋」。搜索的相關推薦詞條有「日倉房屋 惡行」、「日倉房屋 詐欺」、「日倉房屋 宗教」等等。我全部瀏覽了，正如飯村先生所說，他們賣了很多劣質住宅，消費者的評價都非常差。

接著我看了日倉房屋的主頁。

伴隨著文案「優質的住宅 低廉的價格」，還有著名的網紅在時髦的起居室開派對的照片。

同一個網頁上還附有影片。影片以知名音樂家的曲子當背景音樂，當紅女明星用甜美的聲音說：「日倉房屋，實現您的夢想。」

我想起飯村先生說的：「在媒體面前，事實完全無力。」以前曾經吃過媒體大虧的日倉房屋，深痛自省之後，學會了反過來利用媒體的力量，掩蓋自己的惡劣評價。

我發現網頁的角落有一個按鈕寫著「經營團隊寄語」。我點了一下，出現兩張照片。

一張是會長，戴著眼鏡的鷹勾鼻老人。他叫做「緋倉正彥」。另一張照片是短髮的中年男子。職位是社長，名叫「緋倉明永」。

他長得很像會長，特別是鷹勾鼻一模一樣。應該是父子吧。

我關掉電腦，再度審視飯村先生給我的平面圖。

2020年，這棟住宅發生悲劇。被害者是**津原少年的母親、祖母、弟弟**。

鄰居聽到母親的慘叫報了警，但警察趕到的時候，三個人都已經死了。凶器是一把菜刀。津原少年從正在做飯的母親手中奪取了菜刀，用來犯罪。

母親——被發現倒在廚房裡。胸部有一處刺傷，衣服有掙扎的痕跡。

祖母——躺在自己房間的被褥上，閉著眼睛。身上蓋著的毛巾被有好幾處戳刺的地方。

弟弟——倒在廚房門口，腹部被菜刀刺中。

069 | 資料② 孕育黑暗的房子

津原少年的上半身也有好幾處傷口，在醫院接受治療之後，由警方逮捕。

就在此時，我腦中浮現了一個疑問。三個人遇害的順序是怎樣的呢？

「弟弟的腹部被菜刀刺中」，由這句話可以推測他是最後遇害的。那麼其他兩個人呢。我看著平面圖想像。

（平面圖：②祖母、①母親、③弟弟、儲藏區、樓梯、更衣）

> 津原少年從正在做飯的母親手中奪取了菜刀，一番扭打之後殺害了母親。
> ↓
> 接著走進和室，刺殺睡著的祖母。
> ↓
> 聽到騷動趕來的弟弟遇害。

按照道理是這個順序。但進一步想想就有不對勁的地方。**為什麼祖母沒有醒來呢？** 津原少年的母親的喊叫聲大到鄰居都聽到了。

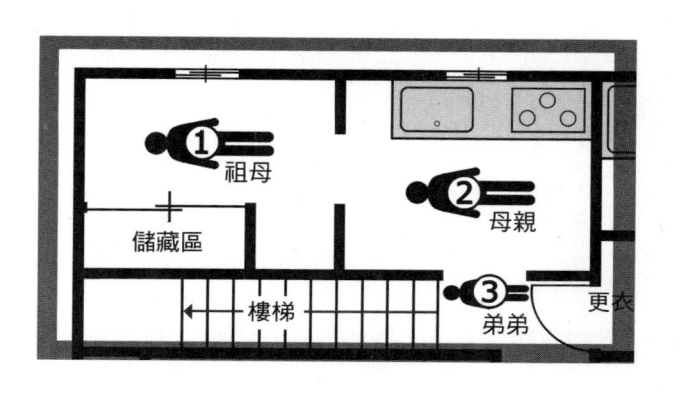

```
┌─────────────────────────┐
│         ┌─┐    ┌──┬──┐  │
│         👤①    │  │  │  │
│         祖母    └──┴──┘  │
│  ┼         👤②           │
│ 儲藏區      母親          │
│         ┌──────┐ 👤③    │
│ ←樓梯    │      │ 弟弟 更衣│
└─────────────────────────┘
```

睡在隔壁的祖母不可能沒被吵醒。這樣一來……

「祖母……躺在自己房間的被褥上，閉著眼睛。」……這就有所矛盾了。

那麼，最先遇害的是祖母嗎？

> 津原少年從正在做飯的母親手中奪取了菜刀，接著走進和室，刺殺睡著的祖母。
>
> 母親為了阻止他而跟進來，把少年拉離祖母身邊，一番扭打之後進入廚房，胸口被刺
>
> 聽到騷動趕來的弟弟被少年殺害。

然而這樣一來又有別的疑點。

這樣的話，祖母被發現的時候閉著眼睛就說得通了。

津原少年為什麼受傷了呢？

他在和室殺害祖母之後，跟前來阻止的母親扭打的話，菜刀應該一開始就在津原少年手裡。而且他是十六歲的男孩子。怎麼想力氣都應該比母親大。

即便如此母親只有胸口的傷口，而津原少年上半身有好幾處傷痕。

這樣想來「扭打的時候拿刀的是母親」才對。

如此一來……就有個嚇人的可能。在此之前的想像畫面全都崩潰了。

殺害祖母的不是津原少年，而是母親吧。

婆媳不和。照顧老人的疲累。住起來很難受的房子。

這一切的壓力日積月累，不知何時超過了臨界點。她拿著剛好在手裡的菜刀，到隔壁房間朝婆婆的身體刺下去。

祖母　　少年　　母親

儲藏區

樓梯

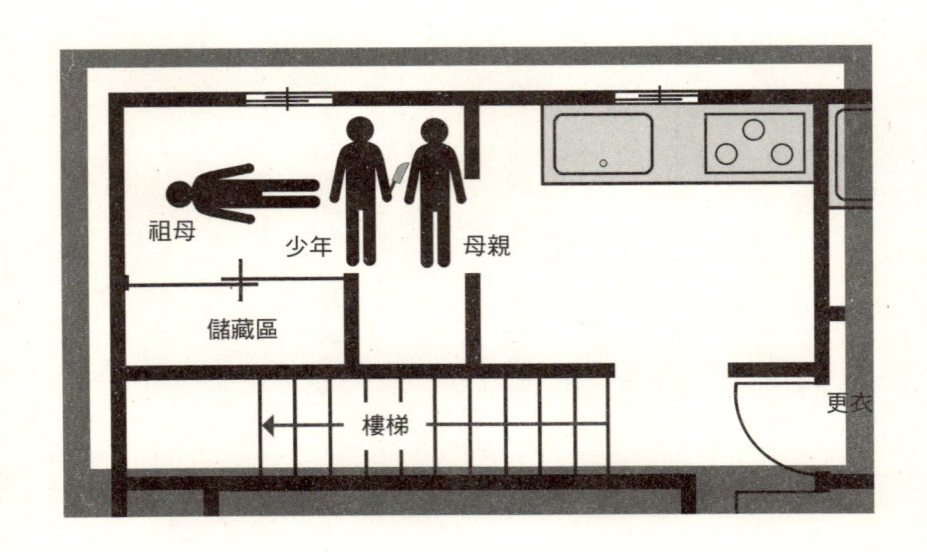

更衣

偶然看到這一幕的津原少年想阻止，跑到和室。

少年把母親拉離祖母身邊，一面扭打一面進入廚房。

在這過程中，母親手上的菜刀好幾次刺傷了少年的上半身。

「從老太太的房間到廚房，簡直是一片血海」……那可能是津原少年的血吧。

激烈的扭打之後，津原少年不小心刺中了母親的胸口。

弟弟聽到叫聲趕過來。

「刺殺母親被看見了」……津原少年驚慌之下，持刀刺向弟弟的腹部……

這只是我的想像而已。然而──

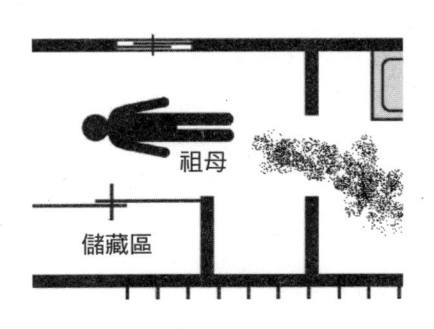

這棟房子裡孕育的「黑暗」，可能還不止如此──

資料② 孕育黑暗的房子 完

資料③ 森林中的水車小屋

老書的摘錄

有本老書叫做《明眸逗留日記》。

這是昭和初期，收錄人們各處旅行見聞的紀錄文集。1940年出版，然後好像立刻就絕版了，很幸運的是，因**某個契機**我得到了一本。

這次想介紹的是，書中收錄的〈飯伊地方見聞〉這一章。撰寫這一章的是當時二十一歲，名叫水無宇季的女性。「水無」是曾經稱霸一方的製鐵業財閥，宇季是水無家的獨生女。

〈飯伊地方見聞〉是宇季去叔叔家避暑的時候發生的事。其中有一段非常令人不舒服的記述。

宇季在附近的森林裡散步時，發現一間充滿謎題的水車小屋。以下就轉載這段紀錄。原來的文章使用了很多古老的詞句，這裡都改為現代用語。文中的圖解則是根據宇季的記述，重新製作而成，敬請知悉。

《明眸逗留日記》第十四章〈飯伊地方見聞〉摘錄　作者：水無宇季

昭和十三年　八月二十三日

連下三天的雨終於停了，我跟嬸嬸說：「我出去散散步。」然後走進森林裡。地面很濕滑，我小心地前進以免跌倒，不知何時眼前出現了一棟木頭小屋。小屋的牆壁上有一個巨大的輪子。我小時候應東北親戚的邀請去他們家作客的時候，見過類似的東西，我知道那是水車小屋（註）。

註：水車小屋簡介

※以一般的水車小屋為例

外壁上附有一座水車的建築物。
利用河水的流動讓水車運轉，以其動力使齒輪動作，在小屋裡進行打穀或機械織布等作業。
一直到1960年，日本各地都有許多這樣的水車小屋。

※水車小屋的內部

我帶著充滿懷念的心情，眺望了一會兒，突然發現一件不可思議的事情。水車小屋的周圍並沒有水。既然說是水車，那麼如其名，是以水為動力驅動的，應該是建在河流或者池塘等水域附近才對。

然而四下張望，怎麼看都沒有水，那這真的是水車嗎？我覺得很奇怪。那個巨大的輪子可能是裝飾吧？我這麼想著，走近小屋，看見水車的左側有個格子小窗。

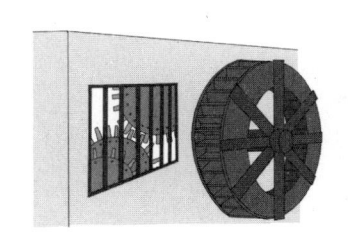

※根據描述畫出的印象圖

我往窗內看去，裡面是個橫向狹長的房間。房間裡有多到令人頭暈目眩的齒輪，像藝術作品一樣，複雜地組合在一起。

雖然沒有這麼複雜，但我在東北的水車小屋也見過同樣的東西。這麼一來，那個大輪子就並不是裝飾了。

我環視周圍，小屋的左手旁有一間看起來像是小廟的建築，我朝那邊走去。

小廟有著可愛的三角屋頂，是用白色木頭建造的，看起來還很新。裡面放置著一尊石像。石像是女性神明，一手拿著圓圓的果子。

神像面對小屋。我雙手合十行禮，然後繞到小屋後面，入口在那裡。

我拉開木板做的簡單拉門，我知道這是很沒教養的舉止，但我忍不住好奇，興沖沖地往內窺探。木頭地板的房間大約有一坪半的空間。裡面並沒有剛才透過格子小窗看到的複雜齒輪，裝置齒輪的房間可能用牆壁隔開了。這個房間只有一個入口，沒有窗戶、家具、燈具或裝飾，簡直像一個四方形的箱子一樣。唯一的特徵就是右邊的牆壁上有一個很大的洞。

與其說是洞，並不能貫穿牆壁看到外面，因此可能該說是「壁龕」吧。

牆壁中央那個四方形的「龕」，要是我把自己蜷成一團的話，應該可以縮在裡面。那是做什麼用的呢？我思索了一會兒。比方說放置花瓶插花裝飾，但房間裡什麼都沒有，光插花放在那裡，感覺有點奇怪。

我看了房間一會兒，心中慢慢地浮現一種奇妙的感覺。啊啊。那個時候，我終於明白了。這間房間比從外面看起來狹小。

我所在的這間房間的左側，應該有另外一個隔間。但是怎麼看都找不到那個隔間的入口。於是我出去察看小屋外面的牆壁。

然而，我沿著外牆往左走，也找不到入口，只回到了原來水車的位置。繞著小屋走了一圈，只得出一個結論——這是世間少有的神祕水車小屋，除此之外一無所獲。

沒有水的水車，牆壁上的壁龕，沒有入口的隔間，簡直像是作夢一樣。

我覺得繼續待在這裡，心情只會越來越不安，就按捺住好奇心，決定回叔叔家去。

081 ｜ 資料③　森林中的水車小屋

然而我正要邁開步伐時，不知怎地卻動彈不得。我低頭望向腳下，我的草鞋陷入被昨夜的雨打濕的地面，緊緊地絆住了雙腳。

我首先右腳用力，試著把左腳從泥巴裡抬起來。「吱啵」一聲，草鞋成功脫離泥地，但我因此失去平衡，幾乎跌倒。

我情急之下伸手抓住眼前的水車，總算沒有跌倒弄髒和服。

但是我才剛剛鬆了一口氣，耳邊就突然響起震耳欲聾的聲音，我的身體開始慢慢向前傾倒。由於兩手攀住水車，我的體重讓水車開始轉動了。

格子窗裡的齒輪像是巨大的蟲豸般，開始慢慢蠕動。我急忙放開水車，把身體靠在小屋的牆壁上。

我的心臟怦怦地跳個不停。我深呼吸一會兒，就這樣休息一下。不知道過了多久，我終於平靜下來之後，疑問就浮現了出來。

我的疑問是，剛才水車轉動，齒輪運轉了，**這樣一來啟動了什麼機關呢？**

我在東北親戚家看見的水車小屋，齒輪運轉啟動打穀機。此外我聽說也有機械織布的水車小屋。

相形之下這座水車小屋只見齒輪轉動，並沒有看見啟動了任何機關。沒有實際用途的水車小屋有什麼意義嗎？

我回想起剛才水車轉動的時候，聽到了震耳欲聾的聲響。那既不是水車發出的聲音，也不是齒輪運轉的聲音。我覺得是從比較遠的地方傳來的。這麼一想，我腦中就出現畫面。

啊。可能是這麼回事吧。

我慢慢地貼著牆壁邁步前進，小心不要跌倒，經過剛才看見的小廟前面，再度來到小屋的另一側。

看見眼前的光景，我知道自己想得沒錯。

083 ｜ 資料③　森林中的水車小屋

小屋入口的左邊出現一個剛才沒有的縫隙。不是入口變大了，而是牆壁移動了。

這裡的**機關**應該是內層的隔間牆壁，隨著水車轉動的方向而移動吧。

我剛才不小心轉動水車，小屋內部左邊那個沒有門的房間變寬了，所以出現了入口縫隙。這個機關到底是做什麼用的呢？

「會移動的牆壁」……這個詞讓我想起以前讀過的一本書。一本叫做《白髮鬼》的改編故事，描述一個男人因為妻子被朋友搶走，因而嫉妒發狂的故事。男人為了報復朋友，把他騙進一間特意準備好的小房間裡。那間房有個「升降天花板」的機關。

085 ｜ 資料③ 森林中的水車小屋

從房間外面操作，可以讓天花板緩緩下降。房間越來越狹窄，朋友無處可逃，恐懼地大喊大叫，最後終於被天花板壓扁，他的屍體……啊啊，是個想起來就毛骨悚然的可怕故事。

這棟水車小屋的構造，跟《白髮鬼》的**行刑房間**很類似。

把人關在其中一邊的房間裡，然後轉動水車……不，這種事情不可能在現實裡發生，一定有別的用途吧。

我把可怕的想法從腦中揮去，走向小屋的入口。剛才無法進入的左側房間裡面到底是什麼樣子呢？我從縫隙往內窺看。在那一瞬間，我聞到強烈的惡臭。

那像是食物腐爛的味道，還混雜了鐵鏽一般讓人想吐的臭味。我的眼睛習慣黑暗之

後，看見地上有一個什麼東西。

是一隻白鷺。

一隻死掉的雌性白鷺。一定是有人懷著惡意把牠關在裡面。牠出不去，就這樣餓死在這裡。看牠的樣子，應該已經過了很長的一段時間。羽毛都已脫落。一邊的翅膀尖端沒了，屍體已經腐敗，暗紅色的液體流了滿地。

我害怕得當場逃離。

那天晚上，我和叔叔嬸嬸一起吃過晚飯後，想問他們水車小屋的事。我心想小屋就在離家不遠的地方，可能是叔叔家的產業，他們應該知道些什麼才對。

但是，就在我要開口的時候，裡面房間的嬰兒哭起來。叔叔他們著急起身。好像是手術後恢復得不好，嬰兒左臂關節化膿了。

在那之後幾天，兩人忙著照顧住院的孩子，一直到我回東京，都沒有機會詢問水車小屋的事情。

（中間省略）

第二年，我結婚了，生下女兒。每天都過得非常忙碌，在飯伊暫住的記憶漸漸淡去，但是放晴那一天的事，現在仍歷歷在目。

然後我會這麼想：

那間水車小屋到底是做什麼用的？

為什麼要做這麼殘忍的事？

是誰把白鷺關起來的呢？

前面兩個問題，現在仍舊沒有解答。但是關於水車小屋的第三個問題，我有一個答案。

那天看見「會移動的牆壁」時聯想到的《白髮鬼》的故事，雖然似乎荒誕不羈，但卻可能沒錯。

不，我當然不認為那間小屋是行刑場。但可能是類似的用途吧。

我想到右側的牆壁上四方形的「壁龕」，它的用途到底是什麼？

比方說，把人關在右側的房間裡，轉動水車。這樣牆壁就會讓房間變窄，被關在裡面的人會害怕被壓扁。這樣的話，他或她要怎麼辦呢？

為了逃避步步進逼的牆壁，會不會就蜷起身體，躲進那個「壁龕」裡？

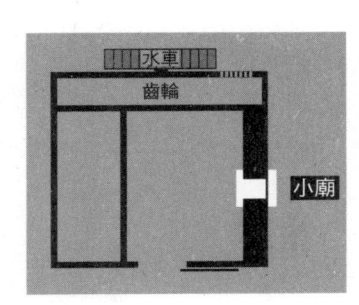

跪坐著把頭埋在兩腳之間，簡直像是**罪人在懇求饒恕**。

如此一來，匍匐的人正對著小廟和裡面的石頭神像。為什麼這種地方有座小廟呢？那應該是故意建造在那裡的吧。

我是這麼想的。

那棟水車小屋，**是為了讓罪人懺悔建造的吧**。

把犯了罪卻不肯認錯道歉的人，關在小屋裡，強制跟神像謝罪懺悔。

那是信仰虔誠的人，在森林裡悄悄地建造了像教堂的懺悔室一樣的東西吧。

我不得不這麼覺得。

話雖如此，那都是過去的事了。再怎麼想，也不過是憑空臆測而已。

資料③　森林中的水車小屋　完

資料④ 捕鼠之家

2022年3月13日 早坂詩織小姐的採訪紀錄

「可能我內心某處，一直都在等待能把這件事說出來的一天吧。」

早坂詩織小姐一面從巨大的玻璃窗俯瞰著市中心，一面這樣說道。

早坂小姐三十三歲，經營一家公司。在六本木的高層辦公室裡，跟十名社員一起編寫網路應用程式，每年營業額高達數億日圓。她留著富有光澤的棕色長髮，俐落的妝容，輕鬆駕馭名牌套裝，簡直就是「幹練女社長」的楷模。

這天是星期日，員工不在辦公室，我和早坂小姐兩個人單獨面談。我之所以訪問她，起因是**某棟房子**和那裡發生的死亡案件。

早坂　我中學時在群馬縣北部的私立女校就讀，就是所謂名門大小姐上的貴族學校。同學都是地方企業的社長千金、議員和地主女兒這種有錢人家的小孩，我一直都覺得自己抬不起頭來。

早坂小姐的父親當時是汽車公司的部長。這個職位已經很不錯了，但早坂小姐卻因為「家世」這種理由，在學校受到了隱性歧視。

早坂　沒有人直接說出來，但確實有差別待遇，那叫做校園階級吧。有錢人也分等級，同等級的學生彼此抱團往來。我在金字塔最底層。光是「上班族的女兒」，就被人瞧不起。比方說，鞋子不是名牌會被隨意取笑；校外旅行的時候要分組，我邀請坐在隔壁的同學，對方說：「跟早坂小姐一起的話，就不能去高級的店了。」這樣拒絕我。

筆者　真是無情啊。

早坂　是的。父母為了讓我上名校，應該非常努力，但對我而言卻完全不是什麼好事。要在有錢人的貴族學校過得好，需要花上比學費多不知多少倍的錢。若不能全身穿戴名牌，證明自己地位的話，處境就會一直非常悽慘。

早坂小姐從旁邊放置的名牌包包裡取出香菸。

「要抽菸嗎？」我婉拒了她的好意，她自己用看起來像是純金製的金色打火機點燃了菸。

但是，這些人中只有一個同學願意跟我交好。

她叫做美津子，初一的時候跟我同班。美津子是班裡的金字塔頂端階級。她是中部地方數一數二的建築公司「日倉房屋」的社長千金。半長的黑髮綁成雙馬尾，皮膚很白，眼睛大大的，是個很可愛的女生。

有一天，下課休息時間她突然跟我搭話，我忘了話題，但記得我們聊得很開心。在那之後我們就很要好，常常聊天，還寫交換日記。

有一天我說了我喜歡《心機胡椒妹》這部少女漫畫，偶然發現她也是這部漫畫的粉絲。

我非常高興跟她有共同的愛好，之後就總是聊漫畫的話題。然而現在回想起來，好像都是我自己說個不停，美津子只是微笑傾聽而已。

這樣過了兩個月，快放暑假的時候，美津子提議……

早坂

「放暑假以後，我們到對方的家裡各住一晚怎麼樣？」她這麼說。我一方面很開心，一方面卻又十分困擾。我家是一間小小的獨棟住宅。而且我的房間是只有三坪的和室，雖然不是絕對不行，但實在不適合招待有錢人家的大小姐。

我遲疑著不知道該不該拒絕，最後還是答應了。決定性的因素是《心機胡椒妹》。

我房間裡有單行本全集，還有很多周邊。

雖然不是豪華的房間，有這些的話，美津子應該會很開心的。我覺得我們一定可以開心地聊一個晚上。「有著共同興趣的朋友，可以超越身分的差距」……我當時天真地這麼想。

早坂小姐吐出一口煙，茫然望了窗外一會兒。

早坂

順序是猜拳決定的。美津子贏了，所以我先去她家過夜。放暑假後第一個星期六，我帶著過夜用的包包，走出家門時的心情，到現在都還記得很清楚。這是我第一次去朋友家過夜，真的非常興奮。

然而到了她家門口，我的興奮完全煙消雲散。雖然早有心理準備，覺得她家應該很寬敞，但實際看到的景象，遠遠超出了我這種貧乏想像力的極限。這棟房子大得像是給一百個人住的一樣，庭院則像是電影裡出現的英國庭園，原來「豪宅」是這個樣子的啊……我這才發現自己跟美津子簡直是天差地遠。

按下門鈴，一位穿白襯衫繫領帶、風度翩翩的男性出現了。我緊張地告訴他我的來意，男人用溫和的聲音說：「我們已經恭候多時，小姐在二樓的房間，我帶您過去。」他像是騎士一樣，為我帶路。

「這個人一定是她家的傭人」，我心不在焉地想著。家裡有傭人本來應該很讓人驚訝，但當時的我彷彿覺得這是理所應當的。

這個家裡沒有傭人才奇怪……就是那種豪華得不像話的宅邸。

早坂小姐在筆記本上畫了房子大概的平面圖。

二樓　　　　　　　一樓

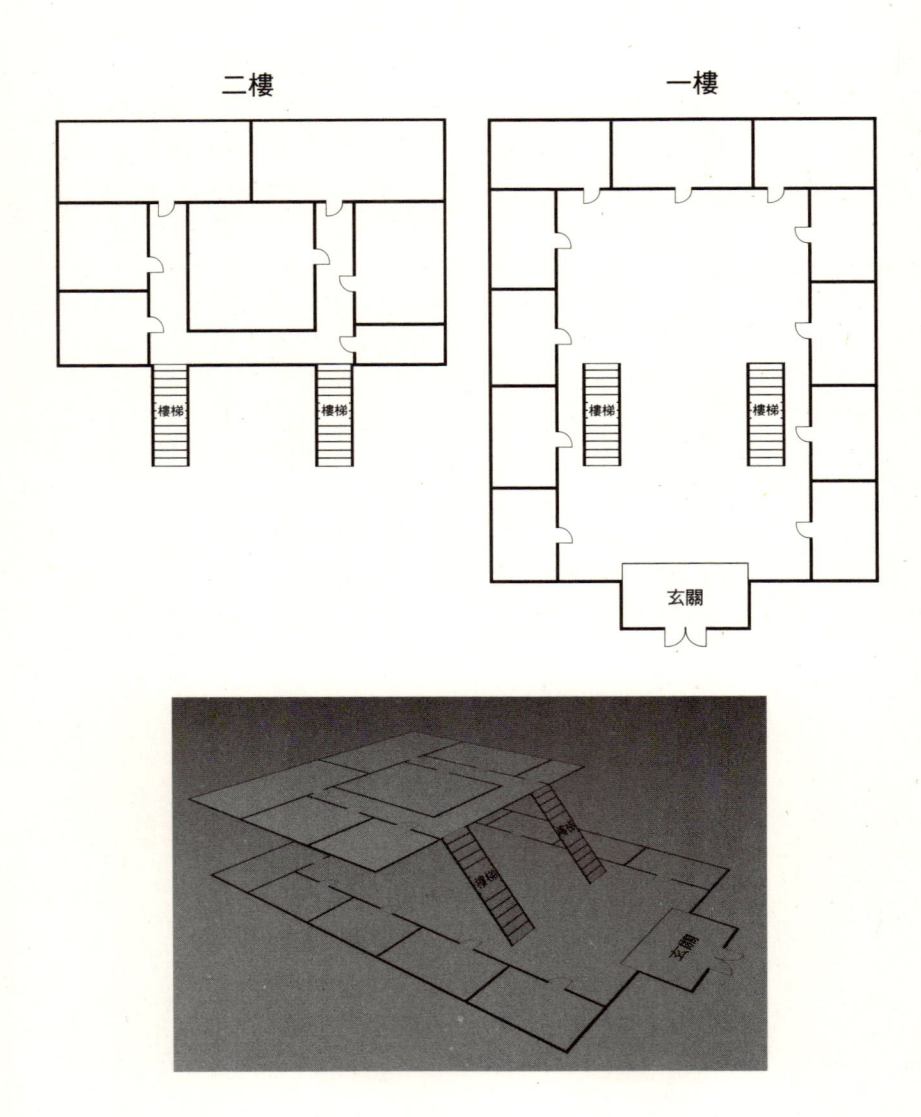

樓梯　樓梯　　　樓梯　樓梯

玄關

早坂　進入玄關，就能看見左右對稱的兩道樓梯。一樓是會客室和傭人房、廚房之類的地方，他們家人基本上都在二樓生活。這是傭人告訴我的。

筆者　所謂的「家人」，是美津子小姐跟她父母嗎？

早坂　不是的，她父母因為工作的緣故，住在很遠的別墅裡。當時這棟房子裡住的是美津子和她祖母。

筆者　我聽說這棟房子是專門為了她們兩人建造的。

早坂　為了兩個人建了豪宅？真是不得了啊。

房子好像是美津子的父親設計的。剛才說過了，美津子是建築公司社長的千金。爸爸是社長，所以替她蓋了房子……我記得當時還覺得很感動呢。現在回想起來，因為是在鄉下的家族企業，所以才能建造得這麼豪華也說不定。

我上了樓梯，看見美津子在走廊上等我。我母親跟我說「要好好跟朋友的家人打招呼」，因此我請她先帶我去她祖母的房間。房間在二樓正中央。

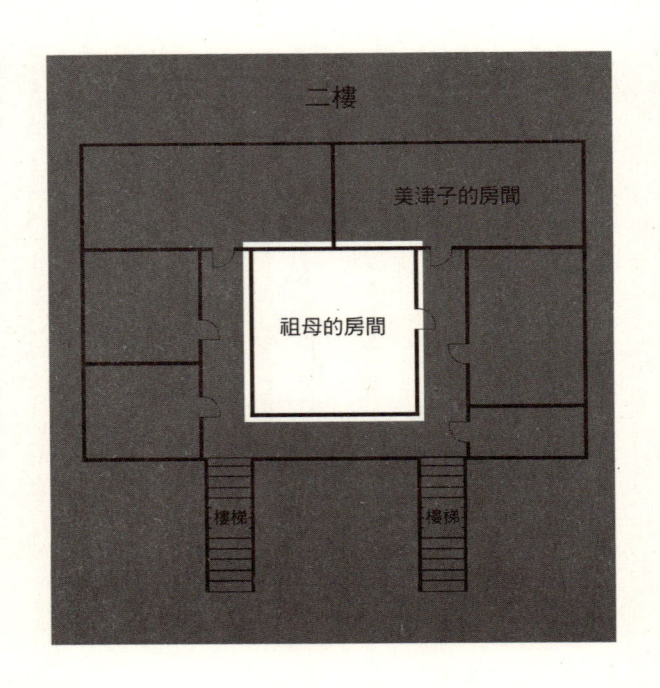

早坂 房門一打開,就有一股甜甜的香味飄來。可能是在薰香吧。房間裡掛著畫,還有各種裝飾品。祖母坐在椅子上看書。她看起來年輕又漂亮,跟「祖母」這兩個字一點都不合。

她穿著花朵圖案的外套，完全遮住雙腿的長裙，雙手戴著白色的手套，看起來簡直像是畫中的人物，我都看呆了。她微微笑著說：「歡迎。」

早坂

打過招呼之後，我們就去美津子的房間。雖然沒有祖母的房間豪華，但也是我們升斗小民一輩子也住不上的房間。最引人注目的是房間最裡面的大衣櫃。我家房間也有衣櫃，但拿來相提並論簡直是失禮，她的衣櫃又大又高級。我們倆吃點心聊天，大概過了兩個小時。

美津子說：「我去一下洗手間。」然後離開房間。沒見過世面的我自己一個人東張西望，她有很稀奇的玩具、外國的化妝品等等好多東西，但我最好奇的還是衣櫃。

美津子的房間

母的房間

樓梯

101 ｜ 資料④　捕鼠之家

早坂

我走過去仔細地看，衣櫃跟我家的完全不一樣，門扉上的雕刻、材料的光澤……實在太漂亮了，我忍不住驚嘆。衣櫃門上有鑰匙孔，仔細想想這也不是什麼稀奇的裝置吧，但我還記得當時自己覺得「衣櫃門上能上鎖啊」，感嘆了一陣子。

我觀賞了一會兒，漸漸開始好奇「這裡面有什麼啊」。我知道自己這樣做不對，但還是伸手握住門把。這行為很差勁吧，其實只要直接請美津子打開，跟她說「讓我看看」就可以了。

我稍微拉了一下，櫃門就悄然無聲地開了。裡面是很多很多的書。原來這不是衣櫃，是書櫃啊。

好多文學書籍、圖鑑、外語字典等等，我不禁感嘆：「看這麼難的書，果然有錢人家的孩子就是聰明。」

只不過，我看著書脊，突然發現了一件事。這裡沒有我們兩人都喜歡的《心機胡椒妹》。不僅如此，甚至連一本漫畫都沒有。我覺得很不可思議，看了一會兒，走廊上傳來腳步聲。

糟糕，美津子回來了。我急忙把門關上，回到原來的地方坐好。

接下來，我們在餐廳吃了晚餐。美津子的祖母沒有出現，我有些擔心，美津子告訴

我：「祖母一直都在自己房間吃飯的。」

吃完飯後，我們在家庭劇院裡看了一小時左右的電影，然後去洗澡。洗完澡換上睡衣，兩個人一起躺在大床上，再過一會兒，愉快的一天就要結束了，令人有點感傷。其實我想跟她聊上整晚，但關燈之後，我突然覺得眼皮沉重，不知不覺就睡著了。

不知道睡了多久，我醒來的時候，房間裡仍舊一片黑暗。美津子在我旁邊睡得很安穩。我回想今天發生的一切，像緬懷寶物般一一回味。真的像是一場美夢。

只不過……有一件事讓我如鯁在喉，那就是**書櫃**。

她那麼喜歡的《心機胡椒妹》竟然一本也沒有，果然還是太奇怪了。可能其實是有的，只是我看漏了吧……我這麼想著，打算再看一次。

我拿出過夜包裡的手電筒，小心地不發出聲音，走到書櫃前面，握住把手慢慢拉動。

……但是不知怎地打不開。

早坂

我使勁又拉了一次。但是完全拉不動。這時我看見了櫃門上的鑰匙孔。我猛然一驚。難道美津子發現我之前擅自打開了櫃門嗎？為了防止我再度偷看，所以把門鎖上了嗎……不知怎地我覺得背後好像有視線在看我，我轉向床的方向。

美津子跟剛才完全一樣，睡得安穩，傳來規律的鼻息聲。

我覺得自己簡直太卑劣了。話說回來，書櫃裡沒有《心機胡椒妹》有什麼問題嘛。漫畫很可能放在別的地方，這裡很可能還有圖書室。

然而我卻半夜溜下床，想要偷看……我對美津子感到萬分抱歉。

＊＊＊

早坂

第二天早上，我被美津子叫醒。

我看了看鐘，才剛過早上五點。美津子說：「難得來一次，早點起來玩吧。」她拿出撲克牌。我揉著睏倦的眼睛，勉強起床。

玩了一會兒撲克牌，我突然尿急，便走出房間去洗手間。我在走廊上碰到祖母。

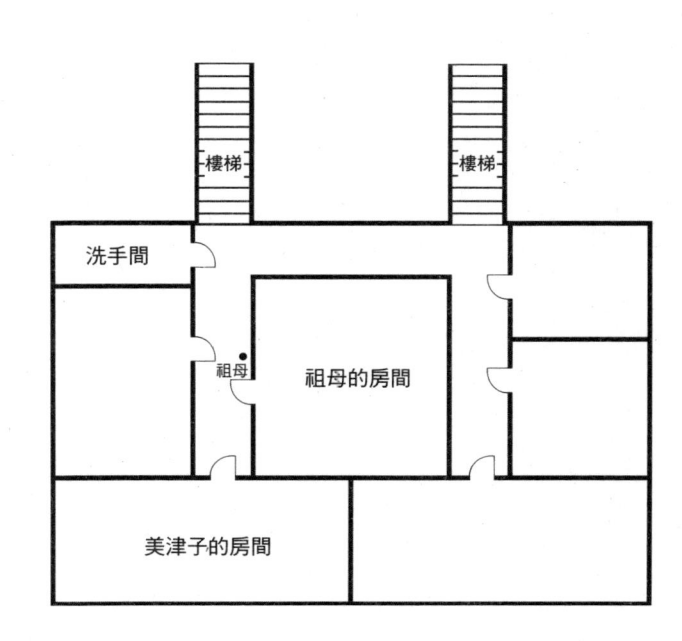

祖母手扶著右側的牆壁，朝樓梯的方向走去，好像隨時都會倒下。我覺得她的腿一定很不好。

而且她還穿著那麼長的裙子拖著走，我擔心她會不會絆倒，急忙趕過去想扶她。

但是她拒絕了，說：「沒事的。」

我只是去一下那邊的洗手間。」於是我說：「這樣啊，那好吧。」我要幫她，但她又對我說：「不用擔心我，妳去吧。要是忍不住就糟了。」

的確，那個時候我已經快憋不住，就恭敬不如從命，自己先去了。這讓我到現在還很後悔。

（平面圖：樓梯、樓梯、洗手間、祖母、祖母的房間、美津子的房間）

早坂

上完廁所，我正在洗手的時候，門外突然傳來「哐咚」一聲巨響，然後有像是重物滾落樓梯一樣的聲音漸去漸遠。我慌忙打開洗手間的門。本來應該在走廊上的祖母，已經不見蹤影。

我心想，「不去找她不行」，就轉身去了祖母的房間。現在我還是不明白自己為什麼這麼做……或許是逃避**眼前的現實**吧。

祖母當然不在房間裡。我呆呆站了一會兒，一樓傳出騷動。我聽到傭人們的尖叫和慌亂的聲音，還有人打了電話。

不一會兒救護車就來了，美津子跟祖母一起前往醫院。

我一直到最後都沒有看見祖母。我害怕知道她到底變成什麼樣子，一直都低著頭躲在角落。我真的太差勁了。

即便如此，美津子在離開的時候，還是溫柔地跟我說：「發生了這種事情，真是對不起啊。」

分明最難受的應該是美津子，她還顧慮我的感受，真是個好女孩。同時我也覺得自己太沒用了。

不僅不擔心美津子，還滿腦子都只想著自己。我一直在心中反覆地喃喃道：

「不是我的錯。」

* * *

早坂　兩天以後，我聽說祖母在醫院去世了。好像是頭部因撞擊受到重傷，不治身亡。

後來警察傳喚我，完全不是因為懷疑我，只是問我事發當天是怎麼回事而已。

我把自己所見所聞全說了。警察並沒有責怪我沒有扶祖母。

但是……沒有人說出我最想聽到的「不是妳的錯」這幾個字。

早坂小姐把香菸在菸灰缸裡捻熄。

早坂　在那之後，我就跟美津子疏遠了。這也是理所當然。

兩個人不管說什麼，都會想起不好的回憶。結果她來我家過夜的約定也取消了。

以上就是我全部的經歷。

她說完之後，直視著我的眼睛。

早坂　祖母的死因，您有什麼看法？

筆者　……聽您剛才的敘述，應該是……不慎跌下樓梯的意外死亡吧。

早坂　您真的覺得**是意外**嗎？

筆者　啊⋯⋯？

她這個突如其來的問題，讓我不知如何回答，我們陷入沉默。

早坂　當然，我並不是懷疑有誰從背後推了她。因為聽到聲音，我立刻就走到走廊上，那裡一個人也沒有。

祖母確實是自己滾下去的。這是事實。

但是⋯⋯

早坂小姐指向平面圖上的一個地方。

早坂　這裡，是不是太危險了？

早坂 祖母扶著右邊的牆壁，走向洗手間。但若仔細想想她行走的路線——前方其實有一段什麼都沒得扶的空間。

筆者 是從牆壁的盡頭到洗手間門口這一段吧。

早坂 祖母後來應該離開牆邊，伸手要握洗手間的門把。走廊大約有兩公尺寬，距離並不近。

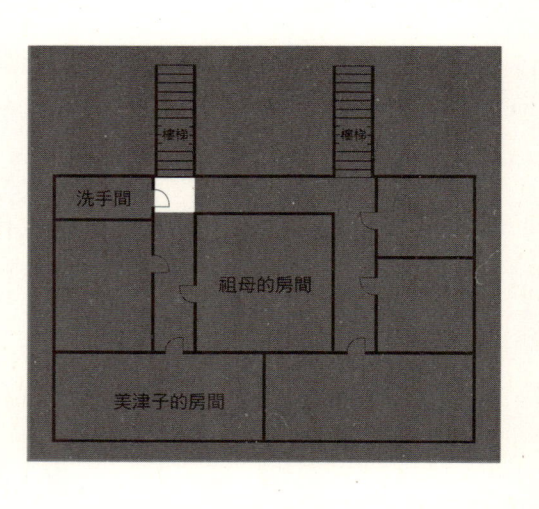

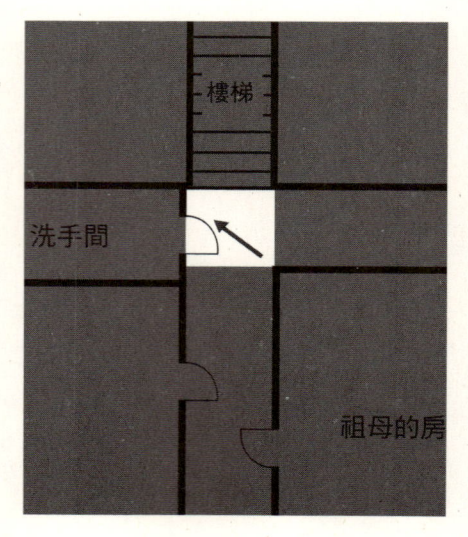

就在這個時候她失去平衡，滾下了樓梯。

筆者　確實自然會這麼想⋯⋯但是，這不就是「意外」嗎？

早坂　是嗎？這棟房子是**為了祖母跟美津子建造的**。這樣的話，通常應該設計成讓她們住起來方便舒服的樣子吧。家裡有長輩，還設計出這樣危險的空間就很奇怪。祖母分明腿腳不方便，走廊上就應該裝扶手，房間裡應該有洗手間等等，設計無障礙空間才對。而那棟房子裡完全沒有「體貼照顧」的心思。

筆者　嗯⋯⋯這麼說來也是。

早坂　建造這棟房子的是美津子的父親，「日倉房屋」的社長。既然是建築公司的社長，不可能犯這種錯誤。

筆者　八成⋯⋯不是錯誤。

早坂　⋯⋯那麼說的話⋯⋯

筆者　這棟房子就是**設計來讓祖母發生意外**的吧。

早坂　⋯⋯

　　「不可能有這種東西存在」、「想太多了」⋯⋯我以前會這麼想。但是，我已經學到了。

三年前調查過東京室內的獨棟住宅——「詭屋」。

那就是為了殺人而建造的房子。

筆者 「日倉房屋」是典型的家族企業，祖母應該擁有相當大的權力。對社長而言，應該是眼中釘肉中刺。

早坂 為了除去障礙，所以想謀害祖母……是這樣嗎？

筆者 一個由家族各自掌握利益的封閉型企業，正因為是家人，反而可能滋生更深的怨恨。無法直接痛下殺手，這麼說，設計這樣過分的「惡意伎倆」也是有可能的……我不由得這麼想。

早坂 您知道捕獸夾嗎？老鼠踩到捕鼠板，彈簧就會鬆開，把老鼠夾死。

筆者 是的，捕鼠器。

早坂 我覺得有點類似。設下陷阱，默默守株待兔。不是直接殺人，不會弄髒自己的手。

筆者 沒有風險的謀殺……

早坂 然後偶然在我去過夜的那一天，陷阱啟動了。

筆者　原來如此。

早坂　……一直到現在我都這樣以為。

筆者　……咦？

早坂小姐拿起桌子上的打火機，站起身來，俯瞰窗下的市景。

早坂　……最近我開始想……真的是這樣嗎？實在太過巧合了吧？偶然在我去過夜的那一天，偶然在走廊碰到祖母，祖母偶然從樓梯上跌落死亡……偶然也太多了。

筆者　……但是，如果不是偶然的話呢……？

早坂　那就是說，**有人故意啟動了陷阱**。

筆者　……是誰呢？

早坂　只有一個人。就是美津子。

她毫無表情冷硬地說道。

我脊梁不由得感到寒意。

早坂　您覺得怎麼樣？

筆者　……什麼……怎麼樣？

早坂　美津子**真的喜歡《心機胡椒妹》**嗎？

聊漫畫的時候，總是我一個人說得很興奮，美津子只是靜靜地聽。我以為是因為我喜歡聊這個話題，所以她樂意當傾聽者……但搞不好她根本沒看過也說不定。意外發生後幾個月，我聽到美津子跟班上其他的同學聊天。她說：「我怎麼可能看漫畫。漫畫是窮人家的孩子看的不是嗎？」

突然「咔喳」一聲，有什麼東西掉在地板上了。是打火機。

早坂　我……可能是被利用了。仔細想想實在很奇怪。美津子會邀請我去她家過夜。那簡直就像是公主請乞丐去城堡作客一樣。不管怎麼想，我都覺得請她來我家完全不合適。

她……一定有什麼目的。

白天的時候，書櫃沒有上鎖，但是晚上就上鎖了。美津子什麼時候上鎖的呢？

那天一直到黃昏我們都在一起。我記得上洗手間也是一起去的。所以她只能在晚上跟我說「晚安」之後，到我半夜醒來之前動手。她確認我睡著了，然後下床去上鎖。

筆者　為什麼要做這種事呢……

早坂　**書櫃裡面藏著什麼東西吧**。比方說……枴杖。

筆者　啊！

「枴杖」……為什麼我沒想到呢？確實，腿腳不方便的話，通常都會拄著枴杖。美津子半夜溜進祖母的房間，拿走枴杖藏在書櫃裡。清晨祖母醒來想上廁所，要拿枴杖，不知怎地卻找不到。

當時祖母心裡怎麼想的呢？洗手間離房間不遠，「不用拄枴杖也能去」，她應該輕易地這麼以為。

祖母平常都拄著枴杖，所以不知道那個地方有多危險。

「這麼近的距離，一定沒問題的。」……過於自信使得她……

筆者　所以就是，撐住捕鼠器的彈簧，被美津子拿走了……

早坂　我是這麼覺得的。

筆者　但是，當時美津子只是個中學一年級學生。年紀還很小，跟公司的利益應該沒有什麼關係，她為什麼……？

早坂　這只是我的想像，但可能是她父親教唆的吧。比方說「把祖母的枴杖藏起來。妳喜歡什麼都買給妳」，類似這樣的話。美津子年紀小，在誘惑之下，沒有什麼罪惡感就照做了。

　　　這樣一來，叫我去她家也說得通了。是要製造不在場證明。讓我作證說：「祖母發生意外的時候，美津子在房間裡玩撲克牌。」所以她才會那麼早就把我叫醒。

　　　我在走廊下偶爾碰到祖母，應該是個令人驚喜的錯誤。我親眼看見她摔死，這樣美津子的不在場證明就更穩固了。

　　　……為什麼選我呢？果然應該還是因為我家沒錢吧。在班上的階級低，用完就扔也沒問題。真的太慘了。

早坂小姐用高跟鞋的鞋尖輕輕地踢走地板上的打火機。

純金閃閃發光。

早坂 這個打火機很俗氣吧？滿滿暴發戶氣息。窗外的景色也是，三天就看膩了。昂貴的衣服、外國的香水、名牌包包，全部都很無聊，怎麼會這麼空洞呢？

……但我想還是得繼續用這些東西，不用可不行。

因為我想在美津子面前爭一口氣。

我有話想跟她說：

「妳拿父母的錢當公主，我跟妳不一樣。我用自己的力量獲得了這一切。」

資料④ 捕鼠之家 完

資料⑤

凶宅就在這裡

2022年8月
平內健司先生的採訪及調查紀錄

《詭屋》出版的第二年夏天，我接受了一位男士的諮商。

他叫做平內健司，住在長野縣下條村，是個三十來歲的上班族。幾個月之前，他買了村裡一棟中古屋。

那棟房子位於山間，離他上班的公司搭公車要將近一小時。雖然通勤時間很長，但徒步範圍內有超市也有雜貨店等等，生活並無不便。此外，房子接近大自然，對喜歡健行和攝影的他來說，是非常理想的環境。更有甚者，房子比市區便宜太多了，這是最大的魅力所在。

房地產仲介說「屋齡二十六年」，在去看之前，他做了心理準備，想說房子應該很老舊；實際看過之後，房子出乎意料地整潔而且並不陳舊，他就立刻決定買下了。

然而住進去一陣子之後，平內先生發現了一件事。

* * *

某天晚上，他在床上輾轉反側，看著手機上的凶宅地圖。

所謂「凶宅地圖」，就是用戶分享曾經發生過謀殺案或死亡事件地點的一個網站。

「大島照」很有名❶，除此之外還有好幾家這樣的服務。

當時他在看的是「全國問題地點」，這是手機專用的APP。那天中午休息的時候，他和同事閒聊知道了這個APP，回家後就查看了一下，好跟同事有話可談。

打開APP，畫面上展示了日本地圖。有「問題」的地點標註☆號，點擊那裡，就能閱讀詳情。

他先調查了大學時代住的東京錦糸町。擴大日本地圖，找尋位於錦糸町北邊，住了四年的公寓。找到之後，查看隔壁第三間的房子。

那棟房子上有☆號。點擊☆號，畫面下方出現文字。

> 地點：東京都墨田區錦糸○丁目○○號
> 日期：2009年5月26日
> 型態：兩層樓的獨棟住宅。
> 詳情：這棟房子的住戶全家自殺。謠傳晚上會看見窗子裡有模糊的人影。

詭屋 2 ｜ 120

平內先生非常佩服。

那棟房子的確有一家人自殺了。他還記得當時擠滿警察和記者，還有看熱鬧的人群，附近一帶鬧得沸沸揚揚。在那之後，附近居民間就流傳著「在空屋的窗戶看見人影」這種真假不明的流言應該是住在附近的人投稿的吧。

在那之後，平內先生又查詢了幾個自己知道的「問題地點」。

高中暑假和朋友一起去練膽量的東北廢棄醫院。

喜歡的影片投稿者介紹的著名四國自殺地點。

老家附近五個年輕人死於爭鬥的隧道。

這些地點幾乎全部都有☆號。他又出於好奇查看了京都市的本能寺遺址，上面很詳細地註明「1582年6月21日織田信長死於叛亂」。

這個APP可信度還滿高的，他心想。

❶ 日本專門標記凶宅的網站，站名取自營運者祖母的名字。

他著迷地看著地圖，不知不覺就過了凌晨十二點。第二天還要上班，他覺得該睡覺了，那就最後再查看一個地方吧。

他把地圖移動到長野縣下條村山區。

「這棟房子附近有沒有問題地點啊」……與其說是好奇心，不如說是確定一下比較安心。

畫面上顯示出自家附近的地圖。

那裡有一個☆號。

他放大地圖，確定☆號的位置。放大之後，發現☆號就在附近。他把房子一棟一棟看過，突然有種不可思議的感覺。地圖上的景色，附近的住宅，他都非常熟悉。他不由得倒抽一口氣。

☆號就標註在自己家上。

＊＊＊

「現在給你看圖。」

平內先生開始操作手機。

本來我收到他的電子郵件，打算自己去下條村跟他見面的。

但平內先生突然要到東京出差，就請他趁著空檔到位於千代田區的飛鳥新社（本書的出版社）辦公室，在這裡接受他的諮詢。

他坐在會客室桌子的另一端，讓我和責任編輯杉山先生看手機。

光是看地圖就知道那裡十分荒涼。七成以上是森林，民家只有寥寥幾間。其中出現了顯眼的☆號，看起來十分不協調。

平內先生點了一下☆號，畫面下方出現了文字。

> 地點：長野縣下條村大字〇〇△△號
>
> 日期：1938年8月23日
>
> 型態：住宅。
>
> 詳情：女性遺體。

1938年⋯⋯八十幾年前了。

平內先生的自宅屋齡二十六年,所以那是蓋房子之前很久的事情了。意思是以前這裡的「住宅」發現過「女性遺體」吧。

筆者　當然啦,我也想過是唬人的。事實上這種APP,誰都可以輸入情報。開玩笑隨便輸入假內容的人也很多。

平內　但是以謊話來說,這又有點過於真實⋯⋯很難想像是惡作劇。

筆者　確實,要是開玩笑的話,應該會寫得更誇張才對。「死了很多人」啦,或者是「出現無頭幽靈」之類的。

平內　對。感覺不到「要嚇死大家」的意圖。平鋪直敘的紀錄反而很有真實感。

筆者　順便一提,您入住之後,發生過什麼奇怪的事情嗎?

平內　一次都沒有。我本來就不是什麼有感應的人,也沒見過幽靈。只不過這還是讓人很不舒服。晚上關了燈,想到「這裡以前死過人」,就會開始胡思亂想。

筆者　嗯⋯⋯

這個時候,一直默默地聽著我們說話的編輯杉山先生開口了。

杉山　如果只是想知道發生過什麼事，可以調查一下不是嗎？

他指向平內先生的手機畫面。

> 地點：長野縣下條村大字〇〇△△號
> 日期：1938年8月23日
> 型態：住宅。
> 詳情：女性遺體。

杉山　首先要考慮的是，「這個訊息投稿人是誰」。在這種類型的APP上提供資訊的人，大概可以分為兩種類型。

一種是**真的住在附近，近距離經歷過事件的人**。錦糸町全家自殺就是這樣的例子。

第二種是**在書籍或是網路上看見消息，間接得知事件的人**。信長的本能寺事件就屬於這類型。

這次的事我想應該屬於後者。畢竟要是有實際經歷過這件事的人，那現在應該已經

筆者：那麼這件事情應該在某個地方有留下記載吧。

我在自己的手機上搜索「長野縣下條村 女性遺體 1938年8月23日」。

然而沒有任何相關情報。

筆者：您的意思是⋯⋯？

杉山：網路果然還是有限的啊。

筆者：什麼都沒有啊。

杉山：其實我在以前工作的出版社，擔任鄉土史雜誌的編輯。那個時候前輩常常說的一句話是：「想瞭解鄉土情報，就不要上網。」據他所言，管理類似鄉土史這種地方情報的團體，多半都嚴重高齡化，基本上都沒在進行將資料放上網路的工作⋯⋯也就是說沒有電子化。那網路上當然就幾乎不會有這些資料了。

我當時有切身感受。網路上怎麼搜都找不到的資料，實際到了當地簡單就入手了，

快要一百歲了。這樣的人在手機的APP上輸入資料，雖然不能說完全不可能，但可能性極低。

筆者 而且內容非常豐富。這種情況發生過好多次。

筆者 也就是說，要「始於足下」的意思。

＊＊＊

第二天，我跟平內先生一起去了長野縣。

從新幹線轉乘JR的飯田線，花了大約四小時到達下條村周邊的車站。我們先去了車站附近的圖書館。

圖書館距離車站步行約二十分鐘。看了館內平面圖，二樓可以閱讀以前的舊報紙。

筆者 總之先翻翻報紙。

平內 或許會有發現遺體的報導。

筆者 但是這裡會保留那麼久以前的報紙嗎？

平內 應該不可能有八十年前的舊報紙，但是可能有影印本之類的。

幸好這個地區當地報紙的副本可以追溯到一百年前。我們以1938年8月為中

心，分別查閱當時前後發行的報紙。

查了兩個小時，並沒有看見「發現女性遺體」的記載。然而平內先生查到了一篇很有意思的報導。

> 1938年10月18日 梓馬家家主 梓馬清親先生去世
>
> 梓馬家的家主梓馬清親先生，在自家宅邸的房間死亡。死因判斷是縊死（註：上吊身亡）。清親先生沒有子女，梓馬家之後由誰繼承，目前未有定論。

筆者　1938年10月18日……是發現女性遺體之後兩個月。但是梓馬清親是誰呢……

平內　其實之前我帶著相機在我家附近散步，看見一座刻著「梓馬家宅邸遺址」的石碑。

筆者　所以宅邸就在附近……不知道有沒有關聯，就先試試調查一下梓馬家吧。

我們搜尋可能有關聯的書籍。

過了一會兒，平內先生找到特別設立的「本地歷史」區。那裡的小書架上擺放著幾十本鄉土資料。看到成片書背中，有一本叫做《南信名家史》的書。

詭屋 2 ｜ 128

筆者　南信？

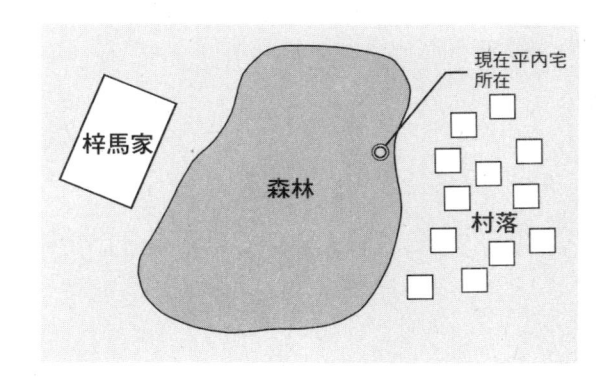

平內　南信州……也就是長野的南部。

筆者　那麼也包含下條村呢。「名家」啊。搞不好會有梓馬家的記載。翻閱一下吧。

關於梓馬家的記述只有幾頁，但我們得知了以下的訊息：

平內先生現在住的地方，以前是森林。森林的東邊是村落，西邊就是梓馬家的宅邸。

梓馬家是以前本地的莊園領主，在莊園制度廢止之後，仍以名門望族的地位擁有強大的影響力。

然而家主清親在1938年自殺之後，一家陷入混亂，就這樣一蹶不振。隨後的太平洋戰爭和戰後的混亂更是雪上加霜，梓馬家很快失去了影響力。最後宅邸在1980年代前半拆除，旁邊的森林慢慢開發，這一帶的民宅漸漸多起來。其中一間就是現在平內先生的家。

129 ｜ 資料⑤　凶宅就在這裡

平內 這麼說來，1938年發現女性遺體的時候，我現在住的地方還是森林呢。

筆者 應該是這樣。很難想像當時森林裡有住宅，我覺得那份資料有錯誤。

> 地點：長野縣下條村大字○○△△號
> 日期：1938年8月23日
> 型態：住宅。
> 詳情：女性遺體。

筆者 發現女性遺體的地方並不是「住宅」，很可能是森林⋯⋯應該是埋在土裡吧。

平內 意思是挖掘出埋藏的屍體？

筆者 這樣想來，跟梓馬清親的自殺就能產生關聯了。

- 梓馬清親 殺害女性→埋在宅邸附近的森林裡。
- 遺體被人發現。
- 調查開始。
- 清親走投無路 自殺。

詭屋 2 | 130

筆者　梓馬清親殺害一位女性，埋在宅邸附近的森林裡。1938年8月23日，遺體被人發現，警察開始調查。

隨著調查進展，清親害怕被逮捕，於是自殺了。

這樣就連結起來了。

平內　只不過，如果是這樣的話，又產生了新的問題。

筆者　什麼問題？

平內　投稿給「全國問題地點」的人，是怎麼知道這件事的呢？記載最詳細的本地報紙，都沒有刊登發現遺體的報導。連當地報紙都沒有報導的案件，不太可能被更大的媒體報導。

也就是說，**這件事完全沒有被報導**。既然如此，投稿給APP的人，是從哪裡知道的呢……？

筆者　原來如此……

我們這樣討論著，不知不覺閉館時間就要到了。我們用平內先生的借書證，借閱了包括《南信名家史》在內，似乎有參考價值的五本書。

好像很少人一次借閱五本鄉土資料的書籍，櫃檯的小姐覺得很稀奇。她提了一句「如果兩位對鄉土史料有興趣的話——」，然後告訴我們一個資訊。離圖書館步行約二十分鐘

的地方，有一座歷史資料館。那裡晚上仍有開放，於是我們決定前去一探究竟。那裡的資料館是民宅的一個房間，改建成大小約四坪的展示室。裡面幾乎沒有文字資料，只有牆壁上掛著當地的自然風光，以及前人的生活情況等等的十幾張照片。我們沒有看到想要的資訊，正打算早點離開的時候，屋子裡來了一位年長的男性。他胸前別著「館長」的名牌。

館長　不好意思，沒有早點出來迎接。已經很久沒有客人光臨了，我去泡了茶要接待兩位。

他說著端出兩杯茶和切開的銅鑼燒。

這樣一來我們就不好立刻走人了。

館長　兩位貴客是從哪兒來的？
筆者　我是從關東來的。
平內　我在長野住了快十年了。
館長　這樣啊。哎呀，最近的年輕人，對本地的歷史都沒有興趣，兩位光是願意來這裡，我就非常高興了。有什麼我能幫得上忙的，或是您們想瞭解什麼事情嗎？

平內　其實我們在調查一個叫做梓馬清親的人物。您聽說過嗎？

館長　清親先生是梓馬家的老爺呢。我知道得不太清楚，但是有一位住在附近的久三先生，他跟我是茶友。

他的祖母以前在梓馬家工作，常常聽祖母講那一家的事情。

筆者　啊!?附近就有這麼瞭解他們家的人!?

館長　他整天閒著沒事，現在叫他應該就會來的。

館長說著立刻打了電話給他。說了兩三句，久三先生就答應過來了。本地社區驚人的情報網，讓我和平內先生都震撼不已。

「想瞭解鄉下，就不要上網。」……我們親身體會了這句話有多正確。

過了十分鐘左右，一位跟館長年齡相仿的白髮男子出現了。

筆者　勞煩您特地跑一趟，真是不好意思。

久三　沒事沒事，我已經退休了，反正也沒事做。你們要問什麼，梓馬老爺的事？

筆者　是的。我們正在調查梓馬家的清親先生。先前在圖書館看了資料，得知他在1938年自殺。我們想知道到底發生了什麼事，清親先生為什麼自殺。

久三：啊，那是因為感情糾紛，也就是出軌。

筆者：出軌？

久三：這是我去世的阿嬤總是掛在嘴邊講的事。

清親老爺的夫人，好像是個很強勢的女人，她嫁給清親老爺，為的是梓馬家的財產和權力。她揮霍成性，跟手下一起想霸佔宅邸，完全不理會清親老爺。一方面被夫人無視，另一方面又被父母責備——「你這個沒出息的兒子，還不趕快想辦法處理那個惡媳婦！」據說，清親先生的狀態因此變得非常糟。

當時能夠安慰他的是一個叫做「阿絹」的女侍。我阿嬤說阿絹年輕可愛。清親老爺自然就愛上阿絹。阿絹好像也很喜歡清親老爺，很幸福的樣子。

但是有一天這件事被夫人知道了。夫人擔心自己正妻的地位不保，運用權力想殺掉阿絹。她僥倖逃離了宅邸，孤單的清親老爺太過悲傷，就上吊了……事情大概就是這樣吧。

筆者：我阿嬤總是說：「清親老爺太可憐啦。」當然阿絹也一樣。

久三：這個沒人知道。可能回老家，或者死在外面了吧。

平內：宅邸附近就是一片森林，有沒有聽說那裡發現過女性的遺體？

久三：唔……這我不知道。這樣的話，阿絹可能平安地逃到什麼地方了吧。

詭屋 2 | 134

- **梓馬清親　跟阿絹出軌。**
- **清親之妻得知後盛怒　試圖殺害阿絹。**
- **阿絹　逃離宅邸。**

我們跟館長和久三先生道謝，離開了資料館。

時間已經不早，那天我就在平內先生家過夜。我們在車站前的超市買了熟食，搭上下午六點出發的公車。

我們沿著沒有鋪設柏油的道路走向平內先生家。走個幾分鐘才有一棟房子，而且每棟房子都好像沒人住，可能都是別墅之類的吧。

隨著公車前進，建築物越來越少，茂密的草木則逐漸增加。過了一小時左右，抵達離平內家最近的公車站。天色變暗，四周只聽得到單調的蟲鳴。

走了一會兒，平內先生的房子出現在視線內。我的第一印象是「在大自然中巍然獨立」。屋齡二十六年，整體來說有歲月痕跡，但可能之前的住戶十分照顧屋子，並不特別老舊，是一間很好看的獨棟住宅。

但是進入室內，我發現一件奇特的事情。

一樓連一扇窗戶都沒有。 就算開燈，屋裡仍舊有點暗，感覺陰沉。

筆者：這構造很奇特啊。

平內：看屋的時候問過仲介，說一樓本來是倉庫，「所以沒有窗戶」。

平內：鄉下人要種田，需要這種大倉庫收納農作用具。我不種田，就把床鋪放在一樓當寢室使用。

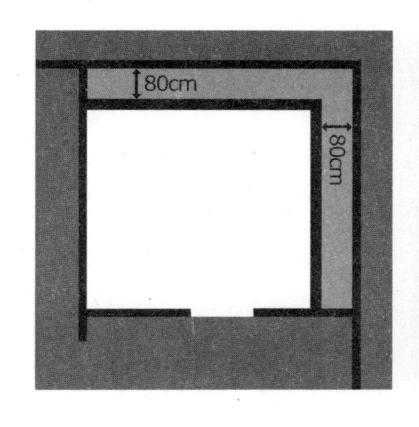

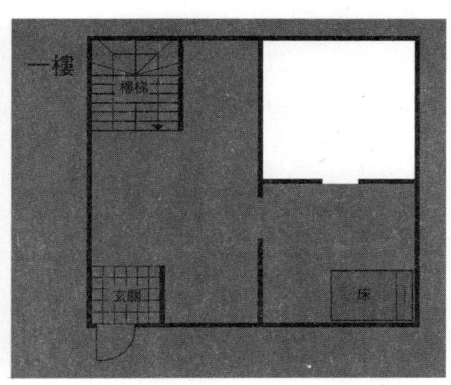

平内帶我參觀了一下。其中**有個房間**讓我覺得不太對勁。

一樓東北方向的角落房間。走進去的瞬間,就感受到奇特的壓迫感。

筆者 平內先生,這個房間是不是有點奇怪?不知道是不是該說狹窄……

平內 感覺得出來嗎?我最初進來的時候,也覺得好像這裡的牆壁特別厚一樣。

隔壁的房間狹窄。長寬都少了八十公分左右。

住了一陣子之後,我用尺測量了一下,果然比「怎麼這麼小」。

依照平內先生所言畫出這樣的平面圖。他雖然說「可能是管線空間之類的吧」,但管線空間設在這種地方很奇怪。

137 | 資料⑤ 凶宅就在這裡

＊＊＊

在那之後，我們在二樓吃了晚飯。平內先生煮了信州蕎麥麵，配上超市買的當地蔬菜天婦羅，當兩者交融在一起時，成了難以言喻的豐富滋味。吃完飯後喝著茶，我的手機響了。是編輯杉山先生打來的。

筆者　喂？

杉山　啊，不好意思這麼晚打擾你。現在可以說話嗎？

筆者　可以。有什麼事嗎？

杉山　關於平內先生的房子，我今天研究了一下長野縣的鄉土史，跟認識的作家聯絡過，他介紹了一本老書給我。書裡頭有個記載，似乎跟APP上的資訊有關。

筆者　哪本書啊？

杉山　是一本昭和初期的旅遊文集，叫做《明眸逗留日記》。其中有一篇〈飯伊地方見聞〉，提到1938年8月23日經歷的怪事。我現在把那一頁拍照傳給你，你看看吧。

他傳來的照片是一本泛黃的舊書。

《明眸逗留日記》第十四章〈飯伊地方見聞〉作者：水無宇季

內容是作者在散步途中，在森林裡發現了一座奇特的水車小屋的經過。

杉山　飯伊地方……就是現在的南信地方。當然就包括平內先生家所在的下條村。然後呢，我覺得最有意思的，是作者水無宇季在小屋裡發現白鷺屍體的那一段場景。

―――
一隻死掉的雌性白鷺。一定是有人懷著惡意把牠關在裡面。牠出不去，就這樣餓死在這裡。看牠的樣子，應該已經過了很長的一段時間。羽毛都已脫落。一邊的翅膀尖端沒了，屍體已經腐敗，暗紅色的液體流了滿地。
―――

杉山　我看到這一段的時候，感覺非常不可思議。宇季怎麼知道那是**雌性的白鷺**呢？屍體都已腐敗，羽毛也脫落了。狀態非常糟糕。通常在昏暗中看見這種東西，就算知道是一隻死鳥，也沒辦法辨別種類吧。

杉山　即便如此，宇季卻斷言說是「雌性」的「白鷺」。退一百步來說，就算能看得出是「白鷺」，又怎麼知道是雌性的呢？

我覺得這是一種隱喻。也就是說，宇季在水車小屋裡看到的，其實是別的東西。但是她沒辦法直接形諸於文字，就用「白鷺」這種比喻代替了。

這只是猜想而已，但我覺得宇季看到的，會不會是女性的遺體呢？

筆者 女性的遺體……

杉山 這樣想來，就跟那個情報符合了。

> 地點：長野縣下條村大字〇〇△△號
> 日期：1938年8月23日
> 型態：住宅。
> 詳情：女性遺體。

1938年當時，平內家的房子還被森林覆蓋。我們都認為森林中不可能有住宅，但從宇季的經歷來說，水車小屋是在「森林裡」。

「住宅＝水車小屋」，這樣想的話，這份情報的「日期」、「型態」和「詳情」就全都符合了。

杉山　只不過，很可惜宇季的日記沒有詳細的地名，沒法知道水車小屋是不是在現在平內先生的房子這裡。

筆者　不，我覺得您說得對。

杉山　今天我們去圖書館調查過了，這裡以前都是森林，平內先生的房子剛好在森林的出口附近。然後附近就有村落，要是宇季從那個村落走進森林的話，位置就吻合了。

筆者　這樣啊。那麼果然……順便問一下，您現在在下條村嗎？

杉山　是的。因為天色晚了，今晚就在平內先生家過夜。

筆者　這麼說可能有點奇怪……但請您小心。

杉山　嗯？……沒事的，又不會鬧鬼。而且**這棟房子又不是凶宅**。

這句話一出口，我不知怎地胸口發緊。

心裡某處感覺到無法言喻的不安。

平內　那麼，事情就是這樣的。

　　　阿絹離開梓馬宅邸，逃進附近的森林裡。

　　　←

　　　在森林中徘徊的時候，發現水車小屋。

　　　←

　　　為了躲避風雨，在小屋裡度日，但沒有東西可吃，最後餓死了。

　　　←

　　　宇季發現了她的屍體，將經過寫進文章裡。

　　　←

　　　有人閱讀了這篇文章，發現宇季的真意，投稿給「全國問題地點」。

筆者　故事情節算是連貫了。

平內　但是這樣一來，是誰把阿絹關起來的呢？

筆者　關起來？

掛掉電話之後，我讓平內先生也看了〈飯伊地方見聞〉。

詭屋 2 ｜ 142

平內　一定是這樣不是嗎？

平內先生把手邊的廣告傳單翻過來，在上面畫出水車小屋的平面圖。

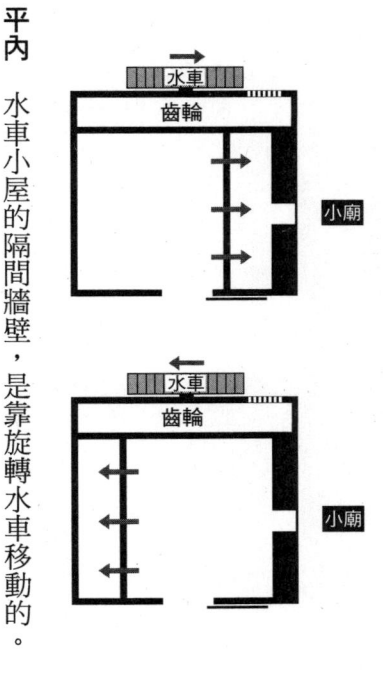

平內　水車小屋的隔間牆壁，是靠旋轉水車移動的。宇季發現水車小屋的時候，阿絹的遺體關在「左邊的房間」裡。

也就是說，**在屋內無法移動**。

這樣一來，就是阿絹死亡之後，**有人在外面轉動水車**。

筆者　確實如此。誰會這麼做呢……

不對，應該說真的是死亡之後轉動的嗎？

143 ｜ 資料⑤　凶宅就在這裡

平內 但是這間水車小屋，本來是做什麼用的呢？

筆者 從位置靠近村落來看，應該是當地居民建造的吧。雖然不知道是不是宇季說的「讓罪人懺悔的小屋」。

我們倆看了一會兒水車小屋的平面圖。不知怎地漸漸有種奇怪的感覺。彷彿……似曾相識。

筆者 平內先生……這間水車小屋……是不是有點像那個房間？

平內 ……其實……我也這麼覺得。

我們不知道是誰先起身，一起急忙下到一樓。

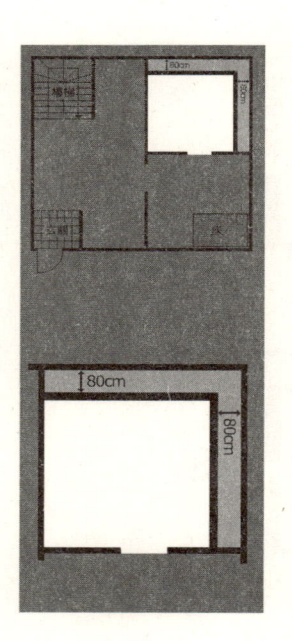

東北角落的房間。比隔壁房間長寬都少八十公分，狹窄的房間。

筆者 總之先試試看吧。

平內 這麼說的話……

——我敲敲東邊「特別厚的牆壁」。牆壁發出厚實的「咚、咚」聲。然後我慢慢地移向中間持續敲擊。到了某個地點，聲音明顯改變了。「哐、哐」……敲擊牆壁的正中央，發出空洞的聲音。也就是說，這堵牆壁只有**中間是空心的**。

——這個房間只有一個入口，沒有窗戶、家具、燈具或裝飾，簡直像一個四方形的箱子一樣。唯一的特徵就是右邊的牆壁上有一個很大的洞。與其說是洞，並不能貫穿牆壁看到外面，因此可能該說是「壁龕」吧。牆壁中央那個四方形的「龕」，要是我把自己蜷成一團的話，應該可以縮在裡面。

——我們的想像實在太過超乎現實，以常識來說完全不可能。然而從各種線索推斷，只能達成這個結論。

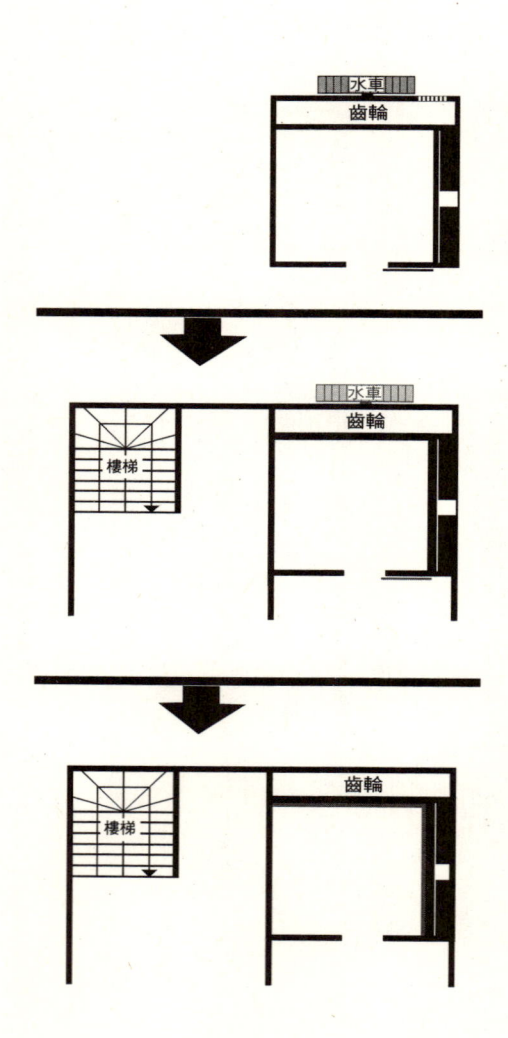

這棟房子,是不是水車小屋加蓋而成的呢?

平內　不是……到底是誰?為什麼要這樣……而且,這也太奇怪了。房屋仲介分明說這棟房子「屋齡二十六年」。宇季看見水車小屋,是八十幾年前的事了。難道是房屋仲介說謊嗎……?

筆者　那個,平內先生。房屋仲介除了屋齡之外,還說過什麼嗎?

平內　屋齡之外?

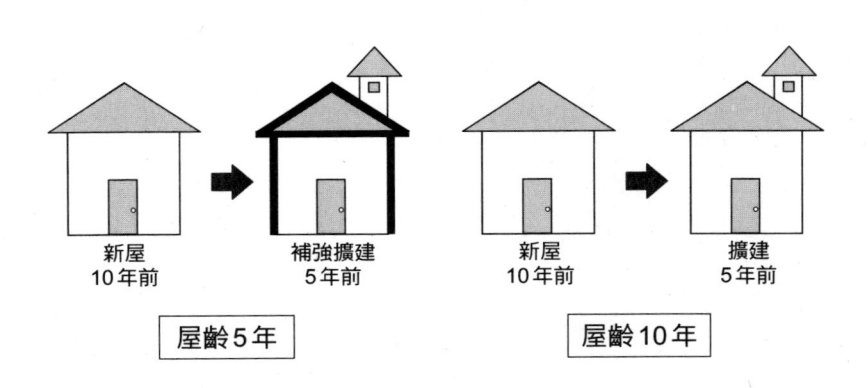

筆者　以前我聽認識的建築設計師說過。房屋仲介推銷不動產的時候，有義務告知客戶房屋的屋齡。只不過**屋齡如何計算**，有各種不同的方式。

比方說，十年以前建造的房屋，五年前又加蓋的話，基本上都必須記載為「屋齡十年」。

但是，倘若加蓋的時候，將原來的建築物**大規模補強擴建**的話，屋齡就可以從「加蓋時候開始計算」。

平內　咦？

筆者　也就是說，十年前蓋的房子，五年前大規模加蓋的話，房屋仲介就可以標示「屋齡五年」的意思。

平內　這太奇怪了吧……

筆者　當然，這樣的話，房屋仲介就應該跟客人解釋「這棟房子是擴建的」。只不過沒有法律規定必須如何詳細說明。因此好像會有黑心的業者用天花亂墜、模糊不清的說明方式，讓客人搞不清楚真實狀況……

新屋 10年前 ➡ 補強擴建 5年前	新屋 10年前 ➡ 擴建 5年前
屋齡5年	**屋齡10年**

147 ｜ 資料⑤　凶宅就在這裡

平內　當時房屋仲介有些地方確實說得……很難理解。但是……竟然會這樣……那麼這間房間就是……

在此之前我對「女性遺體」這個詞都沒有什麼真實感。因為我覺得那都是陳年舊事了。雖然本地發生過那種事，但那跟現在的我們沒有任何關聯……我是這麼想的。

我錯了。

凶宅，**就是這裡**。

＊＊＊

老實說，我一點都不想待在這棟房子裡。恨不得立刻就逃出去。但是最後一班公車已經發車，附近沒有別的地方可以過夜。我們倆都沒睡，在二樓聊天一整夜。

次日清晨，兩個人走向公車站的時候，一位高齡的女性從昨天我以為沒有人的別墅走出來。我們打了招呼，站著說了一會兒話。

她長年獨居於此。因為習慣早睡早起，晚上七點就關燈就寢了。因此我們才沒有看見燈光。

既然她在這裡住了許多年，那或許知道些什麼。我就問了一下那棟房子的事。

女性　這個啊……我搬過來的時候，那棟房子已經蓋好了。什麼時候蓋好的我不知道，但在平內先生搬來之前，一直都沒有人住。

筆者　是空屋嗎？

女性　我覺得是。如果有人住的話，總會碰到一兩次不是嗎？但從來都沒遇見過住戶。

但是……怎麼說呢，那裡曾有一次進行過建築工程，那時候或許有人住過，只是我不知道而已。

平內　建築工程？

女性　大概是二十年前吧，有過大規模的工程。那棟房子不是兩層樓嗎？我搬到這裡的時候，只有一層樓。工程完成之後變成兩層樓，我記得自己還想著「加蓋了呢」。

149　資料⑤　凶宅就在這裡

如果這是真的，那平內先生的房子，以前是**沒有廚房、廁所和浴室的**。那種地方不可能有人住。

一看屋的時候問過仲介，說一樓本來是倉庫。

也就是說，一開始只是一間「倉庫」而已。

二十六年前，有人把水車小屋改建成「倉庫」。

又過了幾年，加蓋二樓，變成「民宅」。

到底是為什麼呢？

這個謎團，越想越令人不解。

資料⑤ 凶宅就在這裡　完

二樓

詭屋 2 | 150

資料⑥ 重生之館

1994年8月
某月刊雜誌刊登的報導

以前，在長野縣西部燒岳的山腳下，有一座巨大的建築物。

它名為「重生之館」……是邪教教團「重生聚落」用來進行宗教活動的設施。

現在教團已經解散，建築物已經拆除。要詳細瞭解的話，只能依靠過去的資料。這次要介紹的是1994年8月發售的某月刊雜誌刊登的，幾乎可以說是唯一的「重生聚落」臥底報導。

報導本來預定分為「前篇」和「後篇」，但前篇發售之後被某企業投訴，本該在次月號刊登的「後篇」被別的報導取代，就沒有問世了。

因此這裡只看得到「前篇」。

另，文中的插圖是原封不動地照搬雜誌上刊登的圖。

疑雲重重的邪教教團內部徹底解析──
「重生聚落」會館臥底報導　前篇

☆與眾不同的營運方針為何？

詭屋 2 ｜ 152

「重生聚落」是一個以長野縣為據點活動的邪教教團。

他們將活人神——御堂陽華璃（通稱：聖母大人）奉為教主。所謂「活人神」，就是**把活人當成神明崇拜**時使用的名詞。也就是信徒們聚集在自稱「我就是神。崇拜我吧」的教主周圍而組成的教團。

這種教義本身並不稀奇，但他們有些與眾不同的特徵。

① 教團的信徒都懷有「某種隱情」

在此之前我曾經潛入許多邪教組織秘密調查，在那裡遇見過各種各樣的信徒。有人富裕且有妻兒，也有人貧困孤身一人。有人東大畢業，也有人只上過中學。成長的環境、年齡、性別、職業、興趣……全都各有不同，我知道無法以「某種類型的人比較容易信邪教」這種話來一概而論。

然而「重生聚落」的信徒全都有一個共通點：他們都懷抱著「某種隱情」。信徒們共通的「隱情」到底是什麼呢？

② 不洗腦的宗教

邪教組織常常以展現超能力（幾乎全部都是魔術手法），或者使用暴力和違法藥物來給信徒洗腦。

但是「重生聚落」完全不使用這些方法，而是贏得信徒的信仰，讓他們購買天價的商品。說是商品，但並不是開運商品或者水晶玉石這類小家子氣的東西。而是幾百萬，甚至幾千萬日圓的超高價商品。

教團以電話傳銷和信徒口耳相傳，發跡之後六年，就擁有好幾百個信徒。以人數乘上金額，多半就能推斷出他們賺了多少錢。真是令人驚訝（羨慕）啊。

③ 特殊的修行方法

「重生聚落」在長野縣西部有一處房地產。名叫「重生之館」。

那裡每個月舉行四次聚會，提供食宿讓信徒們修行。據說修行方法非常特殊。

一個月只舉行幾次的「特殊修行」……籠絡信徒，讓他們掏錢購買高額商品的秘密，一定就是這種修行。以臥底搜查專家自詡的我，決定進入「重生之館」查明真相。

當然，要潛入那個會館，必須加入教團。每一次這都很困難。多數邪教教團都不願意

公開內部情況，會詳細調查想加入的信徒，判斷「是不是進來臥底的」。就算本人身經百戰，也曾經被對方敏銳的嗅覺查出，因此鎩羽而歸。

相形之下「重生聚落」就沒有那麼嚴格。通電話報上姓名、年齡、住址，並且回答「某個問題」（問題的內容跟教團的真相密切相關，將在下個月刊登的後篇中揭露，敬請期待），最後發誓信仰該教，就爽快地加入了。

不僅如此，入會同時還預約了下一次在「重生之館」舉辦的修行活動，實在太順利，反而讓人有點毛骨悚然……

修行活動當天，我搭電車轉乘抵達長野縣。

教團的所在地是一片廣闊的平地，周圍被大自然環繞，正中央有一棟白色的建築物。這就是傳說中的「重生之館」（以下簡稱「館」）。其外觀扭曲奇特，與其說是宗教設施，不如稱之為現代藝術還比較合適。

教團的所在地已經有幾十位信徒，大家都朝館的方向走去。

我也跟上他們。館的入口是一條狹長的甬道，走進甬道後不久就到了聚會場。

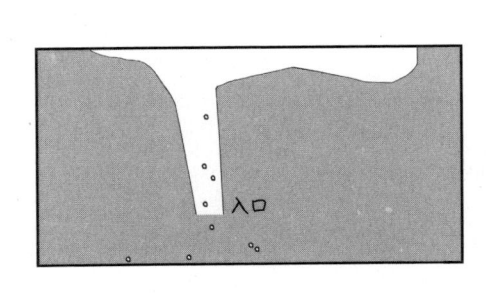

155 ｜ 資料⑥　重生之館

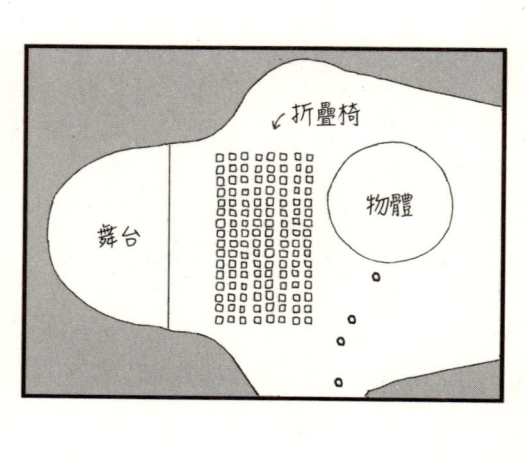

聚會場裡排列著許多折疊椅。左手邊有一個半圓形的舞台，右邊則有一個圓筒狀的深紅色物體。信徒們都在那個巨大的物體前面深深一鞠躬，然後在折疊椅上落坐。那可能是教團的象徵吧。

過了三十分鐘左右，所有的椅子上都坐滿了人。還有很多信徒沒位子坐而站著的。男女比例差不多一半一半，也有看起來像是夫妻的二人組。

年齡層以三十到四十歲左右最多。大家都一言不發，挺直脊背坐著，盯著空無一人的舞台。這種異樣的光景，在以前的臥底調查時見過許多次。大家都一心一意地等待教主登場……從某方面來說，這是邪教信徒典型的態度。

只不過他們跟之前所見的信徒有所不同。邪教教團在修行時，所有人通常都穿著稱為「祭服」的服飾。然而這裡的信徒服裝都不一致。應該都是自己的衣服。而且（雖然品味有差）大家都穿著看起來就很昂貴的名牌服飾。細看之下，還有手錶和項鍊這種引人注目的高級飾品。

詭屋 2 | 156

「重生聚落」要求信徒購買數百萬到數千萬日圓的商品。顯然聚集在此的都是財力能負擔得起這種要求的人。

過了一會兒，舞台上出現了一個人。並不是教主御堂陽華璃。是一個穿著西裝，大約四十來歲的男子。

透著不悅的眉頭緊鎖，雙目凹陷，很有特色的鷹勾鼻。這個男人看著很眼熟。他是中部地方數一數二的建築公司「日倉房屋」的社長，緋倉正彥先生。

之前就聽過傳聞。「邪教組織『重生聚落』，跟日倉房屋的社長有很深的關聯，他捐了鉅額的資金」……沒想到傳聞是真的。

緋倉先生站在舞台中央，用威嚇般的聲音開始說話。

以下文字轉自偷偷帶進去的錄音機所錄到的內容。

「你們都已經有所自覺了吧。知道自己懷抱的重大罪孽。這些罪孽會由你們可憐的孩子承擔。因雙親的罪孽而生的孩子。罪孽之子。罪孽的穢氣會招來種種不幸，讓你們都沉入地獄的泥沼。

「很可惜,穢氣無法消除。但是可以減輕。只要不斷修行,就能夠淨化,你們先在這座館內淨化穢氣。然後明天一早,帶著減輕了穢氣的身體回家,然後幫助你們的孩子修行。」

不愧是大企業的領袖,說起話來充滿威嚴。但內容卻極為中規中矩,甚至可以說是平凡。

「罪孽」啦、「穢氣」啦、「不幸」啦,用這種抽象的話恐嚇大家,最後以「不斷修行就能淨化」來解決。換言之,就是「加入這個教團,你就能得救」的意思。

這是最基本的演說。即便如此,信徒們還是都非常認真地傾聽緋倉先生的話。好像要咀嚼他的一字一句般不斷點頭,眼中還浮現淚光。

據說「重生聚落」不給教徒洗腦,但顯然是傳聞有誤。信徒們明顯都**被某種方法洗腦了**。

緋倉先生說完話,就有幾個不知從哪出來的教會人員(照顧信徒的員工)讓大家起身,排成一長排。

看來接著就是去教主御堂陽華璃那裡朝聖神，御堂陽華璃……到底是怎樣的人物呢？

信徒的行列朝著大紅色圓筒狀的物體前進。聖母大人好像就在那裡面。這樣的話那就不是物體，而是「神殿」了。教會人員說，神殿的門打開之後，信徒就可以五個人一組進去。一組要花上十幾分鐘，進度很緩慢。從神殿出來的信徒人人都一臉滿足。或許洗腦的秘密就在裡面也說不定。等了將近一小時才輪到我這組。

首先說明一下神殿的構造。神殿內部是螺旋狀的牆壁，聖母大人坐在正中央。牆壁上有許多窗戶，我等五人一面從窗戶窺看聖母大人，一面朝中央慢慢前進。

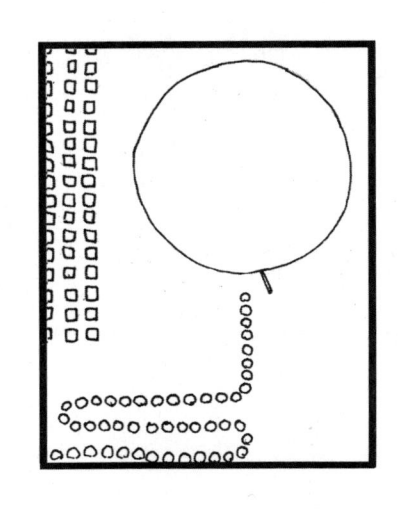

159 ｜ 資料⑥ 重生之館

甬道一片黑暗，但聖母大人上方有一個小燈泡，可以朦朧地看見她的樣子。第一次從窗口窺探的時候，我幾乎懷疑自己的眼睛。

我懷疑自己看錯了。然而越接近中央，看得越清楚的時候，我確定自己沒錯。**聖母大人是殘障人士。她沒有左臂和右腿。**

☆獨臂獨腿的聖母大人

傳聞說，聖母大人已經年過半百，但她臉上沒有什麼皺紋，黑色的長髮光澤豔麗。她的皮膚光滑有彈性，看起來起碼比半百年輕個十歲。

右腿從腿根起就不見了，她以修長筆直的左腿支撐身體，文風不動地坐著。身上只披著白色的絹布，幾乎稱得上半裸。不知道該不該說是「神聖」，但見到她的人都目不轉睛。她有著異樣的美貌。

到達中央之後，除了我以外的四個人，都在聖母大人面前端正地跪坐。我也有樣學樣。聖母大人看著我，用柔和的聲音說：「您是第一次來呢。不用著急，慢慢地修行吧。」

「這位、這位、這位、這位，還有今天第一次來的這位，都在為自己的罪孽痛苦吧。」

沒事的。都會慢慢好轉的。

「如同各位所知,我生來是罪孽之子。罪孽的母親奪去我的左臂,然後為了拯救罪孽之子,我失去右腿。我會以此殘軀,拯救各位和各位的孩子。讓我們重生吧。無論幾次都可以。」

信徒們都以迷醉的眼神望著在眼前說話的聖母大人。

話說完後,我們順著剛才來時的螺旋甬道回去,離開神殿。在外面等待的五個人則走了進去。我覺得走在最後面的男人,眼中散發出異樣的光芒。

現在我要坦誠地陳述我進入神殿的感想。要我說,那只是個「老套的設置」。沿著螺旋甬道迴旋從小窗反覆窺探,會讓人產生目的**彷彿有什麼珍貴事物的錯覺**。帶著昏沉的腦袋不斷窺視小窗。裡面坐著一位貴氣美麗,不可思議的女性。大家自然就感覺好像被施了什麼魔法一樣。

不只是宗教,各種娛樂設施也經常使用這種古典的手法。

接著是主角聖母大人,從我的經驗推測,她很可能是個「被操縱的傀儡」。我感覺不出她有能統治教團的魅力。八成是教團幹部用錢雇用來扮演教主的吧。

自古以來,人們就有把肢體殘缺者當成「神明轉生」來崇拜的例子,這不過是遵循一

種慣例而已。她並不是**沒有手腳的神明**，而是個因為缺手斷腳，才被迫扮演「神明」的**普通婦人而已**。

神殿就是用來把一個普通婦人裝扮成神明的裝置。當然，如此廉價的詭計，是沒辦法將人洗腦的。

最多只是讓已經被洗腦的信徒進一步深信不疑而已。從結論來看，洗腦的秘密並不在神殿裡。

☆洗腦的秘密在哪裡？驚人的修行方式曝光！

我們出去後不久，神殿內部突然傳出聲音。我花了幾秒鐘才發現那是男人的怒吼聲。

仔細一聽，能夠聽出男人在叫什麼。

「聖母大人！妳是在騙我嗎!?妳不是會拯救我和我兒子的嗎！」

立刻有幾個教會人員衝進去。不到一分鐘，他們就架著一個男人出來。是剛才走在最後面，眼中有異樣光芒的男人。年齡在四十歲上下。深深的雙眼皮，挺直的鼻梁，稱得上是個美男子。

英俊男子被拖出來時一面大叫：「女騙子！妳要是真的神，為什麼我的兒子……我家成貴為什麼死了！?我要宰了妳！堵死妳的心臟！」

其他的信徒完全沒有動搖，只用嚴厲的眼神目送那個男人離開，那是看著叛徒的眼神。

叛徒離開後，四下再度沉靜下來。我們一組五個人被教會人員領到修行的房間。修行房間雖然在館內，但要沿著外面繞一大圈才能進去。真是麻煩的設計。

從狹窄的甬道走出來，沿著館的外壁走了將近五分鐘，看見了入口。

寬敞的玄關大廳深處有一扇門。裡面就是修行之處吧。

我們排成一排走進大廳。

一個月只舉行數次的修行，信徒一定是在這裡被洗腦的。我心想一定非常嚴苛，要不就是強行要求信徒做前所未見的行為。我心跳加速。教會人員終於打開了門。

眼前的光景是我作夢也沒想到的。

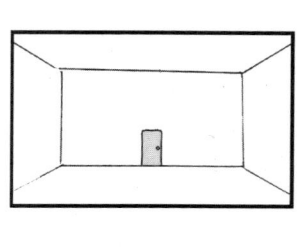

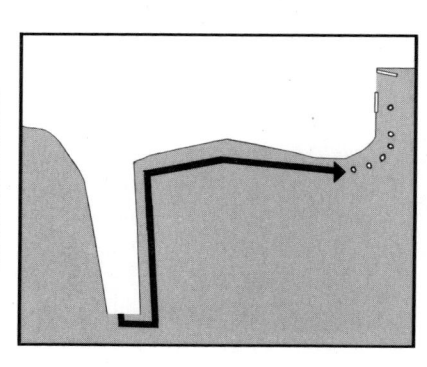

巨大的房間裡放置著好多張床，比我們先進來的信徒們躺在上面呼呼大睡。我們這組的其他四個人紛紛躺在空的床上，閉上眼睛。我沒辦法，只好依樣畫葫蘆。這是修行的前期準備工作嗎？

過了一會兒，門再度打開，下一組信徒進來了。他們也都躺在床上。隨著時間經過，信徒人數越來越多。床上都躺滿了人，甚至有人睡在地板上。就算房間很大，仍然漸漸悶得喘不過氣來。

我假裝睡覺，心想修行不知道什麼時候才開始，然而什麼都沒發生。最後天晚了，午夜過了。我的手錶指著凌晨四點的時候，我心想──

難道「睡覺」就是修行嗎？

只能這麼解釋了。如果這不是修行的話，信徒們為什麼特別跑到教會來，然後只是睡覺呢？但是這也太奇怪了。

「睡覺就是修行」……沒聽過這樣的宗教。這有什麼意義呢？想著想著，不知不覺間我也進入夢鄉了。

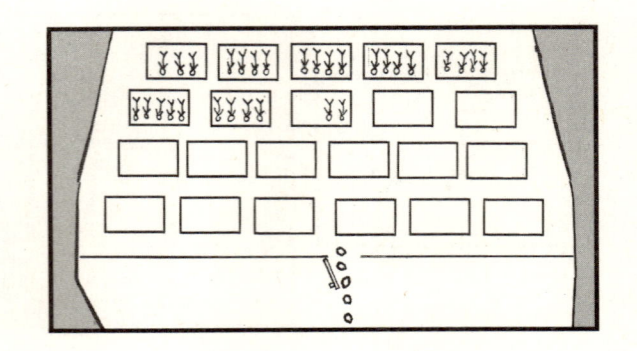

☆館外見到的異常景象

醒來的時候已經是上午十點多了。環顧四周，周圍還有幾個信徒在睡。這麼說來，沒有人規定何時起床。所以就是「什麼時候起床都可以」的意思吧。這樣一來，這裡與其說是教會，不如說是旅館吧。

我下了床，打開門。教會人員站在門外，給了我一個裝著茶的紙杯和一個紅豆麵包。還真是周到啊。從昨天開始就什麼也沒吃過，肚子空空的，於是我走到玄關大廳的角落，毫不客氣地開始吃。這個時候，我發現大廳有一條很長的走廊。

雖說是走廊，但是卻沒有通往任何地方，也沒有門。只是一條十幾公尺長、甬道般的死巷而已。

看著這條走廊，我突然有了一個想法。那是我對這個教團的推測。敏銳的讀者們看到我拙劣的插圖，可能已經猜到七八分了。

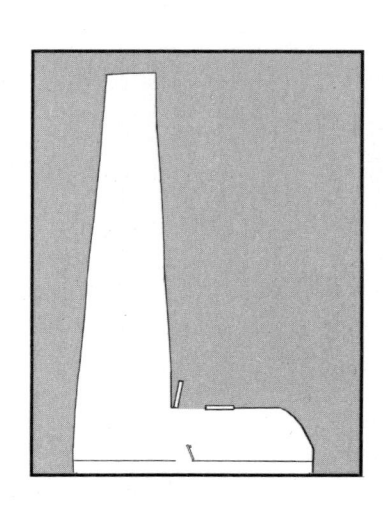

吃完麵包走出玄關，外面的景象讓我不由得睜大眼睛。

寬敞的空地上擺設著長桌，昨天跟我一起在寢室睡覺的信徒們，跟穿著白色教團制服的男人們面對面坐著，不知道在聊什麼。

走近桌邊一看，桌子上攤著很多的平面圖。一切都終於有了解答。

我剛才在玄關大廳想到的推論，果然是正確的。那就是……

很遺憾，本次的篇幅就到此為止了。敬請期待下個月刊登的後篇報導。

☆**下回預告**

「重生聚落」到底是什麼!?他們是如何洗腦的？為什麼要睡覺？信徒們的隱情是什麼？諸多謎題，記者將徹底調查！

感想

這篇報導詳細描述了邪教教團「重生聚落」奇妙的實況。只不過為了煽動讀者對後篇的期待，故意使用模稜兩可的言詞，還留下了很多未解的謎題。我特別在意的是下面的記述。

一敏銳的讀者們看到我拙劣的插圖，可能已經猜到七八分了。

意思就是報導的插圖裡隱藏了某種線索。

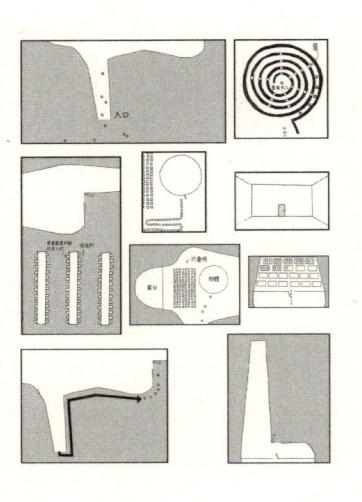

我把插圖擺在一起看。從上方描繪教會建築的圖很多。不知怎地，我有種奇特的感覺。

記者對建築外觀的描寫是「與其說是宗教設施，不如稱之為現代藝術還比較合適」。確實歪七扭八的形狀很像是藝術建築。只不過，我覺得**這並不只是單純的扭曲形狀**。

我把建築的平面圖剪下來拼湊，拼成了完整的圖形。簡直像是拼圖遊戲一樣。完成的形狀是一個非常奇妙的圖形。

舞台

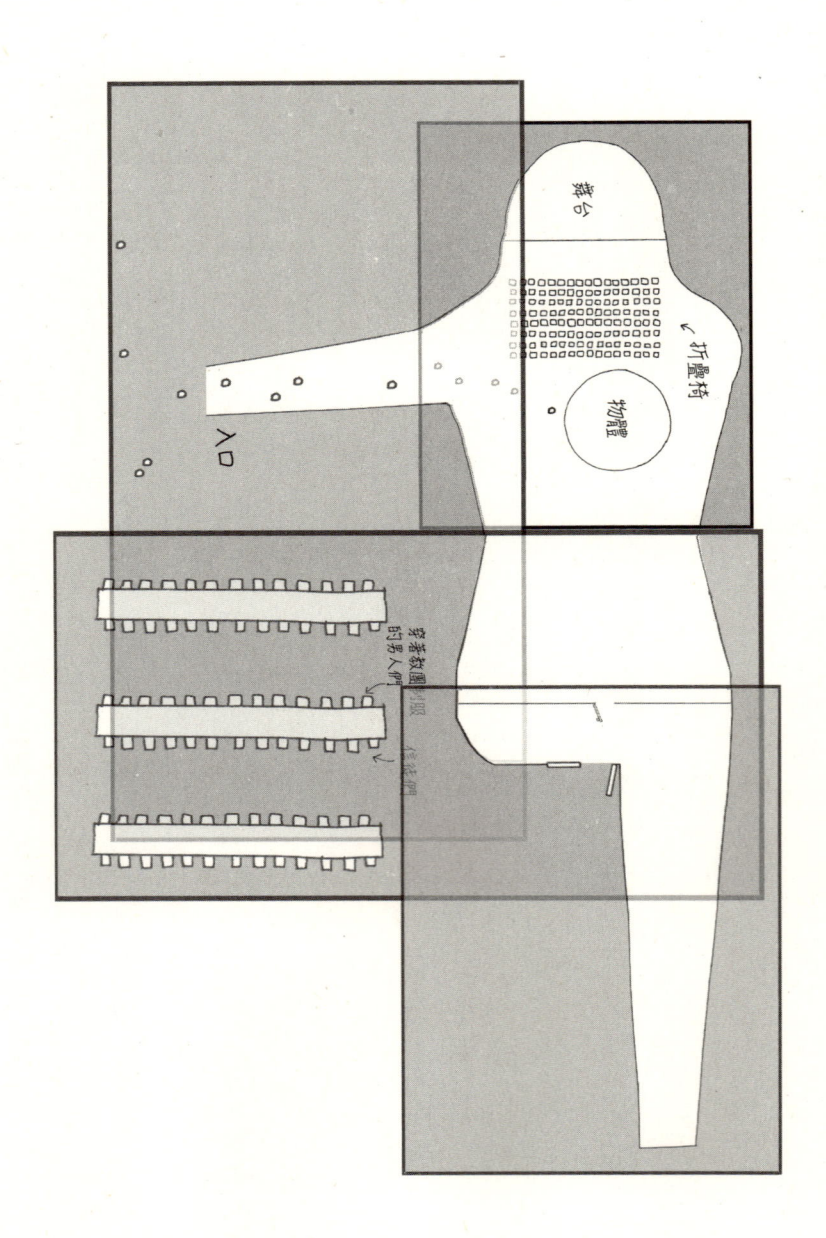

← 折疊椅

物儲室

入口

發表者範圍
閱聽者範圍
閱聽者的入口

沒錯。

是人形。而且不是普通的人形。

──聖母大人是殘障人士。她沒有左臂和右腿。

沒有左臂和右腿的女性正面像……取決於看法也能這麼解釋。

「重生之館」是模擬聖母大人身體的建築物……

然而就算明白了這一點，教團仍舊籠罩著重重迷霧。

順道一提，「重生聚落」已經在1999年解散，第二年，「重生之館」也拆除了。

資料⑥　重生之館　完

資料⑦

叔叔的家

摘錄自男孩的日記

11月24日

昨天，我一直待在家裡。媽媽，還沒有回來，好寂寞。

肚子好餓，實在忍不住，吃了一個，廚房的麵包。

11月25日

昨天晚上，因為我隨便吃了麵包，被媽媽罵了。讓我端正跪坐，說一百遍「對不起」。媽媽一直睡到傍晚才起床，起床之後，緊緊地抱住我。雖然我並不想哭，眼淚還是流出來，感覺很奇怪。

11月26日

要是一直說肚子餓，媽媽就會生氣地說：「吵死了」，然後捏住我的鼻子，讓我喘不過氣來。我想那就用嘴呼吸好了；我用嘴呼吸，媽媽就說：「這是作弊。」我覺得作弊很丟臉，端正跪坐著說了：「對不起。」

11月27日

傍晚,叔叔來了,我和媽媽一起去叔叔家。我是第一次去,很緊張。上了車,一下子就到了。

叔叔家比我們的公寓大好多,門口的左邊,有好大的花壇,我覺得好棒喔。走進屋內,正中央是走廊,兩邊有好多門。走進右邊最靠近的門,有好大的電視和桌子。從窗戶可以看見花壇和大門。從另一邊的窗戶,可以看見外面的車子在跑,真的好棒。我們在這裡吃了晚飯。我吃了蛋包飯,好好吃喔。就算吃得很飽,媽媽也不會生氣。吃完飯回到走廊上,去了隔壁的房間。「這是成貴的房間喔。」叔叔說。房間裡有床,我是第一次睡在床上,真開心。

而且從窗口可以看到外面的車子,我覺得這個房間真好。

11月28日

早上起來,跟叔叔和媽媽一起吃了飯。滑滑嫩嫩的雞蛋和煎火腿,好好吃。

後來回到走廊上，去了吃飯那個房間的隔壁房間。房間裡有很大的窗戶，可以看到花壇。房間裡有一台好像腳踏車的東西。叔叔說：「這是飛輪車喔。」我踩了一下，覺得很好玩。

這個房間裡還有另外的門。打開門，房間裡面什麼也沒有。那個房間的窗戶也能看見花壇，另外的窗戶可以看見小河。

傍晚的時候，我們坐叔叔的車回家。跟叔叔說ByeBye的時候，覺得很捨不得，晚上，媽媽因為我沒有跟叔叔說「謝謝」而生氣，捏著我的鼻子，讓我喘不過氣來。因為用嘴巴呼吸是作弊，所以我忍著沒有張開嘴。

（中間省略）

2月24日

媽媽中午回來了，睡覺之後，我替她蓋了毛巾，她說「謝謝」，緊緊抱住我。後來她在我旁邊我們一起睡了。

傍晚時，我想做飯給媽媽和我吃，就把果醬塗在麵包上，然後放進烤麵包機，結果烤

焦了。我不想讓媽媽看見，想丟進垃圾桶，結果被發現了，媽媽很生氣。她說：「不可以作弊。」我又作弊了，好丟臉。

2月25日

媽媽說：「明天是去叔叔家的日子。」我很期待。但是，如果在叔叔家玩得太開心，回來之後媽媽會生氣，所以我要小心，不要玩得太過分。

2月26日

我和媽媽去了叔叔家。看見花壇，覺得好懷念。我們三個人，去店裡吃了拉麵。雖然很好吃，但我還是想吃蛋包飯。

我和叔叔一起洗完澡，叔叔和媽媽吵架了，媽媽在哭。叔叔說我太瘦了，好可憐。他們和好以後，叔叔說：「以後會給妳養育費。」媽媽說：「謝謝。」

2月27日

早餐的玉米湯跟荷包蛋很好吃。吃完之後，我又想踩不會跑的腳踏車，去吃飯房間的隔壁房間，踩了不會跑的腳踏車。因為剛剛才吃完飯，肚子有點痛。在那之後，打開了另一扇門，但不是之前的房間，小河嘩嘩地流著。我覺得很奇怪。傍晚，坐叔叔的車回家。最後分開的時候，我覺得難過得快哭了，但還是好好說了「謝謝」。叔叔笑了，摸我的頭。

（中間省略）

3月3日

廚房連一個麵包都沒有，今天又沒有飯吃。肚子好餓，餓得好痛，我就舔著鉛筆用牙齒咬著吃。肚子痛稍微好了一點。

3月4日

叔叔打電話來，說：「叫你媽媽接。」我就叫媽媽接了。媽媽在電話上跟叔叔吵架。打完電話以後，媽媽說：「以後不會跟叔叔見面了。」我很難過。

3月5日

媽媽出門以後，叔叔來了。他說：「跟叔叔一起走吧。」我們就去了叔叔家。我雖然擔心媽媽會不會生氣，但叔叔說「沒關係」，然後說「給你吃蛋包飯」，所以我就去了。我在叔叔家吃了蛋包飯，真好吃。然後一起看了電視。叔叔說「你可以一直住在這裡」，還說「送你去上學」。要是媽媽也一起住的話，我很想住在叔叔家。後來叔叔帶我去走廊很裡面的房間。房間很小，裡面有一個咖啡色的人偶，我很害怕。叔叔說「這裡是房子的心臟」「所以不能上鎖喔」。我不知道是什麼意思。

3月6日

我和叔叔吃完中飯以後，屋子前面來了一輛車，媽媽和一個金色頭髮的男人來了。媽媽跟那個男人，和叔叔吵架。我被媽媽打了，上了男人的車。叔叔追了上來，但車子開得很快，一下子就看不見叔叔了。

車子沒有開回我原來的家，而是男人的公寓。媽媽說：「以後我們三個人住在這裡。」我很想叔叔，很想哭。

3月7日

我知道男人的名字叫做榮二。榮二先生給我吃東西，但是聞起來很臭，我吐出來了，媽媽很生氣，她去跟榮二先生道歉了。

我不想讓媽媽被榮二先生罵，所以我很努力吃，結果吃得太勉強，覺得噁心就吐了。

榮二先生生媽媽的氣，我自動說了一百次「對不起」。

3月8日

肚子好痛，好像要拉肚子，但我要是惹麻煩，榮二先生就會生媽媽的氣，我忍住了。

（中間省略）

3月16日

榮二先生要我住在壁櫃裡，所以我就住進去了。媽媽一面哭一面說：「對不起啊。」我也很想哭，但我忍住了。媽媽偷偷給我一個麵包。我偷偷地吃，不發出聲音。

3月17日

一直坐在壁櫃裡，屁股跟背後都很痛，但要是發出聲音，媽媽就會被榮二先生打，我努力不發出聲音。我在腦子裡想像好看的電視之類的，一直忍耐。

3月18日

我發出了聲音，被榮二先生打了。媽媽哭著說「不要這樣」，榮二先生就打媽媽。

3月19日

我聽到榮二先生大吼大叫，媽媽又哭又叫。我用手指塞住耳朵，假裝聽不到。

（中間省略）

4月12日

今天也沒有飯吃。肚子好餓，肚子痛。我回想好玩的事情，想要忘記肚子痛，但沒有什麼用。我想去叔叔家吃蛋包飯。

4月13日

肚子已經不痛了,但是一直覺得脹脹的,嘴裡好苦。

4月14日

媽媽給我喝水。以前水都沒有味道,這次覺得甜甜的。

4月15日

我起不來。把頭靠在櫃子的角落裡,躺著。我想在被子上睡覺。

4月16日

媽媽給我飯糰,咬了一口,但是吞不下去。

4月17日

眼睛好乾,筆都拿不好。

4月18日

躺著也一直覺得腦袋暈暈的。

4月19日

全身都痛。

4月20日

眼睛看不清楚。

4月21日

想喝水。

（日記到此中斷）

筆者註

1994年5月8日，愛知縣一宮市的公寓房間裡，發現三橋成貴小朋友（九歲）的屍體。死因是營養失調引發的各種併發症。遺體全身都有傷痕，成貴小朋友顯然一直遭受虐待。

成貴小朋友的母親——嫌犯三橋沙織和其男友——嫌犯中村榮二，以監護人遺棄致死罪提起公訴，分別判刑八年和十四年。

成貴小朋友死後兩年，他一直到死前都在寫的日記內容以《男孩的獨白——三橋成貴小朋友最後的手記》為名出版。

本章是摘錄自該書的部分內容。

資料⑦　叔叔的家　完

資料⑧

連接房間的紙杯電話

2022年10月12日
笠原千惠小姐的採訪紀錄

笠原千惠小姐指定的採訪地點，是位於岐阜縣住宅區的一家時髦咖啡館。她一面看著菜單，一面說：「唔……點什麼好呢……」猶豫了將近十分鐘。結果點了蒙布朗蛋糕和迷迭香茶的組合。

笠原小姐是跟我住在同一縣市的自由插畫家。她現在跟母親一起住在公寓裡。今年滿四十歲的她，氣質仍舊像個少女。可能是因為剪了清爽的鮑伯頭，跟輕柔緩慢的說話方式所致吧。

蒙布朗蛋糕組合終於端上來，笠原小姐說：「哇，好像很好吃呢。」然後用叉子切下小塊，送到嘴裡。

今天的採訪主題，是她小時候住過的「房子」的經歷。

＊＊＊

笠原小姐在岐阜縣羽島市住宅區的一間兩層樓獨棟住宅出生成長。

她家有父母、哥哥和她四個人。她父親是進口車商的頂尖銷售員，據說年收入是一般

187 ｜ 資料⑧　連接房間的紙杯電話

上班族的好幾倍，然而他們家的生活過得並不富裕。

笠原　我父親呢，真的爛透了。

他賺的錢很多，但都花在自己身上，完全不給家用。所以我們母子三人的生活過得非常拮据。母親每天在超市打零工，才勉強能買晚餐的配菜。

然而我父親不知道在哪裡鬼混，每天都三更半夜才回家，酒氣沖天倒頭就呼呼大睡，過得可真是愜意啊。

筆者　令堂就容忍他這樣嗎？

笠原　也不是什麼容忍，但她膽子小，什麼也說不出口。以前男人都比較強勢，母親不直接面對父親，卻總是對我們兄妹抱怨。

她會說「不跟那種男人結婚就好了」。既然如此，那為什麼要跟他結婚呢？我覺得很不可思議，但現在我不知怎地可以理解了。

以父親的年齡來說，長得還算滿帥的。個性輕浮，但他有時候會非常溫柔。就是個花花公子。年輕的時候一定很受歡迎吧。母親應該是被騙了。

笠原小姐和這樣的父親之間，有難以忘懷的回憶。

笠原　我上小學四年級的時候，我哥哥上高中住校，離開家裡。我是所謂的「哥哥的孩子」，哥哥一直照顧我這個年紀比他小很多的妹妹，他離開之後，我很寂寞，但是，還有更嚴重的問題。

我非常膽小。晚上不敢一個人睡。我哥哥上中學那時，在我的堅持下，還是跟他睡一個房間，對哥哥來說一定非常不方便。

筆者　那麼令兄離家後，您一定非常難過吧。

笠原　就是說啊。我跟媽媽訴苦說：「一個人睡覺好可怕。」我母親說：「妳已經不是小孩子了，要忍耐。」就算不是小孩子，害怕的東西還是害怕啊。

筆者　父母在這方面都很冷漠的。

笠原　對啊。但是因為母親這麼說了，小朋友無法違抗，就只能忍耐了。然後，接下來是重要的部分。

有一天晚上，父親笑著對我說：「妳不敢自己一個人睡嗎？」可能是聽我母親說了吧。我以為他在取笑我，很不開心，但我父親突然給我一個紙杯說：「害怕的話，就用這個跟爸爸講話吧。」

我以為是什麼，一看是紙杯電話。……啊，現在的年輕人是不是不知道什麼是紙杯電話了？

189 ｜ 資料⑧　連接房間的紙杯電話

紙杯電話是用一條線連接兩個紙杯的玩具。在線拉緊的狀態下，對著一邊的紙杯說話，震動就會隨著線傳過去，另一端的紙杯就能聽到聲音。

中間沒有障礙物的話，對方在幾百公尺之外都能聽見。

但是，線只要稍微鬆弛，聲音就傳不到了。

笠原　我父親很驕傲地說：「這是我發明的，**連接房間的紙杯電話**。」
筆者　連接房間的紙杯電話？
笠原　這個⋯⋯對了，這樣比較容易理解吧。

笠原小姐從包包裡拿出一張陳舊的平面圖。

筆者 這是您老家的平面圖嗎？

笠原 是的。昨天我問了母親，這是她給我的。沒想到竟然還有這種東西，很意外。也覺得懷念……然後，兒童房在這裡。靠牆的是我的床，旁邊是我哥哥。我父母在這裡和這裡。床大約在這裡吧。也就是說，我們兩人從床頭打紙杯電話。

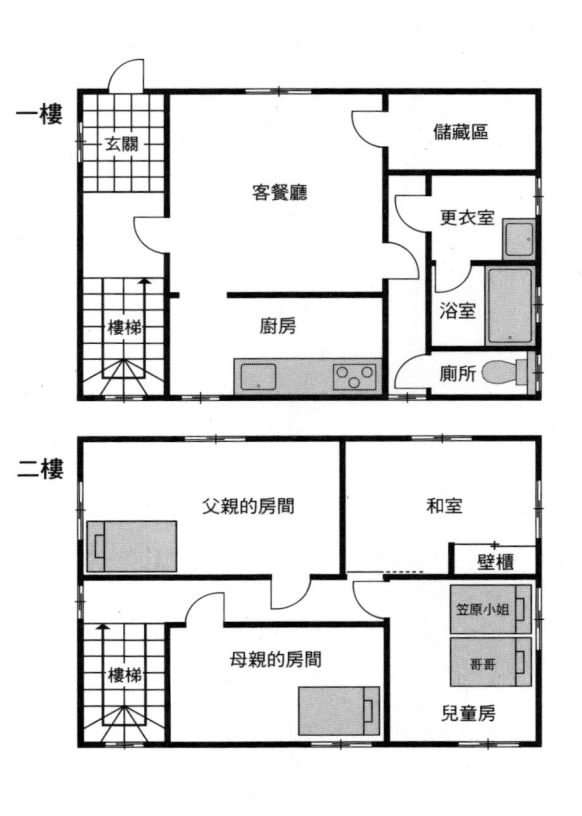

資料⑧　連接房間的紙杯電話

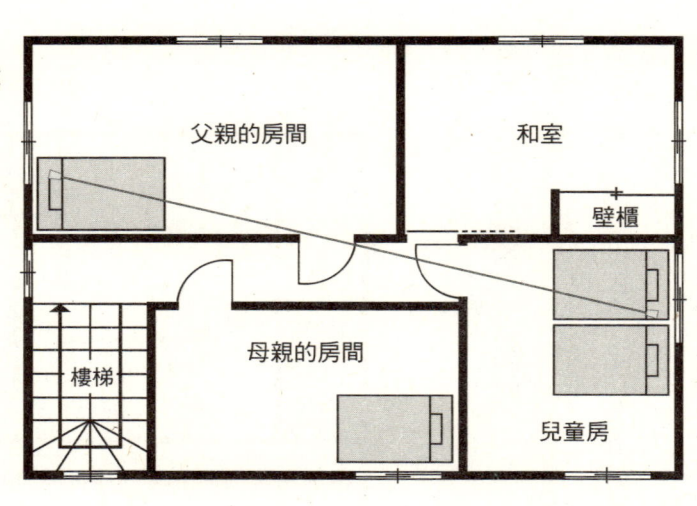

二樓

父親的房間　和室

壁櫃

樓梯　母親的房間　兒童房

筆者　父女兩個人拿著紙杯，通過走廊在各自的房間講話，是這樣吧。

笠原　對。「要是害怕睡不著的話，就跟爸爸聊天然後睡覺吧。」聽到他這麼說，我很丟臉地覺得心跳加速。「這個主意真是太棒了！」因為當時沒有手機，每個人的家裡都只有一台座機而已。當時我覺得「在床上講電話」，簡直像是電影裡那樣稀奇，但現在回想起來實在不怎麼樣就是了。

筆者　確實和「一起睡」比起來，「用紙杯電話聊天」更能讓小孩子覺得新鮮。可以說是一種浪漫嗎。

笠原　是的。那個人的生活方式和思考方式都很浪漫。他就是沒辦法規矩過日子，所以家人也跟著受罪……但是呢，雖然很

詭屋 2 ｜ 192

不想承認，但當時父親願意讓我看見他的一絲浪漫，讓我非常開心。我跟母親一樣天真呢。

筆者 在那之後，您就跟令尊每天晚上打紙杯電話嗎？

笠原 沒有。剛才也說過，父親每天都很晚才回家，一回來就睡覺，所以我們總共只講過四、五次電話，但是真的很開心……

晚上撐著不睡的時候，把門打開一點點，一個紙杯「咚」一下丟進來，我拿起紙杯，上床把杯子放在耳邊。

然後父親就會用有點得意的聲音說：「妳好啊，熬夜的姑娘。」我就會回說：「你好啊，酒鬼先生。」這是我們約好的。

筆者 聊些什麼呢？

笠原 一開始都是閒聊。漸漸地我會說些自己的煩惱，甚至很私人的事情。面對面的時候很難說出口，但用紙杯電話，就感覺什麼都能說一樣。

耳邊聽到的父親的聲音，好像比平常要溫柔親密……我說了好多自己的秘密。所以父親比母親還瞭解真正的我。他真的很會。他可能就是靠這種圓滑的小手段才混得如魚得水。

193 ｜ 資料⑧　連接房間的紙杯電話

但是，父女間的紙杯電話，**某一天就中斷了。**

笠原　有一天晚上，我跟父親在講紙杯電話。那時還不到晚上十點。但是，不知怎地他跟平常不一樣，聲音發抖，講話支離破碎。

筆者　支離破碎？

笠原　他有回我的話，但卻不是對話……完全搭不上邊。中間還有噪音？……我不知道該怎麼說。我聽到咔沙咔沙的奇怪聲音。前言不搭後語的講了幾分鐘之後，他突然說：「快點睡覺吧，晚安。」就這樣突兀地結束了。

筆者　有點奇怪呢。

笠原　對吧？而且平常講完電話以後，他會來收回紙杯。但是等了好久他都沒有來。放著不管的話，媽媽可能會說「線留在走廊上很礙事」，於是我就拉著線收回父親的杯子。

收好紙杯電話，準備上床睡覺。

笠原　過了一會兒，母親突然衝進房間。

「隔壁發生火災了，快點逃吧。」她拉著我的手跑出房間，父親在走廊上。我們三個人跑到外面，家門前的路上都是附近的人，大家都擔心地看著我們家隔壁。

發生火災的是笠原小姐家的鄰居，「松江先生」的家。

松江家是一家三口，一對三十來歲的夫妻，有一個上小學的兒子。他們和笠原小姐一家有往來。

笠原　火焰吞沒了屋頂，從窗戶看進去，房子裡也是一片火海。松江家那個叫做「弘樹」的男生比我小一歲，被附近喜歡管閒事的阿嬤抱著，一直在哭，那幅景象我現在都還忘不掉。

筆者　弘樹的父母呢？

笠原　不在場……聽說他們死了。

　　　火勢撲滅以後，屋裡發現了他們兩人的遺體。我好震驚……我們兩家有往來，弘樹的父親還帶我去過教會的音樂會。

　　　他母親也年輕又漂亮。**沒想到她會自殺……**

筆者　自殺!?

笠原

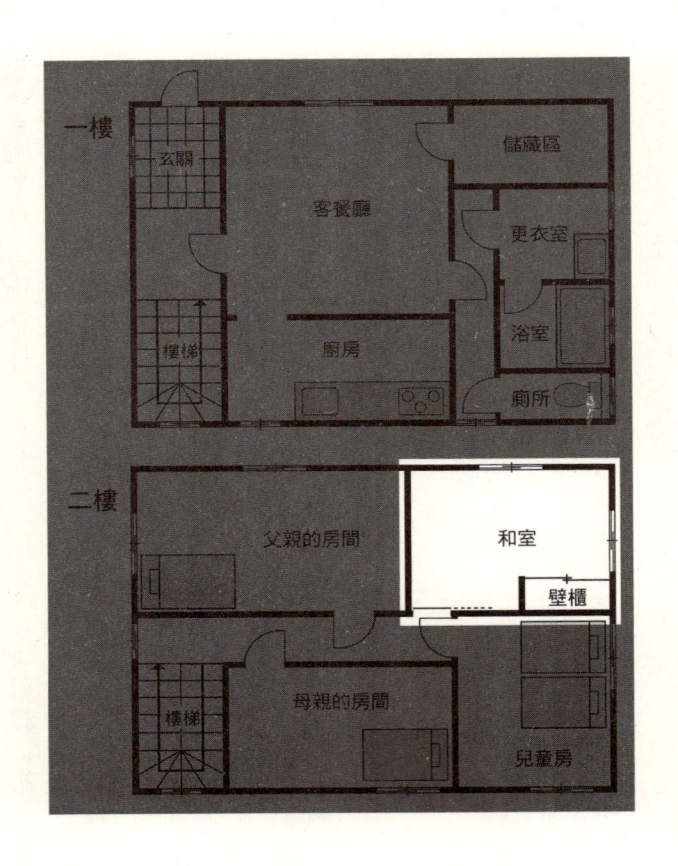

……這種事不能大聲討論……火災的原因好像是弘樹的母親自焚。當時地方新聞報導,說是在二樓的和室,把燈油澆在自己身上點火的。

一樓:玄關、客餐廳、樓梯、廚房、儲藏區、更衣室、浴室、廁所

二樓:父親的房間、和室、壁櫃、樓梯、母親的房間、兒童房

笠原小姐指向桌上的平面圖。她的舉動讓我摸不著頭腦。

筆者　啊？請等一下。這張平面圖是笠原小姐您老家的吧？

笠原　嗯。不好意思，我沒說清楚。

筆者　我們那個地區建築用地開發的時候，興建了大量的住宅。所以那裡所有的房子構造全都是一樣的。鄰居們彼此談笑的時候都說是「複製住宅」。

笠原　原來如此……那麼這張平面圖也是**松江家的平面圖**了。

筆者　就是這樣。所以新聞說「和室」的時候，就算不願意想起我也立刻知道是哪裡。因為只有二樓的這個房間才是「和室」。

笠原　全毀的松江家立刻就被夷平，出售土地，自然沒有人買。成了孤兒的弘樹，據說由住在縣內的祖父母照顧。

　　　火災很令人痛心，但不幸中的大幸是火舌沒有蔓延到鄰近，笠原小姐家幾乎沒有受到牽連。

　　　然而這場火災卻以意想不到的形式，改變了笠原家。

筆者　在那之後，父親不知道為什麼就變得很奇怪了。他本來是很輕浮開朗的個性，卻跟變了一個人似地陰沉起來。

笠原　隔壁的夫妻都死了，一定很讓他震驚吧。

197 ｜ 資料⑧　連接房間的紙杯電話

笠原　這不好說。我不覺得他是會為別人難過的那種性格。

過了一陣子，她父親突然家出走了。

筆者　所以令尊遵守了信裡的約定？

笠原　對。「這是那個人自從結婚以來，第一次說話算話呢。」母親覺得很不可思議。她早就對他沒有感情了，很爽快地同意離婚。夫妻的羈絆其實很脆弱的。

笠原　只在客廳留下離婚協議書和一封信⋯⋯信的內容跟公務文書一樣單調乏味，但上面說「分手費兩千萬日圓」「這棟房子留給你們」，非常讓人驚訝。我母親半信半疑，但第二個月錢跟房地產轉讓的契約書真的送到了。

多虧了父親留下的兩千萬日圓，笠原家的生活比以前寬裕。沒了來自丈夫的壓力，母親的心情也愉快起來，家裡的氣氛輕鬆多了。

然而有一天，笠原小姐得知了一件奇怪的事。

笠原　父親離開的那一年，我們年底大掃除。我想趁著大掃除，把自己房間裡不要的東西一併清理了，就打開很久沒開過的櫥櫃抽屜……紙杯電話在裡面。

＊＊

——而且平常講完電話以後，他會來收回紙杯。但是等了好久他都沒有來。放著不管的話，媽媽可能會說「線留在走廊上很礙事」，於是我就拉著線收回父親的杯子。

笠原　那天晚上，紙杯是兩個疊在一起的狀態……我看見紙杯，突然想起父親。不知怎地覺得很難受，分明不想哭的，卻流下眼淚。
「咦？我怎麼哭了？」我自己都覺得難以置信。我和母親兩個人一起住，每天都過得很幸福，其實我也沒有多喜歡父親。但是眼淚卻停不下來……我就突然非常想聽父親的聲音。我懷念那個輕浮、隨便、裝腔作勢的父親。
所以我才做了**那種事**。

199 ｜ 資料⑧　連接房間的紙杯電話

笠原小姐拿著紙杯電話，去了父親的房間。

雖然父親離開了，但他的床仍在原處。

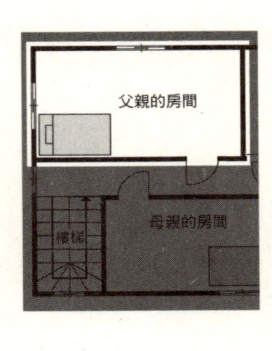

笠原小姐把一個紙杯放在父親床頭，拿著另一個紙杯，回到自己房間。時隔許久，她又在自己的房間跟父親打紙杯電話了。

笠原

我躲進被窩裡，把紙杯放在耳邊。當然沒有任何聲音。只不過，這樣做了一會兒，不知怎地心情就平靜下來了。

眼淚不知何時乾了，我轉換心情，再度開始掃除。總是沉浸在回憶裡也於事無補。

她下了床，要收拾紙杯電話的時候，看見了不可思議的景象。

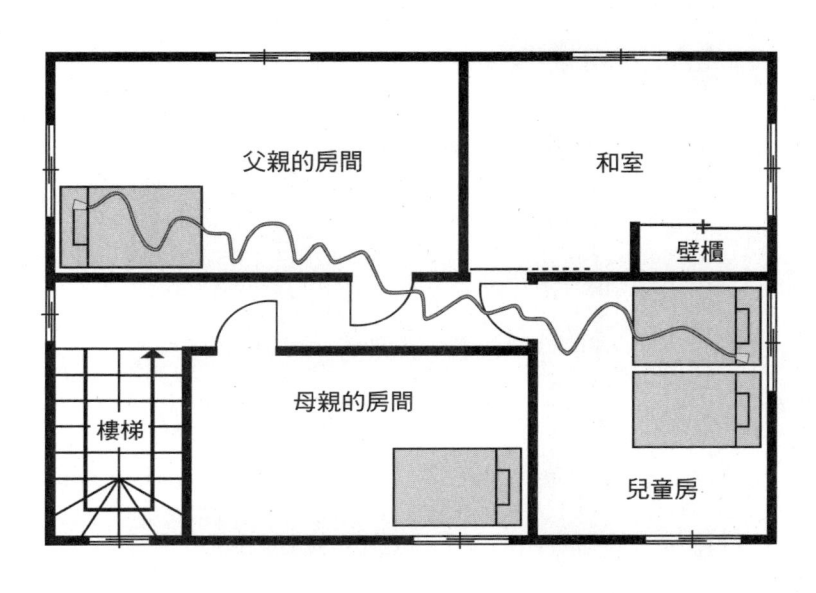

[平面圖：父親的房間、和室、壁櫃、樓梯、母親的房間、兒童房]

笠原　那個時候我第一次發現，紙杯電話的線啊，**鬆鬆垮垮地掉在地上。**

筆者　就是沒有拉直的意思？

笠原　對。很奇怪吧？紙杯電話如果線不拉緊，就聽不到對方的聲音。所以線的長度應該跟**我的床頭到父親床頭的距離差不多才對。**

筆者　⋯⋯的確如此。

笠原　但是，線沒拉緊的意思就是線比這個距離要長。這樣的話，應該聽不到對方的聲音啊。線不可能是自己變長的⋯⋯所以我覺得很奇怪。

筆者　但是以前您跟令尊打過紙杯電話的。

笠原　對。我確實從紙杯裡聽到了父親的聲音。

筆者　所以令尊在其他的房間跟您說話……是這樣嗎？

笠原　仔細看平面圖。沒有別的房間了不是嗎？

從笠原小姐的床頭，將直線拉得最遠應該是到父親的床頭。

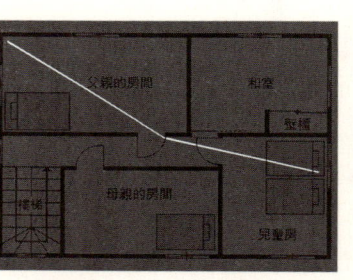

如果再遠一點，線會卡在房間的出入口，聲音就傳不過去（只要有障礙物，紙杯電話就不能用了）。

的確，如果從笠原小姐的枕邊開始拉出一條直線，最遠的位置就是父親的枕邊。若這兩點之間的線鬆了的話……

筆者　但是，這樣一來令尊怎麼……

笠原　這個家裡，根本沒有可以打紙杯電話的地方。

筆者　……

笠原　只能這麼想了。父親跟我說話的時候，人一定在外面。

的確只有這個解釋。只不過，笠原小姐的房間在二樓。

但是，線拉到屋外的話，會卡在窗沿，那就是障礙，聲音沒法傳遞。要是有跟二樓同樣高度的建築物的話，或許有可能。但是有這麼剛好的地方……想到這裡，我終於明白了笠原小姐想說什麼。

筆者　所以是**隔壁**嗎？

笠原　對。我父親是在隔壁家的二樓跟我講紙杯電話。

這樣一想，我就坐立難安，拿出尺來測量長度。紙杯電話的長度、走廊的長度，以及到隔壁的長度。

這樣一來……發現了可怕的事情。

203 ｜ 資料⑧　連接房間的紙杯電話

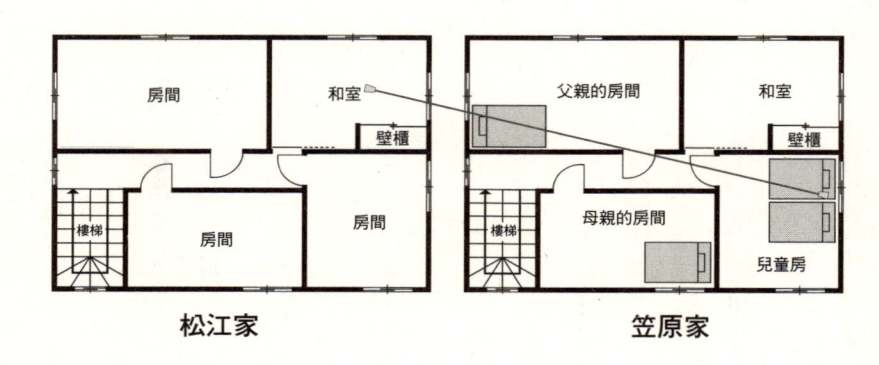

松江家（平面圖：房間、和室、壁櫃、樓梯、房間、房間）

笠原家（平面圖：父親的房間、和室、壁櫃、樓梯、母親的房間、兒童房）

笠原　從我的床頭把線拉直，剛好可以拉到松江家的和室。

──……這種事不能大聲討論……火災的原因好像是弘樹的母親自焚。當時地方新聞報導，說是在二樓的和室，把燈油澆在自己身上點火的。

笠原　當然，我不是說每次打紙杯電話的時候，父親都在那裡。線是可以換的。但是，至少最後講話的那天晚上……也就是隔壁發生火災的那天晚上，父親一定在那間和室裡。

筆者　那天晚上，父親明顯有異常。聲音發抖，說的話也支離破碎，一定跟那場火災有某種關係。

笠原　但是，火災的原因是隔壁家的太太自焚。跟令尊應該沒有關係吧……

筆者　真的是自殺嗎？

笠原　但是，如果不是自殺的話……

詭屋 2 ｜ 204

笠原　就是謀殺。這是我想了這麼多年達成的結論……父親一邊跟我打紙杯電話……一邊

殺了人。

她用輕鬆的口吻，說出驚人的話，這反差讓我不由得不寒而慄。
笠原小姐就這樣平靜地繼續說著。

笠原　我們家的房子跟隔壁家只有大約一公尺的間距。要是夏天的話，松江家開窗透氣也並不奇怪。
父親在學生時代是田徑隊的，好像對自己的運動神經很有自信，他經由窗戶爬到隔壁應該不是什麼難事。要是我的話，一定害怕得沒法動彈。

筆者　令尊從窗戶爬到松江家的和室，然後用紙杯電話跟您通話，同時殺害了隔壁太太，然後放火燒遺體……嗎？

笠原　這樣的話，當然就沒辦法好好跟我講電話了。放火之後，他又從窗戶爬回自己家，然後裝出一副若無其事的樣子等待。

```
┌─────────┐ ┌─────────┐
│  和室   │ │父親的房 │
│    ←────┤ │   ■     │
│  壁櫃   │ │         │
├─────────┤ ├────┬────┤
│         │ │樓梯│    │
│  房間   │ │    │    │
│         │ │    │    │
└─────────┘ └────┴────┘
   松江家      笠原家
```

205 ｜ 資料⑧　連接房間的紙杯電話

筆者　偽裝成自焚的謀殺……

笠原　雖然不清楚動機，但我們兩家有來往，或許在小孩不知道的時候發生過齟齬。他是只恨那家太太，還是打算殺死松江全家，為什麼假裝成自焚，這些都是未解之謎。但是有一點我很確定。父親是拿我當不在場證明。

筆者　也就是說，在犯罪的時候打紙杯電話，笠原小姐就會說：「那個時候父親在臥室裡。」這樣嗎？

笠原　對。讓我跟警察這樣說，用來證明他的「假清白」吧。

筆者　但是不在場證明的話，直接面對面說話，比「打紙杯電話」要來得可信，而且家人……特別是父母子女的證詞，在法庭上不算有力的證據。

笠原　是這樣的嗎？我不知道……父親多半也不知道。

筆者　沒有詳細調查，一時興起的舉動，我覺得正是父親會做的事。

笠原　對了，令尊有被警察叫去問話嗎？

笠原　我想一次也沒有。雖然這麼說不太好，但我想他是真的很走運。父親一定認為自己能完美犯罪，隨便就動手了。

但是真的殺了人，事後的罪惡感讓他難以承受，所以他就逃離家裡了吧。我很震驚。我和紙杯電話，對父親而言只不過是利用來殺人的工具而已……

＊＊＊

在那之後，笠原小姐一直抱著這份懷疑，沒有跟任何人提過。

有一天，她收到了父親去世的消息。那是松江家發生火災之後兩年……1994年。

笠原　好像是自殺。他在自己家的房裡反鎖了門，用膠帶黏住眼皮讓眼睛睜開，然後服用大量安眠藥。我聽說遺體旁邊有一個奇怪的人偶……我真的完全搞不清楚了。我想他可能精神失常了吧。

筆者　「自己家」的意思是，令尊的新居嗎？

笠原　對。離婚之後，他好像在愛知縣一宮市買了一間中古屋。舉行葬禮的時候我第一次去那裡，大門前面有座花壇，是一間很大的平房。根據附近鄰居說，他去世之前不久改建過。

筆者　改建？

笠原　嗯。而且是完全摸不著頭腦的改建。好像說是……拆除工程。好像是把整個房間拆掉。

207 ｜ 資料⑧　連接房間的紙杯電話

「把整個房間拆掉」……這我好像在哪裡聽過。

笠原　啊,對了。關於父親的新家,還有一件不可思議的事。整理遺物的時候,發現了一張照片。一個小男孩在父親新家吃蛋包飯的照片。男孩非常瘦,身上有很多瘀傷。

筆者　瘀傷……?

笠原　看了讓人很心疼。他不是我們親戚的孩子,我也沒見過,但我卻對那張臉有印象。後來我想起來了。我在電視新聞裡看過這男孩的大頭照。他叫做**三橋成貴**,被家長虐待致死。

那個孩子跟我父親有什麼關係,到現在我也不知道。

資料⑧　連接房間的紙杯電話　完

資料⑨ 朝殺人現場而去的腳步聲

2022年11月12日
松江弘樹先生的採訪紀錄

採訪過笠原千惠小姐之後，過了一個月，我在岐阜縣的租賃共享空間等一個人。在約定時間的前五分鐘，他就到了。

他的頭髮用髮膠整理過，穿著看起來很昂貴的西裝，儼然是正值事業巔峰的壯年商務人士。

松江弘樹先生……笠原小姐的鄰居，松江家的長男。據說以前被鄰居阿嬤抱著一直哭的小朋友，現在已經看不出半點當年模樣。

弘樹先生在火災失去雙親之後，由住在同個縣市的祖父母家照顧。祖父母很重視他的教育，經濟狀況很好，一路供他上了大學。畢業以後他進入證券公司，今年已經第十六年了，已然事業有成。

松江　我真的吃了一驚。沒想到竟然還有記者在調查那次火災。您為什麼想調查那麼久以前的事？

筆者　我想寫一篇關於住宅火災歷史的報導，在調查過程中得知了松江先生家的事。我查了當時的新聞，覺得有很多疑點，所以就想進一步瞭解一下。

松江　唔……

不用說，這當然是謊話。

真正的理由是確定「笠原小姐的父親是不是真凶」。

老實說，我對笠原小姐的理論──「父親一面打紙杯電話，一面潛入松江家殺人放火」一直無法認同。我想聽聽松江家方面的說法，因此採訪了弘樹先生。

＊＊＊

一開始我問了火災的規模、發生的時間，以及災情狀況。幾乎都跟笠原小姐告訴我的差不多。

然後話題轉向核心的部分。

筆者　松江先生知道火災發生的原因嗎？
松江　警察的說法是我母親自焚。
筆者　那您覺得如何呢？
松江　我覺得不是。

他理所當然地乾脆否認。

筆者　您覺得有其他的原因？

松江　是的。我母親反而是被害者。那根本不是自焚。是縱火殺人。

我心跳漏了一拍。難道松江先生也跟笠原小姐有同樣的想法嗎？

筆者　您知道是誰放的火嗎？

松江　要是冷靜地分析當時狀況，**犯人應該是我的父親**。

這個答案完全在我意料之外。沒想到，松江先生也懷疑自己的父親。

筆者　您為什麼這麼想？

松江　我是可以說明我的想法。但這跟您報導的主題有什麼關係嗎？如果您是要寫看熱鬧的八卦報導，那我就敬謝不敏了。

筆者　……不是的。我不會寫那種報導。我是認真地想調查那次火災。我保證絕對不會變成八卦小報。

詭屋 2 | 212

松江 嗯……我明白了。但是您得「用性命保證」才行。我討厭不誠實的人。

筆者 ……好的。

松江先生從公事包裡取出筆記本，開始用原子筆畫圖。看起來是房屋平面圖。

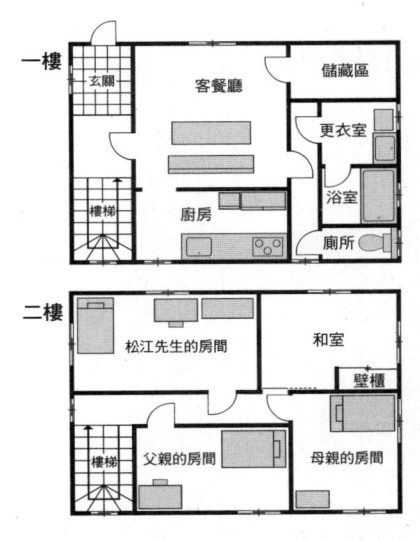

一樓
玄關
客餐廳
儲藏區
更衣室
浴室
廚房
廁所
樓梯

二樓
松江先生的房間
和室
壁櫥
樓梯
父親的房間
母親的房間

※ 筆者根據松江先生的圖重新繪製的最終版本

花了五分鐘完成的平面圖，跟前些日子笠原小姐給我看的圖幾乎一模一樣。不同的地方只有家具的配置，構造跟隔間完全一樣。

松江先生真是記憶驚人。

筆者　您真厲害。

松江　我學生時期曾經想要當建築師。但後來聽說不賺錢,就放棄了。

松江　那我們就說說那天的事吧。

火災發生的那天晚上,我在一樓的客餐廳,自己一個人看電視。父親跟母親應該在二樓他們自己的房間裡。我們家每天吃完晚飯,都是這樣各自過的。

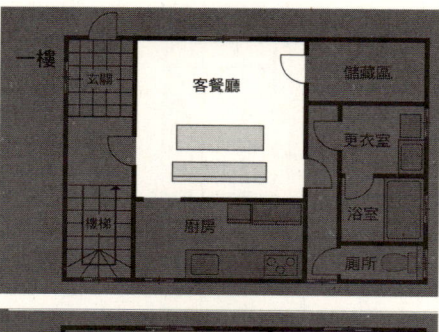

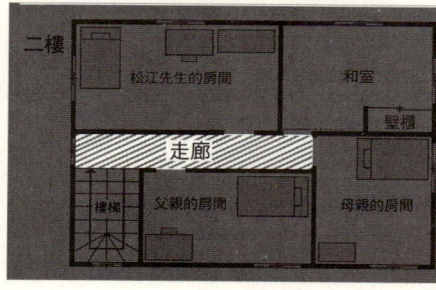

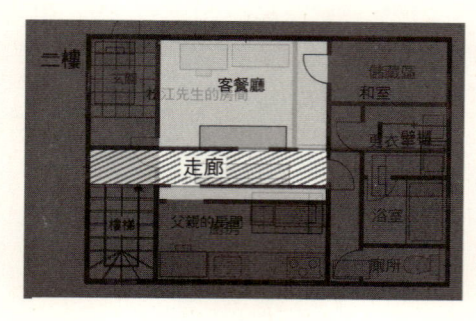

松江　看平面圖應該就能明白了。客餐廳的正上方,就是二樓的走廊。所以家人在樓上走

動，就能聽出是誰走向哪裡。父親跟母親的腳步聲有很大的差別。

那天晚上，我聽到了腳步聲。《週日體育》馬上要開始了，所以是過了十點。

父親從二樓自己的房間走出來，往平面圖右邊走去，經過我的房間，走向裡面。

我當時心想「咦？好奇怪啊」，因為那個方向只有「和室」跟「母親的房間」。

和室幾乎是空屋，沒有人使用，我不覺得父親會去那裡。這樣的話，就只剩下母親房間了。父親竟然要去母親的房間，到底是有什麼事啊？我覺得很不可思議。

筆者 令尊去令堂的房間有這麼奇怪嗎？

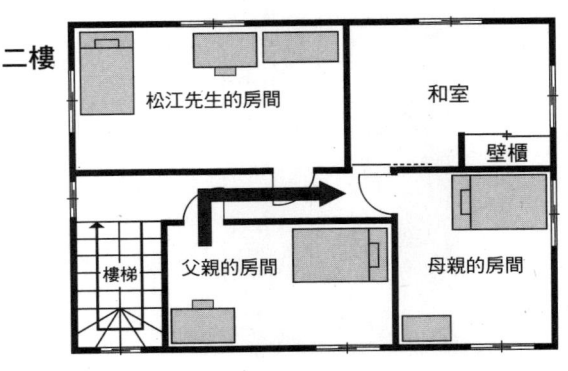

松江 若是普通的夫妻當然不奇怪，但我父母感情很不好。在一起的時候完全不說話，好像連打照面都不想。應該也沒有性生活吧。母親沒有經濟能力，而父親不會做家事，所以他們才沒有離婚，就維持著表面上的夫妻吧。因此，他們幾年也不會去一

二樓

松江先生的房間 ｜ 和室

壁櫃

樓梯 ｜ 父親的房間 ｜ 母親的房間

資料⑨　朝殺人現場而去的腳步聲

筆者　次對方的房間。這次不知道他們是不是發生了什麼事，我有點不安。

松江　原來如此……

筆者　過了大概三十分鐘左右，我突然聽到腳步聲跑向走廊左邊，然後下了樓梯。父親非常用力地打開客餐廳的門。

他慌張地說：「起火了！快逃！」然後抓著我的手，朝玄關跑出去。

松江　很是突然呢。

筆者　真的，我嚇了一大跳。跑到屋外，父親給了我一百圓的硬幣和一個十字架吊墜，跟我說：

「對面街角有公共電話，打電話給消防隊。打119。把一百圓硬幣放進去，撥119，然後說：『請派消防車來。』

然後就聽他們的話，他們問什麼你答什麼就可

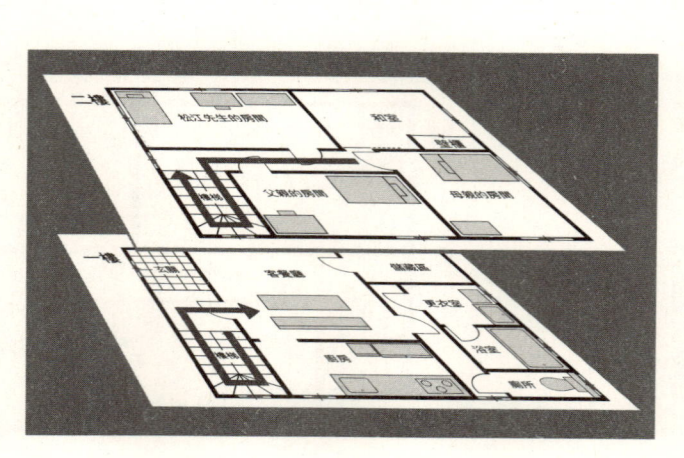

以。爸爸現在去找媽媽。媽媽不知道為什麼，不在自己房間裡。」

父親這樣跟我說，然後又衝回家裡去了。外面還看不見火焰，我想一定是哪裡的房間起火了，我就盡力跑向公共電話。

我是第一次打電話給消防隊，手忙腳亂大概花了十分鐘吧⋯⋯打完電話回到家門前，鄰居都已經裹著睡袍站在外面，看著我們家。那個時候已經開始冒煙了。我記得對面的阿嬤過來安慰我。結果我爸媽都沒有從屋裡出來。

松江先生從胸前口袋取出銀色的吊墜。

那是釘著耶穌像的十字架。

松江

我父親是虔誠的教徒。他好像打算讓我受洗。但是母親反對，所以一直沒有實現。結果我成了在耶誕節喝香檳，新年去神社參拜的典型無宗教日本人，但只有這個，我一直帶著。

我們家全燒毀了，這是唯一的紀念。

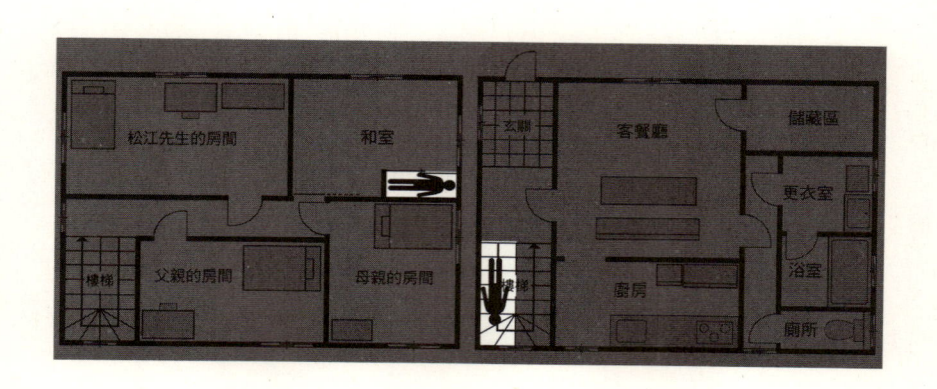

松江　火災發生兩天後，我父母的遺體在殘骸中發現。父親好像倒在樓梯上。他在家裡四處尋找母親，最後力竭倒下的樣子。這是警察說的。

「你母親在**那種地方**，找不到也是沒辦法的事。」這種說法簡直像是在替父親辯護一樣。

筆者　那種地方……是說和室嗎？

松江　和室的**壁櫃**裡。

筆者　壁櫃!?

松江　新聞沒有報導，但母親是面朝上倒在壁櫃裡。旁邊有燈油罐，所以他們判斷是自殺。所以就是在壁櫃裡把燈油澆在身上，然後自己點火……

松江　就是這樣。

不對，是他們**把事情說成這樣**。

但是我知道真相並非如此。

因為我聽到了父親的腳步聲。

松江

十點左右，父親確實從自己的房間出來，沿著走廊走向平面圖右側。過了三十分鐘之後，突然衝到樓下，把我帶到屋外。

父親在這三十分鐘之間做了什麼呢？母親分明就在附近，為什麼不阻止她自焚呢？

這些問題的答案只有一個。**父親殺害了母親。**

10:00剛過

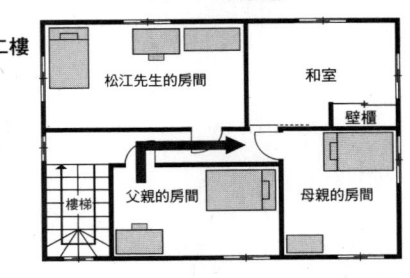

10:30左右

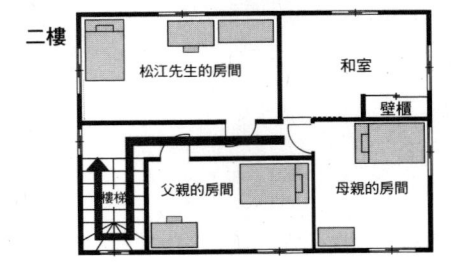

松江　十點剛過，父親前往母親的房間。在那裡讓母親服下安眠藥，不知道用什麼方法，可能加在酒裡吧，說「夫妻間偶爾也該聊聊」之類的話。

等母親睡著了，就把她抱進和室的壁櫃裡，澆上燈油然後放火殺人。他們感情本來就非常惡劣，可能是忍耐到了極限。

這樣想的話「三十分鐘」的謎就解開了。

然而⋯⋯

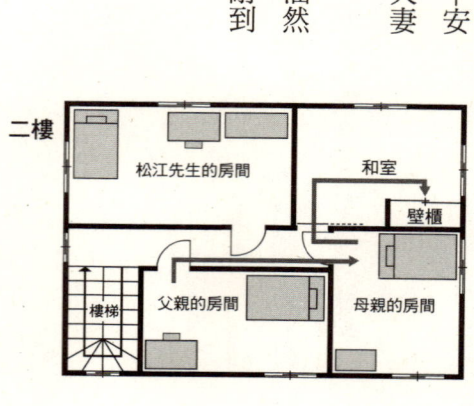

筆者　⋯⋯為什麼令尊要刻意把令堂搬到和室的壁櫃裡放火呢？

松江　那可能是為了我吧。

筆者　咦？

松江　要是家裡只有父親跟母親兩個人，他可以就在母親的房間裡放火，但是我在一樓。父親一定是想要保護我。擔心小孩的話，絕對不會讓小孩暴露在危險之中。所以在放火之前，把我帶到屋外去了。

[平面圖：二樓，松江先生的房間、和室、壁櫃、樓梯、父親的房間、母親的房間]

詭屋 2 ｜ 220

父親的行動

讓妻子睡著
⬇
把兒子帶到屋外
⬇
回家放火

筆者　也就是說，松江先生被帶到屋外的時候，家裡還沒有起火。令尊讓兒子到安全的場所避難，然後再度回到家裡放火。

……咦，那這和把令堂抱到壁櫃裡有什麼關係呢？

松江　為了要有「藉口」。父親的計畫可能是放火之後自己逃離，把燃燒的母親留在家裡，自己逃向屋外。

之後，他要以單親的身分養育我。如果是這樣的話，我一定會產生這種疑問：

「為什麼爸爸沒有救出媽媽呢？」

筆者　啊……

松江　要是我這樣問父親，他需要一個藉口。「因為媽媽在**那種地方**，找不到也是沒辦法的事。」那時候父親跟我說了：

──「爸爸現在去找媽媽。媽媽不知道為什麼，不在自己房間裡。」

松江　故意說了「不在自己房間裡」，就是為了埋下伏筆。

筆者　原來如此……但是，令尊也沒有逃出來……

松江　火勢蔓延得比他想像中要快吧。他在樓梯上吸入濃煙，就無法動彈了。真的只能說他「自作自受」。

＊＊＊

松江先生像是講別人的事情一樣說著雙親去世的經過。但是他的腔調雖然輕快，手卻像石頭一樣緊握成拳。

這才顯露出他的真心。

松江　當時要是我跟警察說了這件事，父親可能會以殺人罪嫌被調查，但是我沒有說。我不是為了維護父親的名譽，只是因為背負著「殺人犯的小孩」這個名頭活下去太辛苦。不是嗎？燒死妻子然後企圖逃逸，結果來不及逃跑自己也死了，我是這種愚蠢男人的孩子……太丟臉了。這是一輩子的恥辱。
所以……本來我不打算告訴任何人的。然而現在卻……

他突然緊緊盯著我的臉。

松江　您知道今天我為什麼告訴您這些話嗎？
筆者　嗯……？
松江　**因為您馬上就要死了。**聽了這番話，別以為您能活著回去。
筆者　咦!?……等一下！您在說什麼？
松江　大家都說「炒股票的都是騙子」。聽起來很不舒服，但大致上沒錯。多年來一直撒謊的話，**也更能看穿別人的謊言。**
「關於住宅火災歷史的報導」……您根本不打算寫那種東西吧？

我不由得啊了一聲。

渾身冒冷汗。

松江　從一開始我就知道您在說謊。

筆者　我早就說過「討厭不誠實的人」，說謊不是誠實的行為吧？

松江　既然您知道了秘密，那就得「用性命保證」忘了這回事。

筆者　不是……請冷靜一下，聽我說……！

這個時候，松江先生突然神色一變。

松江　……嘻嘻……嘻嘻嘻嘻……哈哈哈哈哈哈哈哈……啊啊，太好玩了。嚇到了吧？

筆者　啊……？

松江　對不起，我只是想開個玩笑。我什麼也不會做的，別擔心。

我搞不清楚狀況，心臟怦怦地亂跳。

松江先生看著困惑的我，惡作劇地露齒而笑。

詭屋 2 ｜ 224

松江　其實我之前就知道您的身分了。笠原千惠小姐告訴過我。

筆者　笠原小姐!?

松江　我跟她現在還是朋友。五年前我們偶然再會，一起喝了酒，很自然地就聊起那場火災。那個時候我們分別說了自己的推理。我吃了一驚，沒想到她也覺得**自己的父親**是犯人。我聽完她的推理，覺得那的確也有可能。

在那之後，我們偶爾會碰面，一起出去玩或約吃飯。

但是，笠原小姐的父親可能是犯人，覺得心裡有芥蒂嗎？

那沒關係吧。她又不是犯人。倒不如說千惠小姐是我唯一能說真心話的朋友。對我而言，唯一能分擔內心深刻創傷的人只有她。

筆者　……原來如此……

松江　老實說，上個月她主動跟我聯絡。

「不久之前，有個奇怪的記者來採訪我，聊了火災的事。我提到了弘樹你，所以那個記者最近可能會來找你。」沒想到您真的來了。

筆者　啊……原來是這樣。

我有點怨恨笠原小姐了。

松江　說真的，忍著不要笑實在太困難了。對了，你剛剛說什麼來著？「想寫一篇關於住宅火災歷史的報導……」之類的。

筆者　對不起……請您忘了吧。

松江　您還是多練習說謊比較好。

筆者　好的……

松江　以後不要跟因為火災失去家人和房子的人說這種謊比較好。

他的話聲很平靜，但眼裡卻沒有笑意。

筆者　真的非常抱歉。

松江　也罷，我可以原諒您，但有一個條件。

筆者　嗯？

松江　請查出火災的真相。不管結論是什麼都沒關係。我的父親是真凶，還是笠原小姐的父親是真凶，或是其他人是真凶都行。我們想知道真相。

＊　＊　＊

松江先生離開後，我一個人在房間裡整理資料。

關於松江家的火災，笠原小姐和松江先生有各自的結論。老實說，兩者我都無法認同。

笠原小姐的父親在火災當天行為舉止異常。

只不過「為了製造不在場證明，一面跟女兒打紙杯電話一面殺人」，這實在太不實際了。

相形之下松江先生的推理比較現實，但是那也不太對勁。

最大的疑點是「放火」。

殺人的方法很多，為什麼父親選擇「放火」呢？為了殺害妻子而燒掉自己的房子……未免太得不償失了。

我覺得這件事另有真相。

不是笠原小姐的推理，也不是松江先生的理論，而是第三個真相。

我得找出真相才行。

我下定決心，離開共享空間。

資料⑨　朝殺人現場而去的腳步聲　完

松江先生的推理	笠原小姐的推理
犯人＝松江先生的父親	犯人＝笠原小姐的父親
讓妻子服下安眠藥 把兒子帶到屋外避難 然後放火燒死妻子	從窗戶潛入隔壁人家 一面打紙杯電話 一面殺害松江家的太太
來不及逃離現場，死亡	在那之後放火

資料⑩ 無法逃脫的公寓

2023年1月25日
西春明美女士的採訪紀錄

中目黑一棟綜合大樓地下室，有一家防空洞般的居酒屋。店面很小，只有八個櫃檯座位，上班族下班後很喜歡來這裡，店已經開了四十幾年。

2023年1月，我到這裡來採訪。指定的時間是開店前一小時。我走進店內，一位穿著白色廚師服裝，年過半百的男性，正在廚房裡準備食材。

他看見我，深深低下頭，將我帶到店裡面的休息室。一位女士在一坪半的榻榻米房間裡獨自喝著日本酒。她就是這次的採訪對象，西村明美女士。

她明年就要八十歲了，但現在仍舊每天一直負責接待常客，跟他們聊天到深夜。也就是所謂的名人媽媽桑。這家店四十六年前開張之後，她就跟獨子滿先生兩個人一起經營到現在。

明美

二十年前我就把廚房交給那孩子（滿先生）了。

我這歐巴桑只負責陪客人一起喝酒聊天，沒想到客人都很開心。現在這個時代，大家都很寂寞，希望有能一起喝酒聊天的朋友。

阿滿！給客人上茶和小菜！

我還來不及說「不用麻煩」，滿先生已經俐落地轉身回廚房去泡茶了。

明美

別看他那個樣子，廚藝可是一流的呢。他現在能獨當一面了。還記得他國中以前，非得跟我一起洗澡才行呢。孩子的成長真是快啊。現在只要娶個媳婦，我就能安心去啦。

明美女士說著豪爽地笑起來。

開朗的母親和努力工作的兒子。看起來是一對幸福的母子，但他們兩人有著艱辛的過往。

明美女士和滿先生，以前住在「無法逃脫的公寓」裡。

***

昭和十九年，明美女士在靜岡縣出生。

她家境貧寒，為了填飽肚子，偶爾會去家附近的田地裡偷農作物吃。

她父親是領日薪的建築工人。每天晚上彷彿像是要宣洩壓力一樣，會揍明美女士出

氣。她十五歲那年母親病死之後，還遭到性侵。

明美女士中學畢業的時候，逃離了家裡。

她為了找工作，住進東京的歌舞伎町……日本第一的風化區。當時正值經濟高度成長的時代，夜生活非常活躍，金錢大量流動。明美女士謊報年齡，當了陪酒女郎。

明美 那個時候真的很厲害呢。我現在滿臉皺紋，但年輕的時候算得上是美女喔。而且我很會說話，酒量又很好，一下子就成為店裡的紅牌了。收入好的時候，每個月可以賺一百多萬圓呢。當時的話夠買一台高級車了。只不過，好景不常。

明美女士十九歲的時候，懷了男客人的孩子。那個人說自己經營一家小公司，常常認真地跟她說：「我想和妳一起組成幸福的家庭。」明美女士被他的真誠吸引，真的考慮要結婚。

然而，自明美女士告訴那人懷孕消息那天起，他就再也沒來過店裡。不久之後，她聽到奇怪的流言，說他不是公司社長，是個已婚的上班族。

明美 我並不恨那個男人。把在酒桌上隨口胡說當真的人才是傻瓜。

明美　都長到十九歲了，還不知道人心險惡。後來，我就自己把小滿生下來了。但我一點都不擔心，畢竟手頭上有的是錢。

考慮到未來，只靠存款不能放心。我狠下心來開店，自己當老闆。我以為雇用年輕的女孩子，教導她們接客，接著只要等錢進來就行了，都什麼時候了我還那麼天真，簡直笨得可以。

連做生意的基本知識都沒有，一時衝動開店後，赤字漸漸膨脹。立刻把店收了倒也還好，但她卻天真地想著「總會好起來的」，就這樣債務越來越多。

明美　二十七歲的時候，我終於撐不下去，宣告個人破產。但是能夠容忍你破產的也只有銀行了。我還跟很多危險的地方借了不少錢，那可不能不還。跟黑道說「我已經宣告破產了所以沒法還債」是行不通的。他們把我和阿滿一起帶到車上，然後就住進了**那個房間**。

那裡是叫做「安置樓」的公寓。

＊＊＊

以前日本有叫做「賣春樓」的設施。讓女性住在那裡，跟來訪的男性進行性行為，然後收錢。但是1958年賣春防止法實施後，那種地方幾乎都消失了。

取而代之的是鑽法律的漏洞，出現了泡泡浴和健康服務之類的風化產業，幾乎同時一部分的幫派組織也開始經營「安置樓」。

明美女士和滿先生被帶去的地方是在山梨縣中央的山間，由兩層樓公寓改建成的安置樓。

一樓和二樓各有四個房間，一樓住著負責監視的組員，二樓則住著跟明美女士一樣欠款未還的人。

明美

專程將公寓改造為安置樓，是因為可以藉口說「戀人去拜訪住在公寓的女人，然後發生性行為，這並不犯法」。其實只要稍微調查一下，就知道事實並非如此，但當時警察也縱容黑道。明知道違法，但還是默許了。

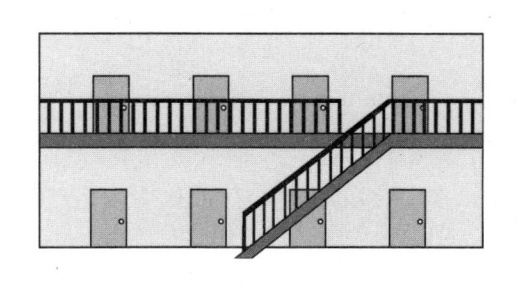

明美女士兩人被分配到二樓的邊間。

明美

那是個有霉味的榻榻米房間。有廁所和浴室，和簡單的廚房。還有一間小小的「臥室」。每天有人給兩人份的便當，但是因為是冷的，所以會用瓦斯爐加熱。

不用說也知道，「臥室」不只是睡覺的地方。房間很陰暗，只有一張床和猥褻玩具。接客就在那裡。

房間有隔間，所以阿滿不會看見，這是唯一慶幸的地方。但他應該感覺得出來，媽媽每天晚上在那裡做什麼吧。

我瞥向廚房。滿先生應該聽得到明美女士的聲音，但卻沒有任何反應，仍舊繼續在廚房裡工作。我應該考慮到採訪的場地才對，對他覺得很抱歉。

明美 客人都是每天晚上深夜過後才來。每個人都坐著高級的車子。安置樓的客戶都是有錢人。
一次好像要十萬日圓。組織抽掉其中九成，剩下的一成還債務。一直到還清之前，都要住在那裡。只不過雖然是關在那裡，但如果從外面上鎖的話，就會構成監禁罪，他們也是下了功夫的。

根據明美女士的說法，門並沒有上鎖，但是公寓的出入口都有人站著監視。住在一樓的組員輪流站崗。
明美女士說，住在二樓的都是弱小的婦孺，就算大家合力，也不可能成功逃走。組織雖然心知肚明，但仍精心佈置了**某種預防措施**。

明美 我們的房間只有一扇窗戶。從那扇窗戶**可以看見隔壁的房間**。

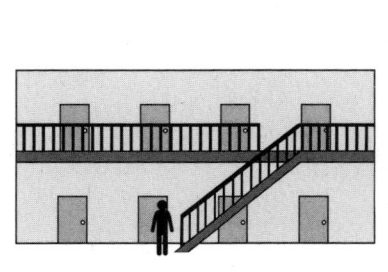

235 ｜ 資料⑩ 無法逃脫的公寓

房間和房間之間的牆壁上，有一扇可以開關的拉窗。若是提供了「隔壁想要逃跑」的證據，債務就可以減半，也就是讓大家互相監視。

明美

但其實要有逃跑的證據很難的，那時候沒有閉路電視也沒有錄音機。而且我不覺得那些人真的會做讓你「債務減半」這種好事。

說穿了就是「定下這種規則，讓你害怕自己被誣告，就不會輕舉妄動了」。但我不用擔心，因為隔壁是個好人。

明美女士的隔壁，是一位比她年長六歲的女性。

明美

她叫做八重子。有一個十一歲的女兒。我們身為人母，知道彼此的辛勞，誰都沒有想要找到對方想逃跑證據的膚淺想法，我們反而常常開著窗聊天。

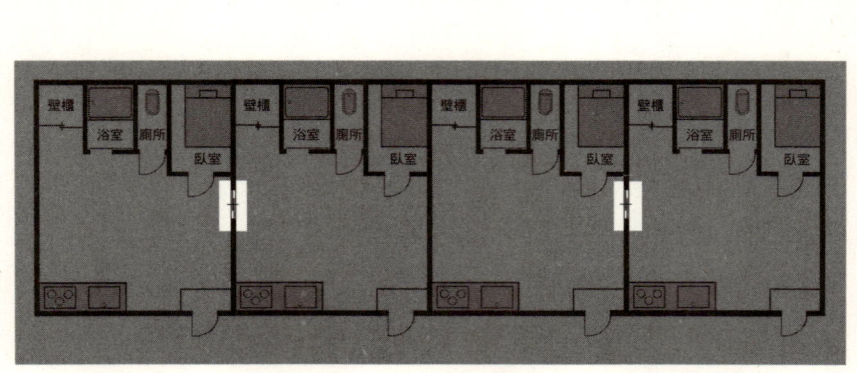

八重子有某種**身體特徵**。

明美 過了一陣子我才發現，她……沒有左手臂。好像是剛出生時就因意外失去了左臂。

筆者 關於那位的事，您能稍微說得詳細一點嗎？

明美 這個呢……孩子們不在的時候，我們聊過自己的身世，她好像有很複雜的過去。

八重子小姐據說是在長野縣一個富裕家庭長大的。然而在十八歲的時候，雙親告訴她一個事實。

明美 她是個被遺棄的孤兒。小屋什麼的……？好像是這麼說的。她被丟在森林裡的小屋裡，然後被人撿到。也就是說，她以為是父母的人，其實是養父母……我覺得這種故事很老套。她非常震驚，就離家出走了。「我到現在還恨養父母。」她說。

筆者 但就算不是親生父母，也是撿到她後撫養自己長大的人啊。怨恨的話，應該有什麼

明美：原因嘛？

這個嘛，應該是有只有本人知道內情吧。我沒有深究，又不是偵訊。她離家之後，來到東京找工作，由於身體殘缺，吃了很多苦頭。她靠替人寫信封地址之類的零工設法養活自己。

然而轉機突然到來。

八重子小姐二十一歲的時候，跟打工公司的社長墜入愛河，他跟她求婚了。

明美：她突然就當上社長夫人，真是不得了。馬上就有了孩子，以為從此幸福安穩了——結果呢，哪有那麼簡單。人生總有料想不到的陷阱，充滿困難。

她老公的公司因為股票市場不景氣而倒閉，留下大量的債務然後自殺。她們母女二人還不起債務，就被帶到安置樓來了。

筆者：那真是……運氣不好啊……

明美：真的。又不是她的錯……跟我不一樣。

明美女士帶著苦澀的表情喝了酒。

明美 但是，她教會我就算再不幸的深淵，也要保持純淨的心靈，繼續堅持下去。八重子小姐是阿滿的救命恩人。

筆者 恩人？……發生了什麼事？

明美 那是我們來到安置樓之後半年的事。

＊＊＊

明美女士他們住的安置樓，原則上是不允許離開房間的。但是只要滿足**某個條件**，就可以外出。

那個條件就是「交換孩子」。

假設「A家親子」和「B家親子」是鄰居。

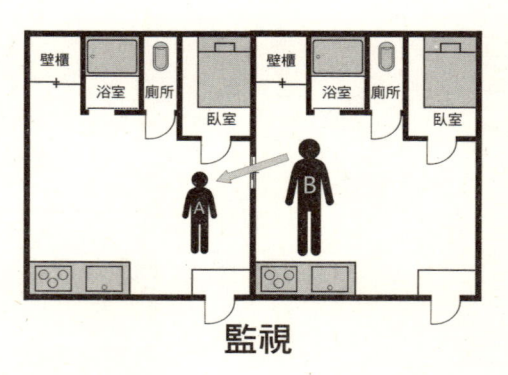

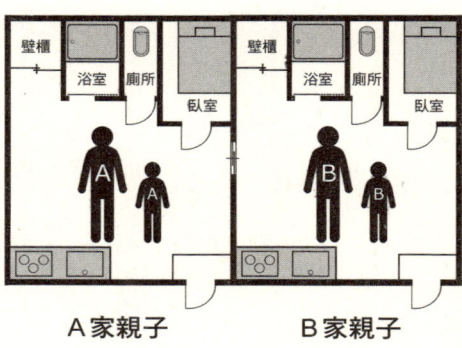

要是A家媽媽外出，就帶著隔壁B家的孩子一起去。在此同時，隔壁的B家媽媽就監視A家的孩子，以免逃亡。

A家媽媽因為自己的孩子還在房間裡，不能一個人逃亡。而B家的孩子也因為媽媽不在，沒辦法自己一個人活下去，當然也不可能逃亡。

這系統用血親當人質，給大家上了精神枷鎖。

A家親子　　　B家親子

監視

外出

要是Ａ家媽媽竟然捨棄自己的孩子逃亡的話，Ｂ家媽媽就得負責，所以除非是真的感情很好的鄰居，不然交換孩子就不成立。然而，明美女士跟八重子小姐互相信任，因此偶爾會使用這個制度。

只要在傍晚時回來，想去哪裡都可以。她們常常帶著對方的孩子，到附近的公園去玩。

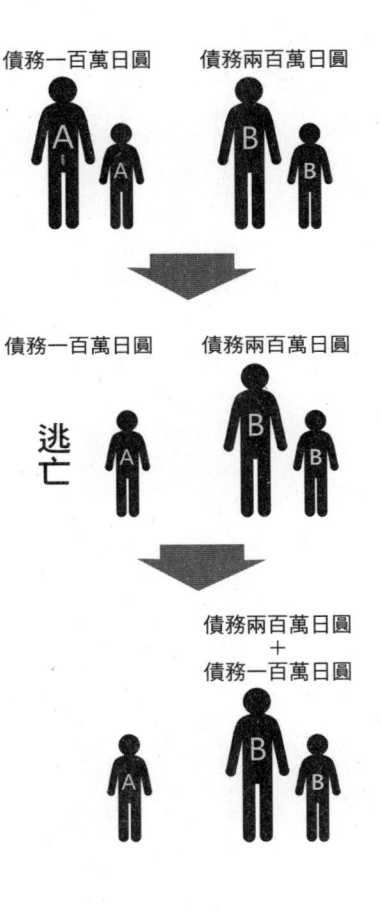

某一天，悲劇發生了。

明美　有一天，阿滿說「想去市區裡玩」，他想去看城市的景色。

筆者　城市？明美女士所在的安置樓，是在山梨縣的山間吧。能去都市嗎？

明美　說是山間，也不是深山裡面。走路大概兩個小時，就可以到城裡。八重子小姐說「阿滿想去的話，我帶他去吧」。我就恭敬不如從命，讓她帶著阿滿出門了。

外出當天，八重子小姐和滿先生帶著組織發的茶水和便當，以及跟組員借的地圖出門了。

八重子小姐說「下午三點左右就回來」，但是一直到傍晚，都不見他們的蹤影。後來，組員來找正在擔心的明美小姐。他用跟黑幫完全不搭的小小音量說：

「他們兩人現在在醫院。」

原來阿滿在市區的十字路口看錯紅綠燈，跑到馬路上，八重子小姐要保護他，兩人都被車撞了。

明美　那個時候我真的拚命祈禱，簡直活不下去了。

過了一陣子，聽說阿滿沒事，我鬆了一口氣⋯⋯但沒想到八重子小姐竟然變成那樣⋯⋯

滿先生只有外傷和瘀血，但八重子小姐受了重傷。特別是被車子壓住的右腿，由於長時間血流不通，造成組織壞死，不得不動手術截肢。

她不只沒有左臂，還失去了右腿。

明美　我不知該如何道歉。八重子小姐出院的那一天，我和阿滿一起跪下，不停地跟她道歉。

就算道歉到死也不足夠，然而八重子小姐連一聲抱怨都沒有。她甚至還說：「對不起，讓阿滿遭到了危險⋯⋯」

我這種個性，以前從來沒有崇拜或是尊敬過什麼人，但只有八重子小姐不一樣。她到現在還是我人生的目標，覺得自己要是能跟她一樣就好了。但我這種人，再過一百年也沒法辦到吧。

然後突然之間，八重子小姐就跟他們分開了。

明美

當時有一個男人常常來找八重子小姐。他叫做「日倉」，說是建築公司的少東。那個男人迷上了八重子小姐，替她還清債務。當然他不是出於單純好心，他把她們母女一起帶走了。我透過窗子看到過他很多次，相當差勁。用爸媽的錢來嫖妓的男人，能是什麼好東西。身材很瘦弱，年紀很輕，但是一點氣魄都沒有。長著一只很刺眼的鷹勾鼻，是個噁心的變態。

那種傢伙只因為是「社長的兒子」就繼承公司，現在也是會長啦。這個世界沒救了。但要是沒有那個傢伙的話，八重子小姐她們就會一直被關在安置樓裡，只有這點算是好事吧。

八重子小姐她們離開之後的第二年，明美女士終於還清債務，離開住了三年的安置樓。在那之後她回到東京，一面在餐廳打工，一面存錢，最後開了這家店。她和滿先生兩個人一起，克服種種困難。

至於八重子小姐，後來就再也沒見過面了。

＊＊＊

開店前十分鐘，我們才結束採訪。我把謝禮送給明美女士，很快離開。

我離開時，跟在廚房的滿先生告辭並且道歉（因為讓他母親提到了艱辛的往事）。

他沒有迎上我的視線，只默默點頭致意。

在回家的電車上，我重新閱讀了採訪的紀錄。發現有好幾個疑點。

——安置樓的客戶都是有錢人。一次好像要十萬日圓。

一次買春十萬日圓的話，以現在的行情來說仍然太高了。不管多有錢，為什麼願意付這麼高的價錢呢？疑點還不止於此。

——一樓和二樓各有四個房間，一樓住著負責監視的組員，二樓則住著跟明美女士一樣

——欠款未還的人。

也就是說，一棟安置樓只住著四個妓女。從做生意的角度來看，實在太沒有效率了。

明美女士可能有記錯的地方。畢竟是半個世紀之前的事了，記憶模糊無可厚非。只不過，我覺得這一切不是記憶錯誤就能解釋的。

我不認為明美女士說謊。她沒有必要說謊。

然而她**有所隱瞞**。她隱瞞了足以動搖整個故事根基的重要訊息⋯⋯

我把採訪紀錄又讀了一遍。

資料⑩　無法逃脫的公寓　完

資料⑪

只出現一次的房間

2022年7月
入間蓮先生的採訪和調查紀錄

「以夢境來說，實在太有真實感了。冰冷的地板，牆壁的觸感，現在都還記得非常清楚。」

這是二十四歲自由設計師入間蓮先生說的，以前我們在工作上有往來，寫完《詭屋》之後，我送了他一本。一年之後，他打電話給我。

「拖到現在才看了你的書。」說完之後，他告訴我他自己關於「住宅」的不可思議的回憶。

入間

我的老家在新潟，我一直到高中畢業都跟父母住在一起。我小時候在那棟房子裡有過非常奇妙的經歷。

那時我還沒上小學，大概五六歲吧。小時候的記憶總是斷斷續續的，模糊不清而且不連貫不是嗎？我的回憶就是那種感覺。

他說那段記憶從強烈的暈眩感開始。

入間　我確定是在自己家裡，但到底在哪裡我不記得了。不知道為什麼覺得頭暈目眩，站都站不住，只好蹲在地上。頭不暈之後，我抬頭看向前面，那裡有一扇門。「咦？這裡有門嗎？」我覺得很奇怪，我走過去把門拉開，裡面是一間小房間。其實算不上是房間，因為真的非常小。地板是正方形，只有大概半個榻榻米的大小。勉強能擠進三個大人。天花板倒是很高。

我走進去一步，覺得腳底很冷。應該是地板的材質。房間很奇怪，沒有窗戶，貼著純白的壁紙。我看了一下，發現地板上有一個小小的木頭箱子。打開蓋子⋯⋯裡面有非常恐怖的東西。

筆者　恐怖的東西？

入間　對。只不過我已經不記得到底是什麼了。應該是⋯⋯這樣⋯⋯我記得我把那個東西拿起來，是一個細長的物體⋯⋯摸起來，硬硬的⋯⋯因為太恐怖了，我馬上就把它放回箱子裡，離開房間跑回自己的房裡。

我拚命看著當時最喜歡的搞笑漫畫，想消除那種恐怖的感覺，過了一會兒，我父母回來了。

筆者　也就是說，入間先生進入那個房間的時候，令尊令堂不在家裡。

入間　對。父母回來之後我就安心了，膽子大了起來。

249 ｜ 資料⑪　只出現一次的房間

筆者：房間不見了嗎?

入間：對。我把家裡所有的門都打開,但沒有找到那個奇怪的小房間。我問了父母,他們笑著說「你是不是作夢了」,的確聽起來不像是現實中發生的事。但是以夢境來說,實在太有真實感了。冰冷的地板,牆壁的觸感,現在都還記得非常清楚。

筆者：嗯……順便問一下,後來您有再進過那個房間嗎?

入間：沒有。只有那一次。

筆者：只出現一次的房間……好靈異的題材啊。就像他父母說的,作夢比較可能。只不過,我在意的是,**他看過我的書之後才告訴我這件事**。

入間：「作夢夢到的」……不知道從什麼時候開始,我也這樣想了。但是看了你送我的書,我就浮現別的想法。《詭屋》裡有關於密室的內容吧。

筆者：對。用佛壇掩飾房間的入口……

入間：我讀到那裡的時候,心想「難道是這樣」嗎?

詭屋 2 | 250

筆者 也就是說，那個房間是**密室**……？

入間 對。……老實說，普通的民宅有密室，這種想法太不切實際了。但那天發生的事情如果不是我作夢，除此之外就沒有別的解釋了。假設說我老爸因為自己的興趣所以蓋了這樣的房子……之類的。密室什麼的，不也是男人的浪漫嗎？

筆者 只不過我家沒有佛壇，要怎麼隱藏房間……或是說門呢？我想不通。

入間 是的，真有那種魔法一樣的東西嗎？我有件事想拜託你……你能和我一起去找嗎？

筆者 要是入間先生的記憶沒錯的話，那就是門**時而出現時而消失**吧。

入間 啊？

筆者 我們兩個一起回我老家，找出那個密室的秘密吧。反正你要寫續集不是嗎？到時候可以把這也寫進去。

入間 不，不……我很感謝你提供資料，但是去府上打擾實在……

筆者 沒事的。我老家現在只有我爸一個人住，白天他去公司，家裡沒有人的。我回去的時候也是自己用鑰匙開門進去。

那是入間先生的家，你當然沒關係，但我是外人啊。

251 | 資料⑪ 只出現一次的房間

入間

沒事沒事。我偶爾會帶設計師朋友回去，在院子裡烤肉。我是獨生子，我爸很寵我，基本上我要做什麼都可以，帶個人回去不成問題。

結果我輸給了入間先生的熱情，而且我自己很感興趣，我們約好下週一起回他老家。

* * *

掛上電話之後，我整理了資訊。

小時候出現過一次的房間……如果那不是夢的話，**為什麼只出現一次呢？**這個問題不解決不行。

房間是在入間先生上小學的前一年出現的……他六歲的時候。2022年5月他24歲，計算一下就是18年前……2004年發生的事情。

2004年的某一天，他家發生了「某件事」。想到這裡，我發現了一個可能。

我在網路上搜索一個詞……結果正如我所料。

我想得沒錯的話，或許真的能找到密室。

次週週一，我和入間先生在東京車站會合，由他開車前往新潟縣。途中我問了他幾件事。

* * *

筆者　現在您老家只有令尊一個人住是吧？

入間　是的。

筆者　不好意思，令堂呢？

入間　在我上大學那年，他們離婚了。雖然沒有大吵大鬧，但感情一直都不太好的樣子，所以我覺得也就這樣吧。

筆者　您現在還跟令堂見面嗎？

入間　是啊。不久之前我們還一起吃過飯。每次見面她都操心很多有的沒的，挺煩人的。什麼「你有多吃蔬菜嗎」、「有沒有去做健康檢查」之類的。

筆者　父母就是這樣的。有人關心不是很好嗎？

入間先生的老家位於妙高市一處充滿田園風情的地方。

住宅外壁是白色和海軍藍雙色調，還有很多大窗戶，風格十分現代。入間先生的雙親在結婚時購入這棟住宅，八年後長男入間先生出生後，就進行過大規模的改建。

筆者　好漂亮的房子。

入間　我老爸對美感很挑剔，應該有不少執著的地方吧。

筆者　哎，難道令尊也做設計方面的工作嗎？

入間　嗯……說設計也是設計，只不過不是藝術方面的，而是金屬製品的設計。我聽說他們製作稀土相關的產品，但我不清楚詳情。

別呆站在這裡了，進屋吧。

他從口袋裡掏出鑰匙，打開大門。

光亮的地板，白底布質的壁紙，跟外觀一樣時髦又有美感。

現在是上午十一點。他父親要晚上八點才會回來，時間上很充裕。他先帶我在家裡繞了一圈，熟悉環境。我們一面走，我一面在筆記本上畫了簡單的平面圖。

詭屋 2 ｜ 254

[平面圖：倉庫、車庫、浴室、更衣室、庭院、儲藏區、廁所、玄關、客餐廳、父親的房間、入間先生的房間、儲藏區、廚房、庭院]

參觀完屋內之後，他帶我去客廳，請我喝紅茶吃蛋糕。

南面和北面的落地窗都可以看見庭院，真是非常豪華的設計。

筆者　入間先生，家裡是不是很有錢？

入間　沒有沒有，這不算什麼的。

筆者　但是兩側都有庭院的客廳我是第一次看見呢。

入間　因為這裡是鄉下啊。要是在市中心的話，怎麼可能這樣奢侈地使用土地……對了，參觀過一圈之後，覺得怎麼樣？

筆者　啊，這個嗎……

我把畫著平面圖的筆記本在桌上攤開。

筆者　目前看來並沒有像是暗門的地方。這樣一來，只能用入間先生的記憶和平面圖對照，推測密室可能存在的地方。首先總結一下要點。我覺得入間先生的記憶裡有四點特別重要。

① 突然覺得頭暈，不暈之後，看見眼前有一扇門。
② 門拉開後，裡面是個小房間。
③ 地板是半個榻榻米大小的正方形。
④ 打開地板上的小箱子，裡面有可怕的東西。然後跑著逃回自己的房間。

筆者　首先關於第四點「跑著逃回自己的房間」。也就是說，密室跟入間先生的房間之間**有點距離**。

入間　應該是的。

筆者　然後就是第三點「地板是半個榻榻米大小的正方形」，這表示**門的寬度差不多是半個榻榻米的長度**。
這樣一來我們就應該考慮，**門是怎麼樣隱藏起**來的。

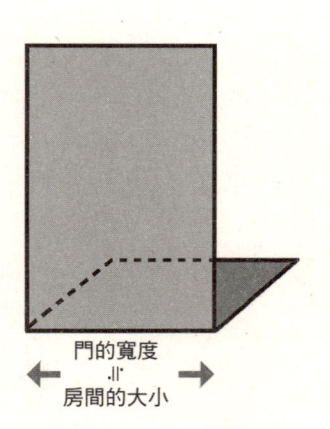

門的寬度
＝
房間的大小

筆者 比方說，要是在一面大牆上設置暗門，不管怎麼樣暗門的輪廓都沒辦法隱藏吧。

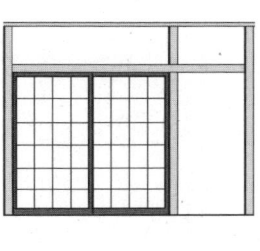

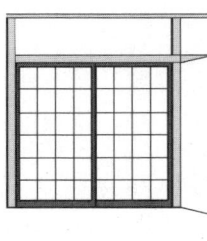

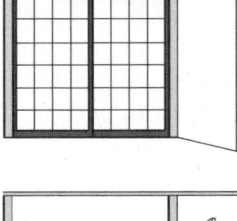

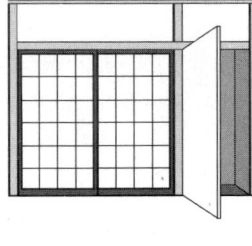

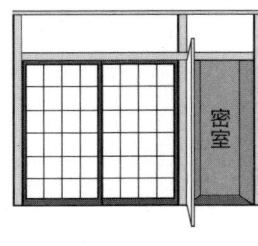

筆者 所以要隱藏暗門的話，就得用柱子在牆壁上框成一個長方形。我在參觀府上的時候找了一下，只發現一個這樣的地方。

筆者 那就是客餐廳旁邊的**走廊盡頭**。這裡，牆壁的另一邊是廚房，本來開一扇門比較方便。但是不知道為什麼沒有這麼做。是不是**走廊跟廚房的之間有什麼呢**？比方說一個小小的空間。

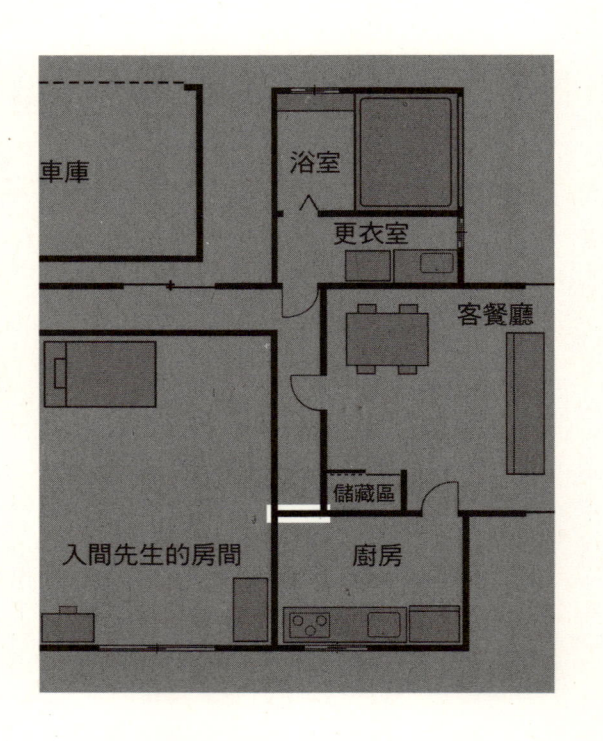

入間 小小的空間……？

筆者 我們來確定一下吧。入間先生請到走廊上去。我去廚房。

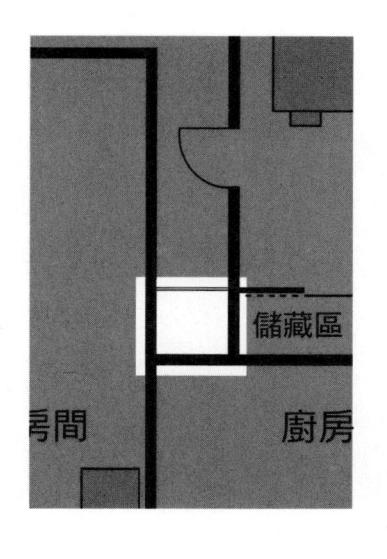

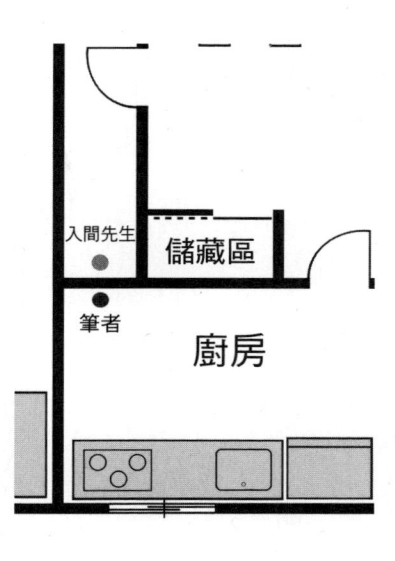

我把耳朵貼在廚房的牆壁上。

筆者　入間先生！準備OK了！請用力敲牆壁！

入間　知道了！

牆壁另一邊傳來「哐哐」的聲音。聲音很小，好像從很遠的地方傳來的一樣。

果然如我所料。

走廊和廚房之間，存在某種空間，是密室。

我很快跑到走廊上。

259 ｜ 資料⑪　只出現一次的房間

走廊盡頭的牆壁左右和頂端都鑲著細木條,要是我的推測正確的話,木條框出的長方形牆壁就是「門」。

入間先生把手貼在牆壁上,用力地推。但是牆壁文風不動。

入間 要怎麼樣才能打開呢……?

筆者 接下來應該要考慮的是②**門拉開後,裡面是個小房間**。

當時入間先生你不是把門「推開」,而是「拉開」。

也就是說,門是可以**從走廊這邊拉開的開關門**。這樣一來就需要開門的把手,但是

牆壁上沒有任何可以拉住的地方。這樣的話，當時入間先生是怎麼把門打開的呢？

我希望您能想起來，那個時候門是不是**已經稍微打開了一點**呢？

廚房

儲藏區

入間 也就是說，我把已經打開了一點的門拉開了。

筆者 我覺得是這樣。

「突然出現的房間」是因為牆壁不知為什麼移動了。那個時候入間先生才第一次發現牆壁是「門」。在那之後，房間一次都沒有出現過，因為門一直是關著的……這樣想的話一切就有解釋了。

入間 但是，為什麼門只在那個時候打開呢？

261 ｜ 資料⑪　只出現一次的房間

筆者 這裡應該參考的是①突然覺得頭暈，不暈之後，看見眼前有一扇門的記憶。我覺得和您的暈眩應該有關係。

入間 對。

筆者 其實從您打電話來告訴我這個故事時，我就一直很在意一件事。進入房間的情況入間先生都記得很清楚，但卻忘記了箱子裡那個「可怕的東西」是什麼。

入間 暈眩啊⋯⋯

筆者 ——我發現地板上有一個小小的木頭箱子。打開蓋子⋯⋯裡面有非常恐怖的東西。只不過我已經不記得到底是什麼了。

這種極端的記憶缺失應該是一種防衛本能。

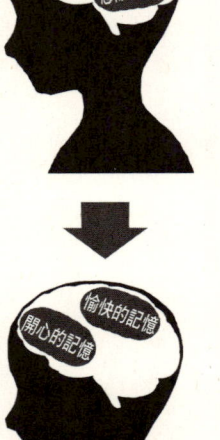

筆者　由於想起來會害怕，所以腦子擅自只刪除了「恐怖的記憶」。這次的情況，入間先生的記憶是在**進入房間之前**模糊不清。

——我確定是在自己家裡，但到底在哪裡我不記得了。不知道為什麼覺得頭暈目眩，站都站不住，只好蹲在地上。頭不暈之後，我抬頭看向前面，那裡有一扇門。

筆者　您不記得頭暈之前的事了。

入間　對，完全不記得。

筆者　這樣的話，入間先生應該是在頭暈之前遭遇了「非常恐怖的事」。所以腦子把那段記憶刪除了。

入間　但是……在自己家裡能發生那樣恐怖的事嗎……

筆者　會不會是地震？

入間　地震？

筆者　以入間先生的年齡往前推算，門出現是在2004年。您記得「走進去一步，覺得腳底很冷」，應該是秋冬時期。

入間　啊！……是中越地震嗎!?

2004年10月23日，新潟縣以中越地方為震央，發生了規模六點八的大地震。入間家的所在地比起震央周圍的震動要小，但受害情況也相當嚴重。

門之所以打開，會不會是因為地震呢？

入間先生茫然呆滯了一會兒，滿臉難以置信。

筆者　……您覺得不可能嗎……？

入間　不是……我覺得很有可能。

筆者　只不過之前我的各種推理怎麼都沒想到這一點，真的很不可思議。那一天發生的事，電視跟在學校上課的時候明明都提到過好多次。很可能是因為當時入間先生年紀還小，沒有把這兩件事連結在一起。身為災區居民，必須面對過去悲慘的大地震這個現實，以及「神秘的房間出現」這種好像童話一樣的記憶，在腦中像水和油一樣互斥，完全沒法聯想在一起吧。

入間　可能……是這樣吧。

筆者　門因為地震的搖晃而打開，那麼可能並沒有上鎖。

入間 但是門嵌在木框裡，沒有把手無法打開。

筆者 那就只能晃動房子了嗎？能不能用吸盤吸住然後拉開呢？

入間 要是能這樣就好了，但壁紙是布質的，吸盤吸不住吧。

筆者 那要不要去買電鋸？

入間 請別說這麼恐怖的話。這個……既然建造了密室，那一定有開啟的方法。我們可以試試各種方法。現在也才十二點，離令尊回家還有好長的時間呢。

筆者 我們到處摸索，敲打，爬上閣樓……想得出來的方法都試過了。但是完全沒有任何進展，回過神來已經下午兩點多了。

入間 我們轉換心情休息一下吧。喝喝茶。

筆者 好像沒什麼進展呢。

我們回到了客餐廳。

雙向拉門

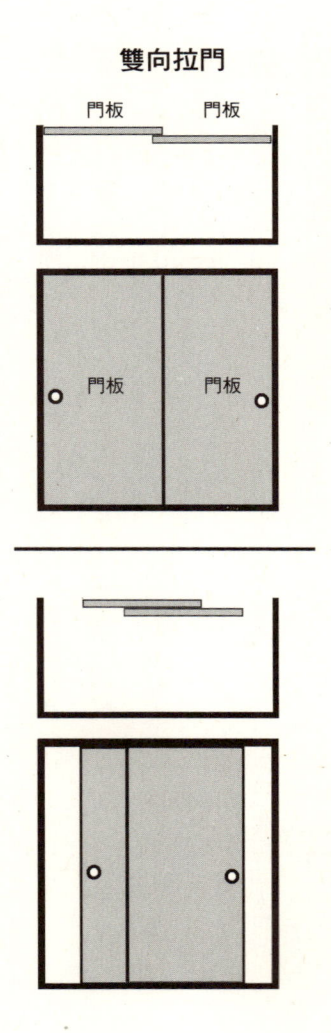

這個時候，我的目光落在房間角落的儲藏區上。看見櫃門，我有點不可思議的感覺。

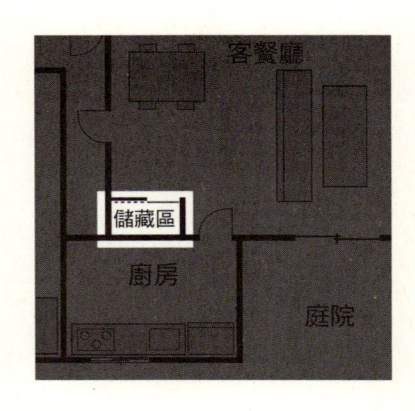

用「單向拉門」的儲藏空間挺少見的。

通常壁櫃式儲藏區都用「雙向拉門」。兩邊都可以拉開，要拿東西很方便。

單向拉門

隔板　門板

隔板　門板

相形之下「單向拉門」只有一邊是門，要拿取裡面的東西比較困難。為什麼特意做成這種門呢？

滿懷疑問地看著儲藏區的時候，我腦中突然浮現一個畫面。

我很快走到桌前，看著攤在桌上的筆記本上的平面圖。

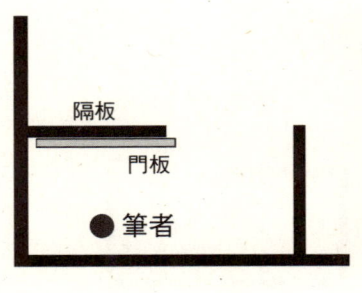

```
隔板
  門板
● 筆者
```

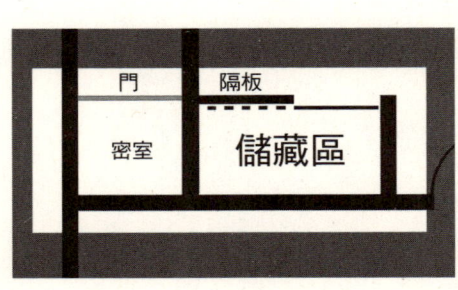

```
門    隔板
密室   儲藏區
```

筆者　這個儲藏區，應該就在「密室」的旁邊吧。

入間　……應該是的。

筆者　……難道，裡面有什麼玄機？

入間　目前沒有證據，但可以調查一下。

筆者　我們把儲藏空間裡所有的東西都搬出來，清空內部。然後我自己一個人拿著手電筒進去。我用手電筒照了每一個角落，並沒有發現異常的地方。

入間　怎麼樣？有什麼東西嗎？

筆者　什麼也沒有。

入間　一定有很多灰塵吧，什麼都沒有的話，那就快點出來比較好。

筆者　不，還有沒查看的地方。

我在儲藏區裡把門關上。

詭屋 2 | 268

完全關閉的時候，手電筒的光亮照亮了「某處」。

那是隔板內側一個小小的四角形「凹槽」。

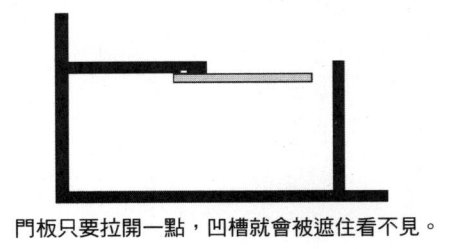

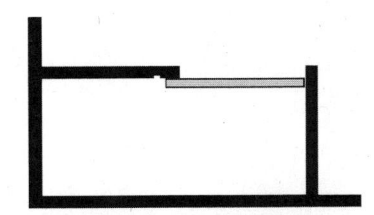

門板只要拉開一點，凹槽就會被遮住看不見。

門板完全關閉的話，就看不到裡面。

以單向拉門來說，是絕妙的隱藏方式。

凹槽大約一公分寬，兩到三公釐深。我覺得很像是門的內嵌式**把手**。

我把手指伸進凹槽裡，往左（走廊的方向）拉動。隨著「咔咔」聲響起，**隔板微微移動了一些**。

筆者 入間先生!剛剛你看見了嗎?

入間 啥?看見什麼?

筆者 隔板啊。往走廊的方向移動了一公分左右吧?

入間 我一直在看,完全沒有動過喔。

筆者 怎麼會這樣。我再拉一次,你仔細看。

我再度把手指插進凹槽裡,一面感覺重量,一面把隔板往走廊方向又移動了一公分。

筆者 怎麼樣?

入間 聽到「咔咔」的聲音,但是沒有動彈。

筆者 好奇怪啊⋯⋯

隔板確實往左側滑動了。但是外面卻沒有變化。這樣一來,就有以下這種可能。

隔板有兩層,「外層固定的隔板」和「內層可移動的隔板」。

也就是說，雙重構造。

「內側的板子」滑向了走廊那一側——也就是說，客餐廳與走廊之間的牆上其實留有**縫隙**。而縫隙的那一頭，就是**密室**。

或許把內側的隔板往走廊的方向推到底，就能打開密室的門。這是什麼樣的機關我不清楚，但只要能打開門，一切就都水落石出了。

```
走廊
        外層固定的隔板
        內層可移動的隔板
密室
```

外層固定的隔板

內層可移動的隔板

271 ｜ 資料⑪　只出現一次的房間

我再度用手指鉤住凹槽，用力往走廊方向拉。隔板發出「咔咔咔咔」的聲音。

聽到這個聲音，不知怎地突然不安起來。

這樣**真的能打開門**嗎？

我停下手，讓自己冷靜⋯⋯仔細想想這很奇怪。隔板太重了。內側是木板，重得移動個幾吋手指就會痛，這不是很奇怪嗎？就在此時，意識邊緣的記憶浮現，那是不久之前，我跟入間先生聊過的內容。想起來的瞬間，在此之前的各種訊息，開始在我腦中拼湊起來。

然後我得到一個結論。

入間　入間先生。

筆者　是。

入間　能麻煩您去找個東西嗎？去令尊的房間，找一塊磁鐵。

筆者　磁鐵？

詭屋 2 ｜ 272

筆者　房間裡應該有一塊很大的磁鐵。

＊＊＊

幾分鐘以後，他帶著難以置信的表情回到了客廳。他手上拿著一塊直徑約十公分的巨大磁鐵。

筆者　這在老爸房間的抽屜裡找到的。但是，您怎麼知道會有一塊大磁鐵呢？

入間　啊？

筆者　要怎麼打開密室的門，我想了各種辦法。結果就是磁鐵。**磁鐵是開門用的把手**。入間先生，拜託您一件事。現在到走廊上，把磁鐵壓在走廊盡頭的牆壁上，暫時不要動。

入間　我的結論如下：

273 ｜ 資料⑪　只出現一次的房間

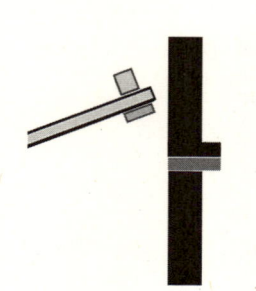

走廊和客餐廳隔間的牆壁裡，很可能有一塊金屬片。推動內側的隔板，金屬片就被推到密室裡面。

這時候把磁鐵壓在門外面，就會吸住密室裡的金屬片，**把手就完成了**。

當然，大部分的磁鐵在能打開門之前，就會失去磁力掉下來。但要是使用**釹磁鐵**的話就不一樣了。釹磁鐵通稱「世界上磁力最強的磁鐵」，如果體積夠大，就算隔著木材之類的東西，仍能夠維持磁力。

釹磁鐵的原料是稀土類磁石。

詭屋 2 | 274

——嗯……說設計也是設計，只不過不是藝術方面的，而是金屬製品的設計。我聽說他們製作稀土相關的產品，但我不清楚詳情。

這正是入間先生父親的專業領域。

過了一會兒，走廊傳來入間先生的聲音，說準備OK了。我把手指伸進凹槽裡，用力拉動。

入間先生立刻大叫。

筆者 哇！好厲害！吸住了！磁鐵吸住了！

入間 入間先生！小心地把磁鐵往前拉。

走廊傳來「嘎〜」的聲音。我從儲藏區裡出來，趕往走廊。門已經打開了。

筆者 入間先生……成功了……終於打開了。

入間　⋯⋯是啊。

入間先生慢慢走進房間裡。

房間跟他記憶中一樣。白色的壁紙。正方形的地板。然後有個木箱。

他就地蹲下，慢慢朝木箱的蓋子伸出手。我從後面也看得出他的手在微微顫抖。他緊張地打開了箱子。

箱子裡面是——

筆者　是⋯⋯人偶嗎？

那是一個木頭刻的女性人偶。

人偶身上裹著一塊絹布，像天女的羽衣一樣。面容雖然不年輕，但卻很漂亮。

只不過更引人注意的是她的身體。

沒有左臂和右腿。

我簡直像是被什麼妖法迷住了。

我知道。我知道那位女性。

這時候，入間先生喃喃地開口。

入間 跟這棟房子的形狀……很像。

筆者 很像？

入間 這個人偶……很像呢。

我一時之間不明白他說這話是什麼意思，然而我望向他手上的人偶，腦中突然靈光一現。我跑回客廳，拿起筆記本回到入間先生旁邊。

我把平面圖轉了個方向，跟人偶對比。

277 ｜ 資料⑪　只出現一次的房間

對了。就是這樣。我終於想起來了。

我在以前入手的舊雜誌上，看到過關於邪教團體的臥底報導。

教團的名字叫做「重生聚落」……他們在模仿教主身體的宗教設施「重生之館」裡修行。

被稱之為「聖母大人」的教主，沒有左臂和右腿。

確實很像。人偶、聖母大人的身體、重生之館,現在是入間家。沒想到一切在這裡連結起來。

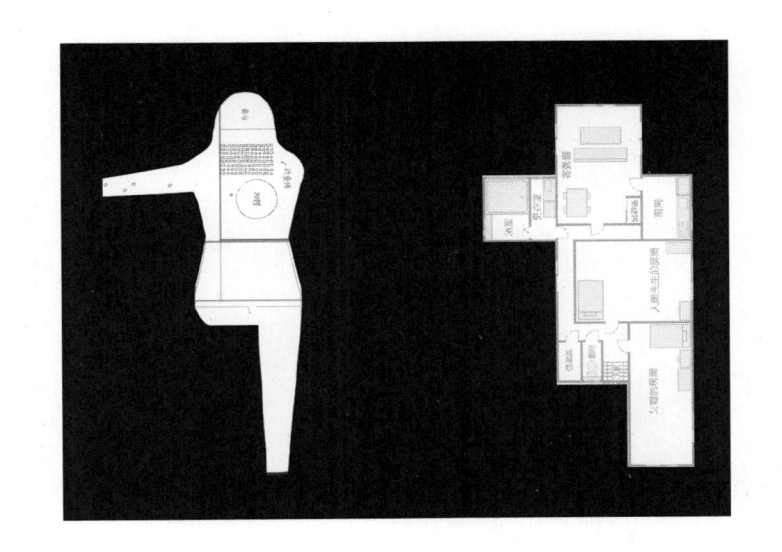

入間先生把人偶放回箱子裡，小聲地說。

入間 ……果然如此。

筆者 ……果然什麼……？

入間 我從小時候開始，就隱約有點感覺。他們倆……我父母，是不是信了什麼奇怪的宗教。

筆者 咦？

入間 大概就是這個了。宗教的……神像？之類的東西。

筆者 這……

入間 沒關係的。我不是想批評那些向神祈禱的人。只不過……現在回想起來，他們兩人並不幸福，因此才必須要找點什麼心靈寄託。

……我這個孩子，果然還是沒能成為他們的幸福吧……

資料⑪　只出現一次的房間　完

栗原的推理

從梅之丘車站徒步二十分鐘，到達公寓。

我一手拿著裝了十一份資料的紙袋，走上樓梯。生鏽的鐵樓梯每上一階就嘎吱作響。

這棟公寓屋齡今年已經四十五年了，確實有點老舊。二樓最後一間就是「他」的居所。我按下電鈴，門立刻就開了。

「等你好久了。很冷吧。快進來。」

這位是我的朋友，設計師栗原先生。

他穿著灰色的運動衫和寬鬆的牛仔褲。頭髮很短，留著斑駁的小鬍子。

我走進屋內，立刻被溫暖的空氣包圍。暖氣和暖爐同時呼呼地大聲運轉著。他說「我怕冷嘛」，把暖爐的溫度又調高了一點。

套房裡有一座小廚房和四坪左右的客廳。客廳裡散置著大量的書籍，我設法找了一處空隙坐下。

栗原先生一面在廚房泡紅茶，一面自言自語般說道：

283 ｜ 栗原的推理

「好懷念啊。**那個時候**也這樣聊天的吧。」

以前為了解開某間屋子的謎題,我來過這裡。栗原先生只是看了平面圖,就能推斷出那間屋子裡發生的事情。從那之後,我就不時會仰賴他的推理能力。

筆者　那時候承蒙你照顧了。今天不用上班嗎?

栗原　是啊,最近都沒事幹。現在自建住宅的人越來越少了。反正我比較喜歡看書玩電動,不喜歡工作,沒事幹正好。

他把兩杯紅茶放在桌上,掃開地板上的書本,在我對面坐下。

筆者　那麼,你在電話裡提到的資料就讓我看看吧。

栗原　好。

我從紙袋裡拿出十一份資料。每一份都是我到目前為止調查的「情報」整理。

資料①「沒有目的地的走廊」
資料②「孕育黑暗的房子」
資料③「森林中的水車小屋」
資料④「捕鼠之家」
資料⑤「凶宅就在這裡」
資料⑥「重生之館」
資料⑦「叔叔的家」
資料⑧「連接房間的紙杯電話」
資料⑨「朝殺人現場而去的腳步聲」
資料⑩「無法逃脫的公寓」
資料⑪「只出現一次的房間」

這本書一開始就說過，自從前作《詭屋》出版之後，我就常常聽到關於住宅的奇妙經歷，總數超過一百件。

解決的謎題很少，大部分都沒有解決……換句話說，就是「沒有結論的故事」。我為了知道「結論」，所以進行調查。

隨著調查進行，沿著眾人的經歷順藤摸瓜，蒐集到許多情報。回顧這些情報，偶然發現由個別的經歷查到的情報衍生出奇妙的「關聯」。我抓住這個「關聯」，進一步調查。

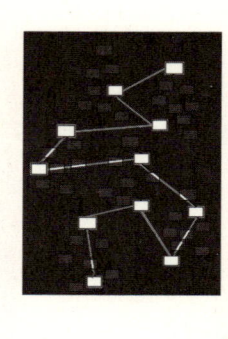

栗原　結果就是提煉出了十一個串連在一起的謎題是吧。

筆者　對。我覺得這十一件案例有所關聯，但到底具體是怎樣連結在一起的，我推斷不出來，所以又想來請栗原先生幫忙了。

栗原　唔⋯⋯請等一下。我現在就看。

栗原先生拿起一份資料。

他的閱讀方式跟「速讀」完全相反⋯⋯簡直像是在咀嚼每一個字一樣，慢吞吞地閱讀。我一面喝著紅茶，一面等待他把所有資料看完。

幾個小時後，他闔起最後一份資料，放在桌上，然後將雙臂交抱在胸前，閉上眼睛，一動不動。我不知該不該開口叫他時，他突然睜開眼睛，把已經冷掉的紅茶一口氣喝完了。

筆者　真的嗎!?

栗原　雖然靠推測的成分很大，但以現在掌握的資訊，就可以描繪出大概的故事。

筆者　……怎麼樣，有什麼發現……?

栗原　還挺有意思的呢。

核心

栗原　看過一遍之後，我發現十一份資料裡有一個明顯是「核心」的故事。你知道是哪一個嗎?

筆者　核心的故事……唔……我覺得每一個都很重要……

栗原　不要想得太複雜。用地圖想像一下就可以了。

栗原先生從桌上的筆記本裡撕下一頁，開始畫日本地圖。

栗原　資料①的舞台是富山縣高岡市。資料②在靜岡市葵區北部。資料③是……

他一面喃喃說著，一面在地圖上標註地點。應該是每份資料的發生地點吧。點完十一個之後，我驚嘆出聲，

資料⑪「只出現一次的房間」
資料④「捕鼠之家」
資料①「沒有目的地的走廊」
資料⑥「重生之館」
資料⑩「無法逃脫的公寓」
資料②「孕育黑暗的房子」
資料⑦「叔叔的家」
資料③「森林中的水車小屋」
資料⑧「連接房間的紙杯電話」
資料⑤「凶宅就在這裡」
資料⑨「朝殺人現場而去的腳步聲」

筆者　啊⋯⋯⋯⋯原來如此⋯⋯⋯⋯

栗原　你明白了嗎？

栗原　這一切都是以之前位於長野縣西部的宗教設施「重生之館」為中心發生的。也就是說，這棟建築是一切的根源⋯⋯也就是「核心」。

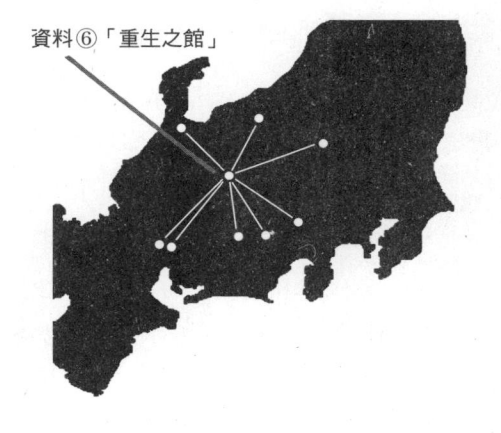

栗原先生拿起資料⑥「重生之館」。

資料⑥「重生之館」

資料⑥「重生之館」
雜誌記者潛入謎之宗教會館的臥底報導

- 以前有一個叫做「重生聚落」的邪教組織
- 「重生聚落」有些與眾不同的特徵
  - 僅憑電話傳銷和口耳相傳就吸引許多信徒。
  - 讓信徒購買數百萬～數千萬日圓的高價「商品」。
  - 在宗教設施「重生之館」每個月舉行數次聚會，進行奇特的修行活動。

1994年雜誌記者潛入「重生之館」探查實情。

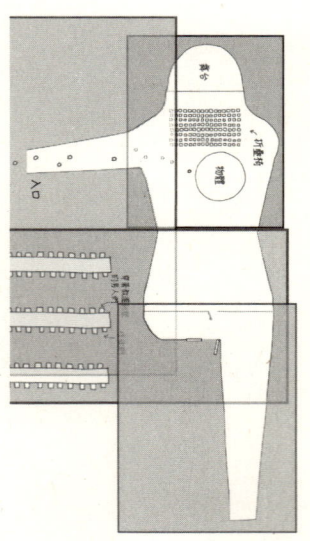

何謂「重生之館」？

位於長野縣西部的邪教教團設施。建築是模擬通稱為「聖母大人」的教主身體的型態。

上部是會場，裡面有舞台、折疊椅，以及一個巨大物體（神殿）。聖母大人就在物體（神殿）裡。

她是一位沒有左臂和右腿的女性。

集會場與物體（神殿）

記者的經歷

- 教團幹部・緋倉正彥在信徒面前演講。
  - 緋倉是建築公司「日倉房屋」的社長←這種人為什麼和邪教扯上關係?
  - 他激情演說:「你們雖然罪孽深重,但在這裡修行就能淨化罪孽。」
- 在物體(神殿)中面見聖母大人。
- 出現了對聖母大人惡言相向的信徒。
  - 大叫:「女騙子!我要堵死妳的心臟!」
  - 立刻被帶到館外。
- 前往修行房間

↓ 這裡進行怎樣的修行?

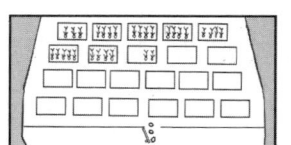

「睡覺」就是修行!?

修行房間就是寢室。
信徒們只躺在床上睡覺。
這就是「修行」嗎?

次日早晨

次日早晨,信徒們和穿著教團制服的男人們看著平面圖不知討論什麼。

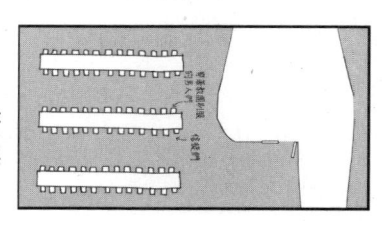

↓ 在那之後

- 記者將自己的經歷分為「前篇」和「後篇」。
- 雜誌只刊登了前篇。後篇因故沒有問世。
- 「重生聚落」於1999年解散。
- 翌年「重生之館」也拆除了。

栗原　很遺憾，「解謎篇」是沒發表的後篇。這樣的話，我們只能自行由前篇解謎。首先把前篇裡沒有解決的謎題整理出來。

① 為什麼「重生聚落」的修行是「睡覺」？
② 教團賣給信徒價值數百萬～數千萬日圓的「商品」是什麼？
③ 穿著白色教團制服的男人們和信徒隔著長桌在討論什麼？
④ 信徒們共同懷抱的「某種隱情」是什麼？
⑤ 為什麼一個月數次的修行就能讓信徒們被洗腦？

栗原　為了回答這五個問題，我們接下來要慢慢解析「重生之館」的真相。

報導裡說「重生之館」是模仿教主聖母大人的身體建造的。其實這樣的建築並不罕見。

頭
手臂
腿　入口
教會

詭屋 2 ｜ 292

栗原　比方說，天主教的教堂多半都是模擬「釘在十字架上的耶穌」建造的。「想進入自己信賴的人體內＝想被保護」，這也是大多數人共通的欲望。我們再仔細看一下「重生之館」的內部，就能發現有趣的事情。神殿在「心臟」的位置。

筆者　啊啊⋯⋯的確如此。「聖母大人住在心臟裡」的意思吧。

栗原　因為聖母大人是教團的象徵。必須讓她坐鎮在身體最重要的心臟位置。還有就是，以前大家都認定「人類的心臟位於身體中央偏左的位置」。那個時代建造的房子，神殿也會稍微偏離中央吧。

栗原　從這裡我們可以瞭解「『重生之館』不只模擬聖母大人的外型，也象徵了**內在**」。瞭解這一點之後，再看看信徒們睡大覺的「寢室」位置。

栗原　寢室位於下腹部。「在女性下腹部沉睡的人」……你明白這意味著什麼吧。

筆者　……胎兒嗎？

栗原　正是這樣。

栗原　從下方的門（陰部）進入寢室（子宮）睡覺，然後再度從門裡（陰部）出來。這明顯是「受孕」和「生產」的隱喻。這樣第一個謎就解開了。

① 為什麼「重生聚落」的修行是「睡覺」？

栗原　答案是「為了成為聖母大人的孩子」。信徒們的修行是在聖母大人的子宮裡沉睡，然後**再度出生為她的孩子**的模擬體驗。

筆者　再度出生……重生……所以才叫「**重生聚落**」啊。

栗原　這裡引用一下教團幹部緋倉正彥先生的演說。

295 ｜ 栗原的推理

「你們都已經有所自覺了吧。知道自己懷抱的重大罪孽。這些罪孽會由你們可憐的孩子承擔。（中間省略）很可惜，穢氣無法消除。但是可以減輕。只要不斷修行，就能夠淨化，你們先在這座館內淨化穢氣。」

栗原「你們都已經有所自覺了吧。知道自己懷抱的重大罪孽。」從這句話可以知道「重生聚落」的信徒們，大家都有著某種罪惡感。

然後緋倉對這些信徒說：

「你們背負著罪孽，所以不幸。」

「但是如果重生為聖母大人的孩子，就可以稍微減輕一點罪孽。」

「只能減輕一點而已，不能完全清除。」

「所以要一直來重生之館，穩定地減輕罪孽。」

重點就是把心懷罪惡感的人聚集起來，然後教他們減輕的方法。

筆者 那個方法就是「在模擬聖母大人子宮的寢室裡，反覆睡覺」……

聽起來很扯，但「重生就能消除罪孽」的想法，跟佛教十分接近，對日本人來說或許比較容易接受。

栗原 只不過奇怪的是，這個方法還牽涉到了小孩。

栗原　「你們都已經有所自覺了吧。知道自己懷抱的重大罪孽。這些罪孽會由你們可憐的孩子承擔。然後明天一早，帶著減輕了穢氣的身體回家，**然後幫你們的孩子修行**。」

栗原　「幫你們的孩子修行」……緋倉的意思也就是說：「回家以後，讓自己的孩子在聖母大人的子宮裡睡覺。」……這也太勉強了。普通的住宅不是聖母大人的體型，沒有模擬成子宮的寢室。那麼信徒們怎樣讓自己的孩子「修行」呢？

這個時候，我腦中浮現了一張平面圖。

筆者　把自己的家……**改建成「重生之館」**。

栗原　對。事實上，這十一份資料裡，也有把自己家改建成「重生之館」的人。

筆者　……入間先生的父母嗎？

栗原　是的。

栗原先生拿起資料⑪「只出現一次的房間」。

297 ｜ 栗原的推理

資料⑪「只出現一次的房間」
探索老家的「密室」

- 自由設計師入間先生，小時候在老家曾經進去過一次的「神秘小房間」。

   去入間先生的老家，找尋那個房間的所在。

- 入間先生的老家是位於新潟縣的獨棟住宅。
- 他父母結婚那年買的新房子，八年之後改建。

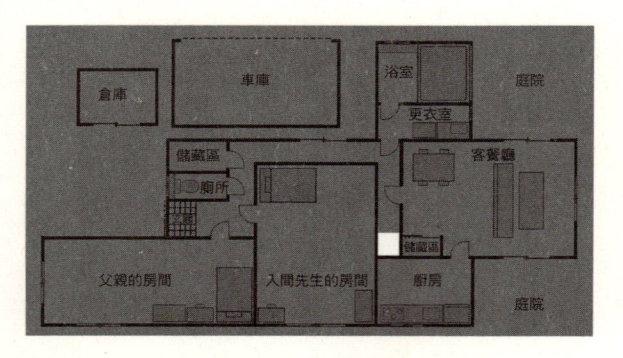

- 走廊的盡頭有點奇怪，找出打開暗門的方法。
- 發現客廳的儲藏區裡有機關。

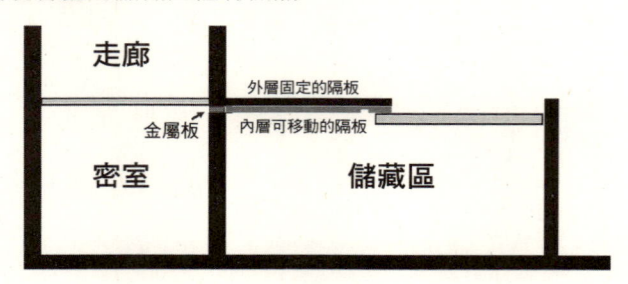

開啟暗門的方法

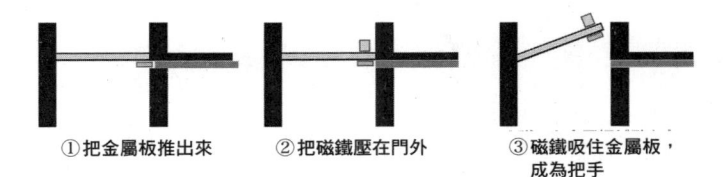

① 把金屬板推出來　② 把磁鐵壓在門外　③ 磁鐵吸住金屬板，成為把手

小房間裡的東西是什麼？

⬇

- 木箱裝著女性人偶。
- 人偶沒有左臂和右腿。
- 入間先生說：「這個人偶，跟房子的形狀很像」。

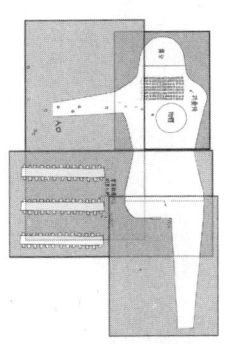

這和模擬缺少左臂與右腿的女性形象建築「重生之館」有什麼關聯嗎？

⬇

入間先生的看法呢？

⬇

「我從小時候開始，就隱約有點感覺。他們倆……我父母，是不是信了什麼奇怪的宗教。」

仿造品

——入間先生的雙親在結婚時購入這棟住宅，八年後長男入間先生出生後，就進行過大規模的改建。

筆者 長子出生的時候，入間夫婦信奉了「重生聚落」吧。於是……就大規模改建自己家，好接近「重生之館」。

栗原 我想本來應該是普通的住宅。八成是進行了拆除工事，重現聖母大人的身體形狀。當然，重現的不只是外觀。

―――那是一個木頭刻的女性人偶。

人偶身上裹著一塊絹布，像天女的羽衣一樣。面容雖然不年輕，但卻很漂亮。

只不過更引人注意的是她的身體。沒有左臂和右腿。

栗原　人偶所在的地方……請仔細看「密室」的位置。

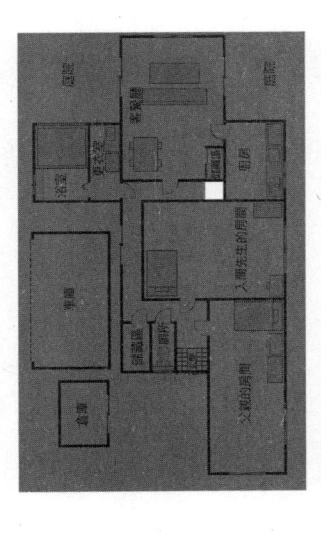

栗原　把房子當成人體來看的話，就在胸口中央稍微偏移的位置。

筆者　心臟……跟「重生之館」的神殿一樣呢。

栗原　密室就是「神殿」。「重生之館」的神殿裡有聖母大人，入間家的神殿放著人偶。

也就是說，人偶是聖母大人的代替品……就是所謂的「偶像」，就像神壇上擺設的

七福神一樣。

筆者 所以是「本尊不可能降臨，用人偶代替」的意思。

栗原 是的。接著要注意的是，入間蓮先生的床鋪。

栗原 這個地方，很明顯是「子宮」。

根據教團的教義，他住在老家的時候，等於**每天都重生成聖母大人的孩子**。

入間先生的雙親在長子出生的時候，信了「重生聚落」。這意味著，他們當時懷抱著某種罪惡感。

教團說：「這些罪孽會由你們可憐的孩子承擔。」這讓他們心生畏怯，兩人為了清除兒子繼承的罪孽，把自家改建成「重生之館」。

筆者 但是，拆掉整個房間，做出奇特的密室……這種沒意義的改建工作，現實中真的可能辦到嗎？

栗原 普通的業者可能不會接這種工作。**正因如此，教團才能獲取暴利。**

②**教團賣給信徒價值數百萬～數千萬日圓的「商品」是什麼？**

栗原 「住宅」……正確說來，是「住宅改建工程」。教團幹部緋倉先生，是中部地方首屈一指的建築公司「日倉房屋」的社長。有他在，通常再難以實行的改建都有可能。

然後，同樣在中部地方具有影響力的建築公司「日倉房屋」，以中部地方為據點，勸誘信徒改建的邪教團體「重生聚落」。

這是兩者連動的雙贏局面。

303 ｜ 栗原的推理

栗原　明白這一點之後，下一個謎題也有解了。

③ 穿著白色教團制服的男人們和信徒隔著長桌在討論什麼？

栗原　一言以蔽之，就是商談。「穿著白色教團制服的男人們」是日倉房屋的業務員吧。

―――
走近桌邊一看，桌子上攤著很多的平面圖。
男人們面對面坐著，不知道在聊什麼。
寬敞的空地上擺設著長桌，昨天跟我一起在寢室睡覺的信徒們，跟穿著白色教團制服的
―――

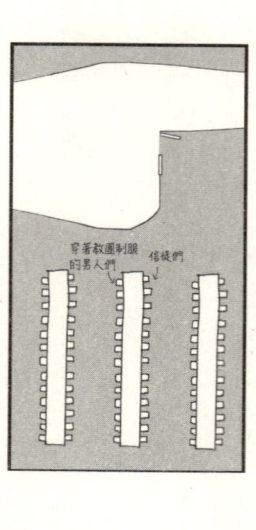

栗原　從桌上擺著平面圖看來，應該是討論改建和估價吧。教團制服只是為了哄騙信徒而已。要是穿著西裝，立刻就會被看穿是在拉業務了。

我們已經知道入間先生的雙親是信徒，在十一份資料裡，還有其他被洗腦的人物出現。

栗原先生指向資料⑦「叔叔的家」。

資料 ⑦「叔叔的家」
遭受虐待致死的小男孩日記

- 三橋成貴小朋友（九歲），是個跟母親一起住在公寓裡的小男孩。
- 平常就沒有足夠的東西吃，遭受母親虐待。
- 有一天，一個身分成謎的「叔叔」過來，請成貴和母親去他家。
- 「叔叔」給成貴吃好吃的食物，對他很溫和。
- 在那之後，「叔叔」幾個月會接成貴去他家一次。
- 有一天，「叔叔」發現成貴被虐待，把他帶離母親身邊，住在自己家裡。
- 後來母親跟「金髮男子」一起到「叔叔的家」，把成貴帶走了。
- 成貴和母親一起被帶到「金髮男子」的家裡。
- 成貴被男子嚴重虐待，幾星期後死亡。
- 成貴死後，他在臨死前書寫的日記以《男孩的獨白——三橋成貴小朋友最後的手記》為名出版。

＊＊＊

栗原
真是非常讓人痛心的事件。光是閱讀就覺得很不舒服。但是，去世的三橋成貴小朋友替我們留下了非常重要的線索。從他的文章可以推斷出「叔叔的家」的平面圖。

栗原先生開始在本子上畫圖。

```
         走廊
     ┌────────┐
     │        │
     │       ┐│
     │        │
     │       ┐│
     │        │
     │       ┐│
     │        │
     │     ┌──┘
     │玄關 │
     └─────┘
       ┌──┐
       │花壇│
       └──┘
```

——門口的左邊，有好大的花壇，我覺得好棒喔。走進屋內，正中央是走廊，兩邊有好多門。

栗原
玄關的左邊有花壇。打開大門中間就是走廊。走廊兩邊有很多扇門。

——走進右邊最靠近的門,有好大的電視和桌子。從窗戶可以看見花壇和大門。從另一邊的窗戶,可以看見外面的車子在跑⋯⋯

栗原 「右邊最靠近的門」,意思應該是「進門右手邊第一扇門」。從前後文看來,應該是客餐廳。重要的是,從客餐廳的窗戶**可以看見玄關大門**這一點。

栗原 很可能客餐廳的範圍向前庭突出一塊。

（圖：走廊、玄關、客餐廳、花壇）

栗原 然後「從另一邊的窗戶，可以看見外面的車子在跑」，可以得知客餐廳的一邊面向馬路。

成貴跟媽媽還有「叔叔」，每次都在這個房間吃飯。成貴自然就覺得這裡是「吃飯的房間」。

接下來這個房間的隔壁房間，有兩種敘述。

① 吃完飯回到走廊上，去了隔壁的房間。「這是成貴的房間喔。」叔叔說。

② 後來回到走廊上，去了吃飯那個房間的隔壁房間。房間裡有很大的窗戶，可以看到花壇。房間裡有一台好像腳踏車的東西。叔叔說：「這是飛輪車喔。」我踩了一下，覺得很好玩。
這個房間裡還有另外的門。打開門，房間裡面什麼也沒有。那個房間的窗戶也能看見花壇，另外的窗戶可以看見小河。

栗原 兩則都說是「吃飯房間的隔壁房間」，但從敘述看來，不是同一個房間。
我們應該考慮「隔壁房間」有兩間。那麼這些房間的相對位置是如何呢？

栗原 要從客餐廳到房間②，成貴要先回到走廊上。然後，從那間房間「可以看見花壇」。因此可以推測房間②是隔著走廊的**對面房間**。成貴年紀小，不會用「隔著走廊」這種說法吧。

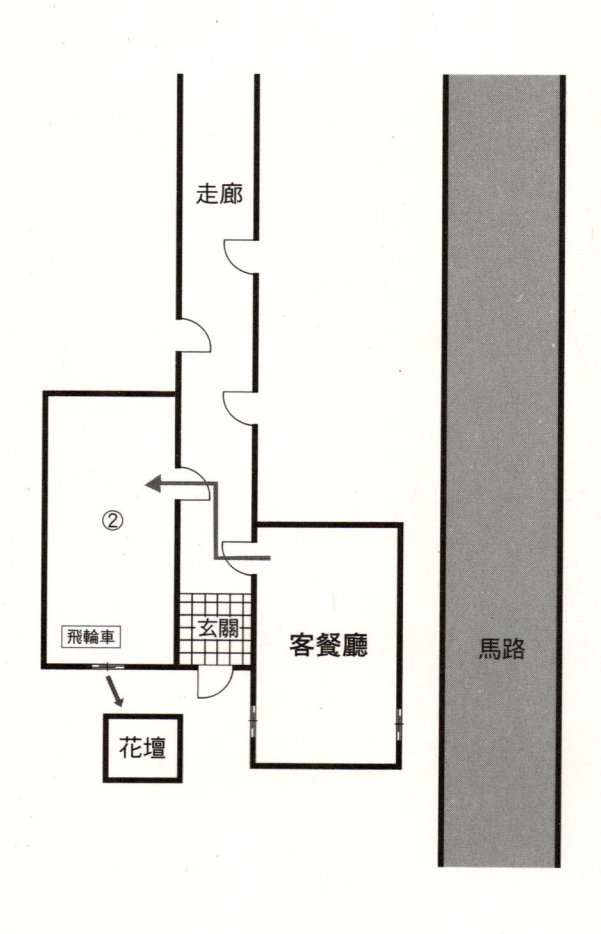

栗原

房間②裡有一扇門，通往別的房間。那個房間也能看見花壇，所以應該位於平面圖的左邊。「另外的窗戶可以看見小河」是非常重要的訊息。

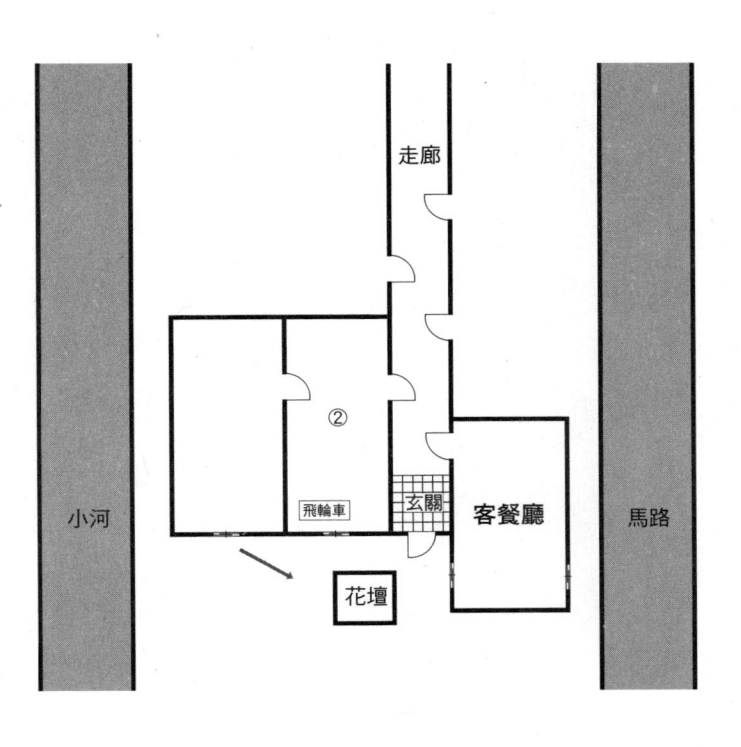

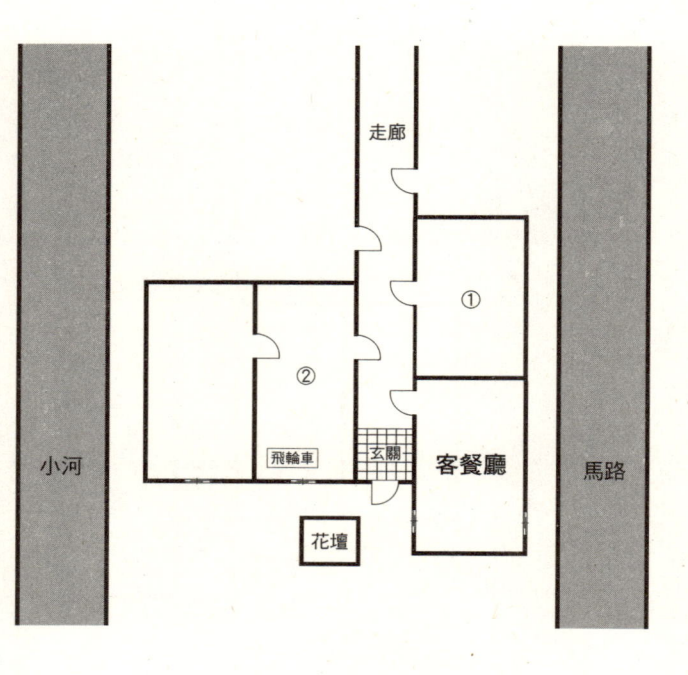

栗原 這樣一來就可以知道房間①⋯⋯也就是成貴的房間在哪裡了。

（圖：小河／走廊／①／②／飛輪車／玄關／客餐廳／花壇／馬路）

栗原 到這個地步，就可以推斷出這棟房子的全貌了。

筆者 好厲害。只憑著這麼一點訊息就能畫出平面圖。

栗原 都是託了成貴的福。他應該是個很聰明的孩子。用簡潔的文字描述了事實。

只不過其中有一段**感覺起來不像現實的奇妙描寫**。

```
┌──────┬────────────┬──────┐
│      │      走廊  │      │
│      │   ┌────┐  │      │
│      │   │    │  │      │
│ 小河 │   │  ② │①│ 馬路 │
│      │   │飛輪車│玄關│   │
│      │   └────┘客餐廳│   │
│      │    花壇        │      │
└──────┴────────────┴──────┘
```

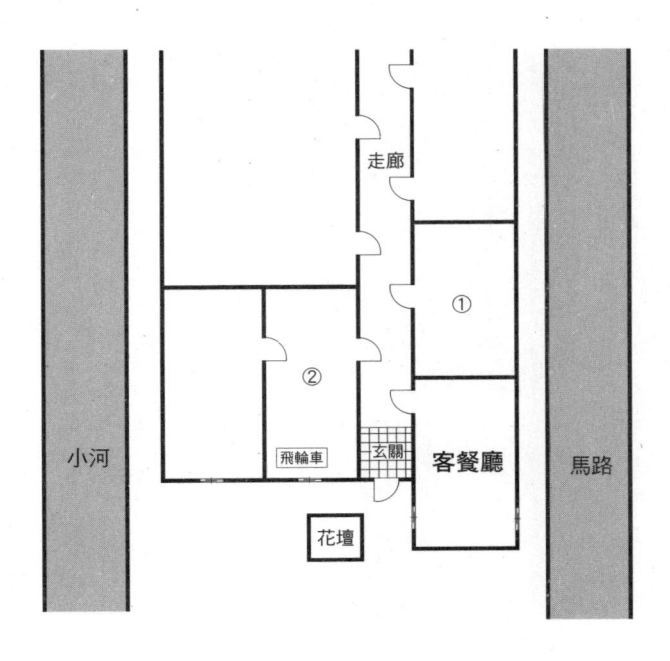

栗原的推理

栗原 2月27日。隔了三個月，再度去叔叔的家那天的日記。

早餐的玉米湯跟荷包蛋很好吃。吃完之後，我又想踩不會跑的腳踏車，去吃飯房間的隔壁房間，踩了不會跑的腳踏車。因為剛剛才吃完飯，肚子有點痛。

栗原 從飛輪車可以得知那是房間②。

在那之後，打開了另一扇門，但不是之前的房間，小河嘩嘩地流著。我覺得很奇怪。

栗原 「另外一扇門」，應該是通往裡面那個房間的門，但打開那扇門卻突然到了室外。

筆者 也就是房間不見了⋯⋯

栗原 既然不是魔術表演，通常不會發生這種事。但假設成貴看見的是事實，那就可以推斷出一個結論。

叔叔花了三個月時間，進行拆除工程。

他施工拆掉了一個房間。這樣一來，房子的形狀應該就變成這樣。

栗原　不覺得跟入間家很像嗎？

筆者　難道，那個「叔叔」也把自己家改建成接近「重生之館」的樣子……？

　　　後來叔叔帶我去走廊很裡面的房間。房間很小，裡面有一個咖啡色的人偶，我很害怕。

栗原　那個房間具體在哪裡不得而知，但從「走廊很裡面的房間」這個描述，可以推測出大概位置。

成貴在叔叔家的時候，都在玄關附近活動。這樣一來，他自然就會認為遠離玄關的地方是「很裡面」。

栗原 這樣的話「走廊很裡面的房間」，就可以推測在平面圖的上方，也就是**心臟的位置**。

—— 叔叔說「這裡是房子的心臟」「所以不能上鎖」。

筆者 心臟位置的小房間……裡面有人偶。那就是「神殿」吧。

栗原 叔叔說「這裡是房子的心臟」，從這句話看來，應該沒錯。

筆者 但是後來他又說「所以不能上鎖」，那是什麼意思呢？

317 ｜ 栗原的推理

栗原「是房子的心臟，所以不能上鎖」……乍看之下不知所謂的話，假設這是**教團的教義**的話，就勉強能猜個大概。

筆者 教團的教義？

栗原 依照教主的體型建造會館，把神殿設置在心臟部位……「重生聚落」把建築物當成人。「房子不是**東西**，而是生命體」……這是他們的思想吧。這樣一來，就可以稍微理解叔叔說的話是什麼意思了。

大家都知道心臟是透過血管把血液輸送到全身的幫浦。要是心臟停止跳動，心臟周圍的血管堵塞，手腳和腦部無法得到血液，最壞的情況下就會死亡。

「把神殿鎖起來」的行為，也就等於「堵死心臟」。這樣一來，房子就無法得到能量……吧。

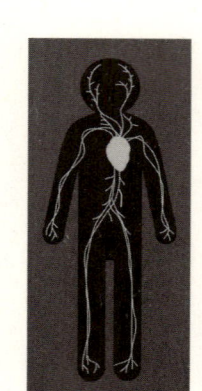

筆者 **房子就會死**……？

栗原 ……教團給信徒灌輸了這種「思想」。不僅可以理解叔叔說的話，還能說明入間家密室的門上為什麼沒有鎖。

「堵死心臟」……聽到這幾個字，我想起資料中的一段。

在「重生之館」的臥底報導中，記者在參見聖母大人之後目睹的場面。

我們出去後不久，神殿內部突然傳出聲音。仔細一聽，能夠聽出男人在叫什麼。

「聖母大人！妳是在騙我嗎!?妳不是會拯救我和我兒子的嗎！」

立刻有幾個教會人員衝進去。不到一分鐘，他們就架著一個男人出來。是剛才走在最後面，眼中有異樣光芒的男人。年齡在四十歲上下。深深的雙眼皮，挺直的鼻梁，稱得上是個美男子。英俊男子被拖出來時一面大叫：「女騙子！妳要是真的神，為什麼我的兒子……我家成貴為什麼死了!?我要宰了妳！堵死妳的心臟！」

筆者　難道在「重生之館」引起騷動，大叫「堵死妳的心臟」的那個男人……？

栗原　他想說的意思應該是……「把神殿鎖起來」。

筆者　原來如此……

栗原　那位美男子最後怎樣了呢……這份資料裡有寫。

栗原先生翻開資料⑧「連接房間的紙杯電話」。

資料⑧「連接房間的紙杯電話」
懷疑亡父犯罪的女性

- 笠原千惠小姐的父親，工作賺了很多的錢。
- 然而一毛錢也不給家裡，自己四處玩樂，是「最渣的父親」。
- 笠原小姐曾經和這樣的父親玩「紙杯電話」遊戲。

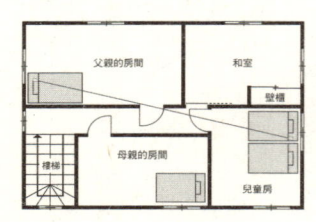

「連接房間的紙杯電話」
是父親想出來的遊戲。
紙杯電話連結父親的房間和笠原
小姐，可以在床上聊天。

⬇ 然後事件發生了

- 某天晚上，笠原小姐跟父親打紙杯電話聊天。
- 不知為何父親口氣很奇怪，言語支離破碎。
- 在那之後，隔壁「松江先生」的家發生火災。
- 松江家的獨子弘樹倖免於難，但他的父母都喪生了。
- 後來笠原小姐在新聞報導上得知火災的真相。
  ↳ 弘樹的母親在二樓的和室點火自焚。

⬇ 松江家的火災對笠原家有什麼影響？

- 火災之後，笠原小姐的父親性情變得陰沉。
- 某一天，他留下分手費和離婚協議書，離家出走了。

- 幾個月後，想念父親的笠原小姐拿出許久沒用過的紙杯電話。

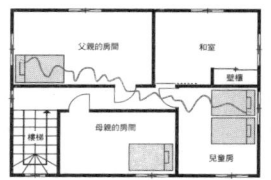

那個時候她發現了什麼？
⬇

不知為何線鬆鬆垮垮＝「線太長了」，這樣無法聽到對方的聲音。
那麼，父親是如何跟笠原小姐通話的呢？

笠原小姐的答案是？
⬇

火災當天，父親潛入松江家的和室，一面打紙杯電話，一面殺害了弘樹的母親→然後放火燒屍。
　↳ 打紙杯電話是為了「製造不在場證明」。
　↳ 殺人的罪惡感讓他性情大變（？）

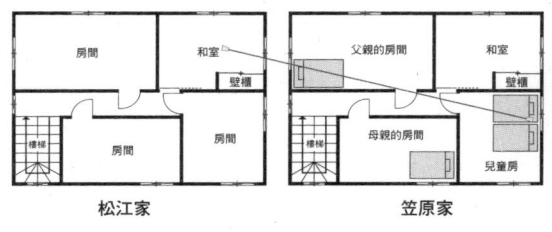

笠原家和松江家都是建商蓋好的成屋，格局是一樣的。

松江家　　笠原家

在那之後她父親如何了？
⬇

- 在移居的新家房中自殺。
- 根據鄰居的說法，他直到死前還在進行改建工程。
- 父親的遺物中，不知為什麼有三橋成貴小朋友的照片。

三個男人

有一天，她收到了父親去世的消息。那是松江家發生火災之後兩年……1994年。

笠原　好像是自殺。他在自己家的房裡反鎖了門，用膠帶黏住眼皮讓眼睛睜開，然後服用大量安眠藥。我聽說遺體旁邊有一個奇怪的人偶……我真的完全搞不清楚了。我想他可能精神失常了吧。

筆者　「自己家」的意思是，令尊的新居嗎？

笠原　對。離婚之後，他好像在愛知縣一宮市買了一間中古屋。舉行葬禮的時候我第一次去那裡，大門前面有座花壇，是一間很大的平房。根據附近鄰居說，他去世之前不久改建過。

筆者　改建？

笠原　嗯。而且是完全摸不著頭腦的改建。好像說是……拆除工程。好像是把整個房間拆掉。（中間省略）啊，對了。關於父親的新家，還有一件不可思議的事。整理遺物的時候，發現了一張照片。一個小男孩在父親新家吃蛋包飯的

| 照片。男孩非常瘦，身上有很多瘀傷。

筆者 瘀傷……？

笠原 看了讓人很心疼。他不是我們親戚的孩子，我也沒見過，但我卻對那張臉有印象。

後來我想起來了。我在電視新聞裡看過這男孩的大頭照。他叫做三橋成貴，被家長虐待致死。

現在回想起來，果然一切都有關聯。

栗原 笠原千惠小姐的父親自殺、成貴小朋友被虐待致死、記者潛入「重生之館」，這一切都是1994年發生的事。毫無疑問了。

「笠原小姐的父親」、「叔叔」、「重生之館暴動的男人」……**這三個人是同一個人**。我們把三份組合起來，重現一下笠原先生的人生。

笠原先生住在岐阜縣羽島市，是進口車的金牌銷售員。他有妻子和兩個小孩（笠原小姐和她哥哥），但他不給家用，每天晚上一個人在外面玩樂，是個「最差勁的父親」。

323 | 栗原的推理

栗原　然後在隔壁發生火災的時候，他的性情突然變得陰沉，最後留下分手費和離婚協議書，拋妻棄子離家出走了。

在那之後笠原先生搬到愛知縣一宮市，買下一棟中古屋。至少在那個時候他應該已經信仰了「重生聚落」。他遵從教團的教義，把那棟房子改建成接近「重生之館」的樣子。

他在那裡招待了三橋母子好幾次，也就是為了讓成貴「修行」。然而金髮男子突然出現，帶走了成貴。成貴被男人虐待致死。在那之後，笠原先生參加「重生聚落」的集會，直接怒罵聖母大人：「女騙子！妳要是真的神，為什麼我的兒子……我家成貴為什麼死了!?我要宰了妳！堵死妳的心臟！」

沒有人理會他，他被趕走了。在氣憤之下……

―――

笠原　好像是自殺。他在自己家的房裡反鎖了門，用膠帶黏住眼皮讓眼睛睜開，然後服用大量安眠藥。我聽說遺體旁邊有一個奇怪的人偶……我真的完全搞不清楚了。我想他可能精神失常了吧。

―――

栗原　在自己家裡把神殿鎖上，**想要殺死房子**。為什麼呢？因為房子＝聖母大人。

笠原先生相信聖母大人的開示，改建了自己家，讓成貴在那裡修行。然而成貴還是死了。在笠原先生看來，是聖母大人背叛了他。

殺死房子是想報復聖母大人。真的很悲哀，這種事情對聖母大人來說，根本不痛不癢。

「殺死房子聖母大人也會死」……他雖然覺得自己遭到背叛，但直到最後都沒能脫離教團的洗腦思想。

筆者 但是笠原先生跟成貴小朋友是什麼關係呢？

栗原 要知道他們兩人的關係，首先必須釐清松江家火災的真相。

栗原先生把資料⑨「朝殺人現場而去的腳步聲」放在資料⑧旁邊。

325 | 栗原的推理

資料⑨「朝殺人現場而去的腳步聲」
松江家的長男弘樹先生講述的火災真相。

↓

弘樹先生對火災的看法？

↓

「自己的父親殺害了母親然後放火。」

↓

為什麼呢？

↓

10:00剛過	10:30左右
二樓	二樓
松江先生的房間／和室（壁櫥）	松江先生的房間／和室（壁櫥）
樓梯／父親的房間／母親的房間	樓梯／父親的房間／母親的房間

- 火災當天晚上，父親從自己的房間走向母親的房間。
- 三十分鐘之後，父親衝下樓梯，大叫：「起火了！」把在客餐廳的兒子弘樹先生帶到屋外。

父親給弘樹先生一百圓的銅板和十字架，說道：

↓

「打公共電話給消防隊。
爸爸現在去找媽媽。
媽媽不知道為什麼，不在自己房間裡。」

- 父親為了救母親，回到家中。

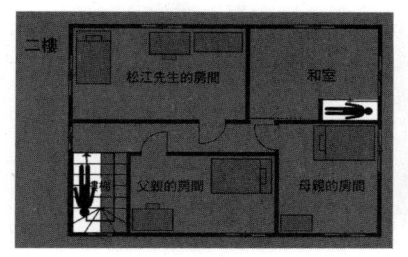

之後發現了兩人的遺體。父親倒在樓梯上，母親在二樓的和室櫥櫃裡。母親遺體的旁邊有燈油罐子，警察判斷「母親自焚」。

松江先生的推理

- 十點過後，父親到母親的房間裡去，讓她服下安眠藥。
- 然後讓弘樹先生到屋外避難。
- 父親再度回到屋內，把母親搬到和室的壁櫃裡，放火。
- 父親在逃跑途中力竭死亡。

為什麼要搬到「壁櫃」裡？

因為要在弘樹先生問「為什麼沒有救出母親」時有藉口。

「藉口」是什麼？

「你母親在那種地方（壁櫃），找不到也是沒辦法的事。」

栗原　松江家的長男弘樹先生，和笠原家的長女千惠小姐，都認為**自己的父親是犯人**。他們兩人的父親確實都在發生火災的時候行動詭異。這樣的話，只認定一方是犯人並不合理。

應該認為**兩人都跟火災有關係**。

筆者　意思是他們是共犯嗎？

栗原　不是。事情沒有這麼簡單。總之先整理一下要解開的重點。

・笠原先生和松江先生的奇特舉動是什麼原因呢？
・松江弘樹先生的母親真的是被殺的嗎？如果是被殺，那犯人是誰呢？
・為什麼遺體在和室壁櫃裡被發現呢？
・火災的原因如果是放火，那是誰、為了什麼放火呢？

首先來思考一下笠原先生的奇怪舉止。他女兒千惠小姐是這麼說的：

——笠原　有一天晚上，我跟父親在講紙杯電話。那時還不到晚上十點。但是，不知怎地他跟平常不一樣，聲音發抖，講話支離破碎。他有回我的話，但卻不是對

詭屋 2 | 328

話……完全搭不上邊。中間還有噪音？……我不知道該怎麼說。我聽到咔沙咔沙的奇怪聲音。前言不搭後語的講了幾分鐘之後，他突然說：「快點睡覺吧，晚安。」就這樣突兀地結束了。

栗原　從紙杯電話線的長度推斷，笠原先生當時確實在松江家的二樓。問題是，二樓的哪裡。

筆者　笠原千惠小姐認為是「和室」，但我不這麼想。

栗原　咦？

栗原　請看這裡。

（平面圖：父親的房間、和室、聲櫃、樓梯、母親的房間、兒童房）

──笠原　晚上撐著不睡的時候，把門打開一點點，一個紙杯「咚」一下丟進來，我拿起紙杯，上床把杯子放在耳邊。

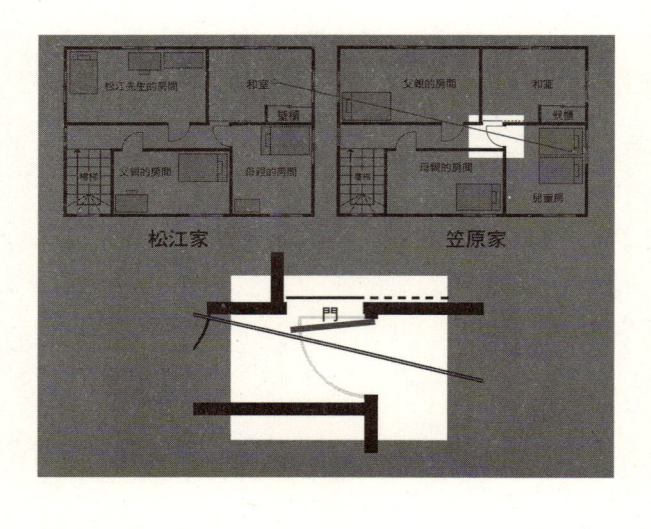

栗原　笠原父女打紙杯電話的時候，門都只「打開一點點」。這不是很奇怪嗎？

栗原　如果要連接千惠小姐的床和松江家的和室，千惠小姐的門**必須完全打開才行**。

栗原　門半開的話，線在途中就會卡住，聽不到對方的聲音。也就是說，火災當天……不對，笠原父女每次通話的時候，包含火災當天，**笠原先生既不在自己的房間，也不在松江家的和室裡**。

筆者　……那他在哪裡呢？

栗原　在門半開也能打紙杯電話的地方。從平面圖來看，只有一處。

松江家

笠原家

栗原　弘樹先生母親的床上。

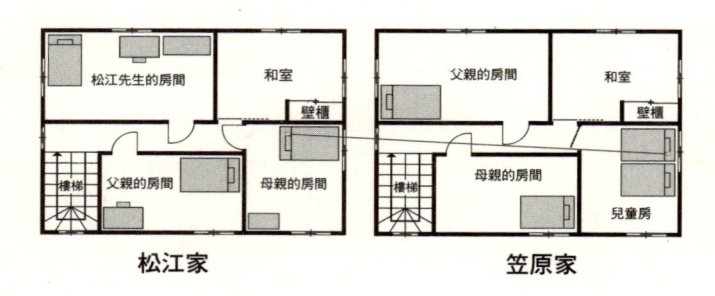

秘密

筆者　但是……笠原先生在那裡做什麼……？

栗原　這是我單方面的臆測，笠原先生……是不是在跟弘樹先生的母親搞婚外情呢？

―――

笠原　以父親的年齡來說，長得還算滿帥的。個性輕浮，但他有時候會非常溫柔。就是個花花公子。

笠原　我父親不知道在哪裡鬼混，每天都三更半夜才回家，酒氣沖天倒頭就呼呼大睡，過得可真是愜意啊。

栗原　他是個輕浮的花花公子，而且還賺很多錢，一定很吃得開吧。

笠原和松江兩家的夫妻都不和睦，資料裡寫得很清楚。

―――

笠原　以前男人都比較強勢，母親不直接面對父親，卻總是對我們兄妹抱怨。她會說「不跟那種男人結婚就好了」。

333 ｜ 栗原的推理

—— 松江　我父母感情很不好。在一起的時候完全不說話，好像連打照面都不想。應該也沒有性生活吧。

栗原　而且他們兩家有往來。笠原家的先生和松江家的太太搞在一起並不奇怪。最後他們不甘於「只是出軌」，還想尋求更多的冒險……更多的刺激。所以笠原想出了「一面跟自己的女兒說話一面上床」這個奇妙的玩法吧。我不知道這有什麼好玩的，但每個人的性癖不一樣。

我以為笠原先生製作紙杯電話是為了安慰膽小的女兒。原來不是這樣嗎？只是為了得到刺激快感，把女兒當玩具利用了嗎？

—— 笠原　耳邊聽到的父親的聲音，好像比平常要溫柔親密……我說了好多自己的秘密。

想起笠原千惠小姐說的話，我的心情黯淡下來。

栗原　火災當天，笠原先生也拿著紙杯電話，從窗口進入出軌對象的房間。然而，他在那裡看見了嚇人的景象⋯⋯就是**她的屍體**。

筆者　屍體!?

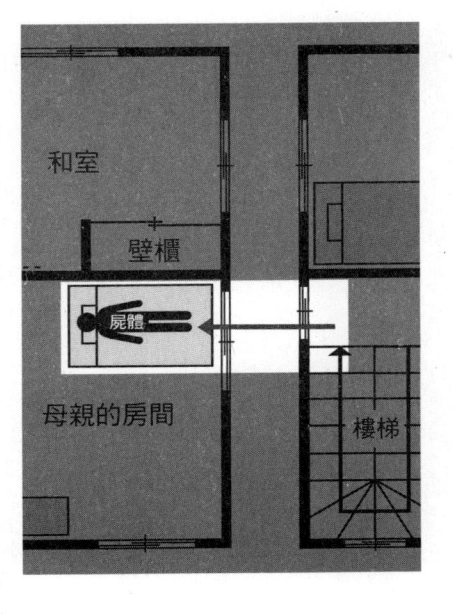

（圖：和室／壁櫥／屍體／母親的房間／樓梯）

筆者　也就是說，那個時候笠原弘樹先生的母親已經死了的意思？

栗原　是的。我不覺得笠原先生能夠殺人。他要是那種人，應該會直接攻擊聖母大人。他不是凶手，只是發現了屍體而已。他看見屍體驚慌害怕，所以跟千惠小姐通話的時候前言不搭後語吧。

笠原　但是，不知怎地他跟平常不一樣，聲音發抖，講話支離破碎。

栗原　這樣一來，凶手就是松江弘樹先生的父親……？

筆者　也不是。因為他信教。

——松江先生從胸前口袋取出銀色的吊墜。

——那是釘著耶穌像的十字架。

松江　我父親是虔誠的教徒。（中間省略）我們家全燒毀了，這是唯一的紀念。

栗原　釘著耶穌的十字架，一般人不會當作裝飾品。其實這是天主教的十字架。天主教是所有信仰基督的宗教體系中特別嚴格的教派，嚴格禁止殺人。想讓兒子受洗的虔誠天主教徒，不可能動手殺人的。

筆者　那凶手是誰呢？

栗原　千惠小姐的證詞裡有線索。

栗原　笠原　中間還有噪音？……我不知道該怎麼說。我聽到咔沙咔沙的奇怪聲音。

在打紙杯電話的時候，她聽到「咔沙咔沙」的聲音——那是什麼呢？紙杯電話基本上聽不到周圍的聲音。這樣一來，笠原小姐聽到的聲音應該就在紙杯旁邊。請想像一下。

他拿著紙杯，碰到了「某個東西」。那個東西發出「咔沙咔沙」的聲音……是不是紙張？

筆者　紙張……？

笠原　屍體旁邊有一個信封。笠原先生拿起信封，從裡面取出一張紙。說到這裡，應該明白了吧。

筆者　難道是……遺書嗎？

栗原　是的。弘樹先生的母親，是**自殺身亡**。

遺言

栗原　笠原先生看了遺書，大為震驚。他驚恐地逃回自己家。

337 ｜ 栗原的推理

栗原 在逃回去的途中,可能是因為驚慌失措,發出動靜。松江先生聽到,覺得不對,就去妻子的房間查看。

然後他發現了妻子的屍體。那個時候,他的舉動極不尋常。

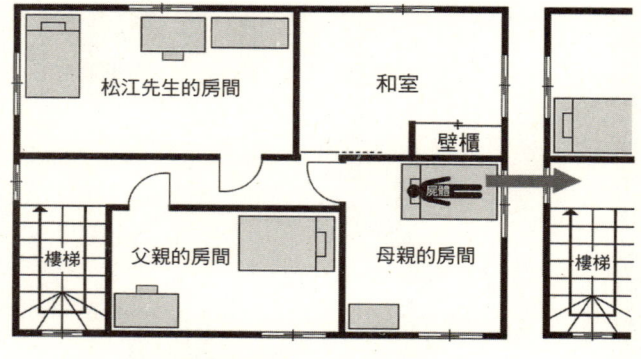

笠原先生逃回自己家

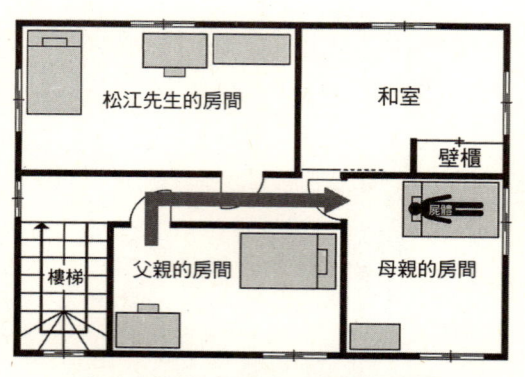

松江先生去妻子的房間查看

栗原　經過了三十分鐘，他回到一樓把兒子弘樹先生帶到屋外，然後自己回家，把妻子的屍體搬到和室的壁櫃裡。然後在屍體上倒了燈油點火燒屍。

筆者　唔⋯⋯我想不出來為什麼要這麼做。

栗原　只是發現屍體的話，去報警就可以了。然而松江先生沒有這麼做。為什麼呢？很可能是因為，他也看了「遺書」。然後他決定放火焚屍。那麼，遺書上到底寫了什麼？

讓弘樹先生去屋外避難

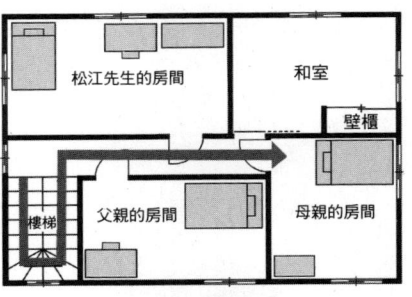

回到妻子的房間

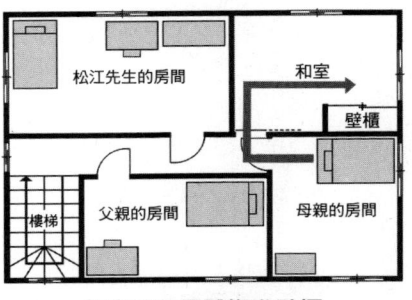

把妻子的屍體搬進壁櫃

339 ｜ 栗原的推理

栗原先生握著筆，在筆記本上畫了一個很大的十字。

栗原　這也跟他是天主教徒有很大的關係。其實天主教除了殺人，也禁止除了生育之外的性行為⋯⋯特別是禁止出軌。

松江　我父母感情很不好。在一起的時候完全不說話，好像連打照面都不想。應該也沒有性生活吧。母親沒有經濟能力，而父親不會做家事，所以他們才沒有離婚，就維持著表面上的夫妻吧。

筆者　接下來進入重點——松江太太會不會懷了笠原先生的孩子呢？

栗原　松江太太可能對禁慾的先生很不滿，或許是因此才跟笠原先生發生婚外情。

筆者　哎？

栗原　因為沒跟先生行房，所以只要懷孕被發現，就自動證明了她有婚外情。先生是虔誠的天主教徒，不可能原諒她。

如果懷孕不滿二十二週，可以做流產手術，但要是遲疑不決，錯過了這個時機的話⋯⋯她就沒有出路了。

栗原　松江先生一定很難過吧。但對他而言，還有更重要的問題。

她覺得自己走投無路，留下遺書自殺了⋯⋯是這樣嗎？

──松江　我父親是虔誠的教徒。他好像打算讓我受洗。但是母親反對，所以一直沒有實現。

栗原　他希望兒子成為教徒，看了遺書之後一定會這麼想：「這樣一來，弘樹下半輩子就成了**紅杏出牆的女人的兒子。**」對天主教徒來說，是非常大的污點，因此他隱瞞了妻子出軌的事實。

筆者　隱瞞出軌？

栗原　遺書丟掉就好了。但是肚子裡的孩子無法消失。自殺者的遺體可能會在警方調查的時候接受法醫驗屍。這樣一來，立刻就會被發現懷有身孕。所以他**為了隱蔽證據，所以放火燒屍。**

筆者　連胎兒一起燒掉⋯⋯？

栗原　是的。雖然這麼說，但只是放火燒屍，肚子裡的胎兒可能也燒不掉。所以他煩惱了三十分鐘，然後決定使用「某種方法」。就是壁櫥。

341　｜　栗原的推理

栗原 把遺體放在狹窄的壁櫃裡,這樣就能燒到沒辦法解剖的程度。

筆者 用壁櫃代替棺材嗎?

栗原 「代替棺材」是個非常好的形容。但是松江家不是殯儀館,只是普通的民宅。沒有辦法只燃燒壁櫃。要是放火,全家都會陷入火海。他可能沒想到這一點吧。

筆者 怎麼這樣……。對小孩來說,背負母親出軌的名聲活下去,總比失去自己家要好吧……

栗原 人有時候會因為信念而做出愚蠢的選擇,特別是牽涉到宗教的時候。

筆者 是這樣嗎……

栗原　那麼造成這次慘劇的花花公子笠原先生，後來如何了呢？

──笠原　在那之後，父親不知道為什麼就變得很奇怪了。他本來是很輕浮開朗的個性，卻跟變了一個人似地陰沉起來。

栗原　輕浮的花花公子外表下，是個謹慎小心的人吧。

「出軌對象因為自己而自殺了」、「肚子裡的孩子也死了」，這雙重的罪惡感應該讓他難以承受。於是他轉向宗教尋求救贖。

筆者　所以笠原先生信奉了「重生聚落」……

栗原　這樣一來，終於可以釐清教團的本質了。

罪孽的雙親　罪孽的孩子

④ 信徒們共同懷抱的「某種隱情」是什麼？

栗原　現在我們再看一次教團幹部緋倉正彥先生的演說吧。

栗原「你們都已經有所自覺了吧。知道自己懷抱的重大罪孽。這些罪孽會由你們可憐的孩子承擔。因雙親的罪孽而生的孩子。罪孽之子。罪孽的穢氣會招來種種不幸，讓你們都沉入地獄的泥沼。

很可惜，穢氣無法消除。但是可以減輕。只要不斷修行，就能夠淨化，你們先在這座館內淨化穢氣。然後明天一早，帶著減輕了穢氣的身體回家，然後幫助你們的孩子修行。」

栗原「這些罪孽會由你們可憐的孩子繼承。」……這句話的前提是聽眾都有小孩。

也就是說，「重生聚落」的信徒全都有小孩……換句話說，**沒有小孩就無法加入教團**。而且，那還不是一般的孩子──

筆者「因雙親的罪孽而生的孩子。」……是指婚外情生下的孩子嗎？

栗原「就是這樣。這些小孩似乎比我們想像中多得多。他們的父母無法跟任何人訴說自己的煩惱，一直陷在痛苦之中。「重生聚落」就是掌握了這些人的孤獨和罪惡感，施加洗腦。」

⑤ 為什麼一個月數次的修行就能讓信徒們被洗腦？

栗原　洗腦的重要手段就是「植入罪惡感」，然後「掌握對方的弱點」。「重生聚落」的信徒本來就懷抱著罪惡感和弱點。先威脅他們，然後加以安撫，很容易就能控制他們的思想。

筆者　原來如此……

栗原　很巧的是，教團的教義正好契合失去出軌對象和孩子的笠原先生。

——「因雙親的罪孽而生的孩子。罪孽之子。罪孽的穢氣會招來種種不幸，讓你們都沉入地獄的泥沼。」

筆者　他會認為松江太太自殺是「罪孽招來的不幸」。

栗原　是的。同時笠原先生心裡還有新的不安。因為**他還跟另外一個出軌對象有了私生子**。

筆者　私生子……是成貴小朋友嗎？

栗原　正是。他信了「重生聚落」的教義，害怕婚外情生下的成貴小朋友會遭遇不幸。於是他拋家棄子，為成貴買了一間房子，改建成「重生之館」。

345 ｜ 栗原的推理

栗原　他時不時叫成貴到家裡來住，想淨化他的罪孽。然而「金髮男子」突然出現，把成貴搶走了。那個男人應該是成貴母親的新情人，掌握她弱點的小流氓吧……

――「女騙子！妳要是真的神，為什麼我的兒子……我家成貴為什麼死了!?我要宰了妳！堵死妳的心臟！」

筆者　嗯。

栗原　他遵從教義，但成貴小朋友還是死了，讓他很崩潰，所以對聖母大人發怒。然後他用「把房間上鎖」這種毫無意義的復仇方式，自己了結性命。真是個可悲的男人。但是，他也算是反省了自己的過錯，拚命想要補償吧。

笠原先生改建了中古屋，想要重現「重生之館」。

「拆除房間」……這幾個字似曾相識。

筆者　笠原先生，難道根岸女士的老家也是……？

栗原　毫無疑問也跟「重生聚落」有關。

資料①「沒有目的地的走廊」
母親的態度，和老家奇特的格局。

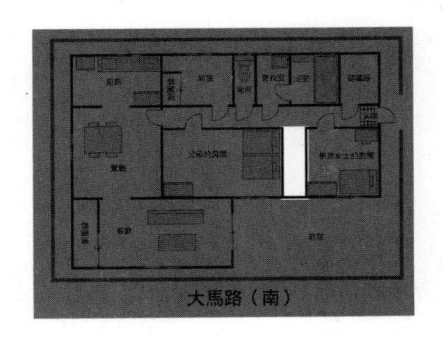

- 根岸彌生女士的老家有一條用處不明的走廊。

　　　　　線索是母親奇怪的過度保護？

- 根岸女士的母親嚴厲地對她說：「大馬路很危險，不可以去。」

　　　　　由此得到的結論是？

- 這棟住宅是根岸女士出生那年，由「美崎建設」建造的。
- 格局是「美崎建設」的員工跟雙親商談決定的。
- 一開始玄關是在南側。
- 然而在建築過程中，「美崎建設」的卡車在玄關前面的馬路上，撞死了住在附近的孩童。

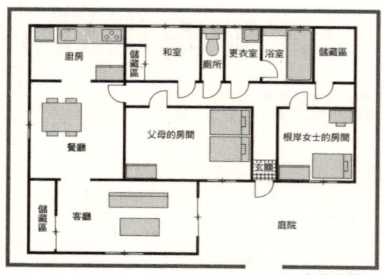

這樣一來，自家就成了「大門口發生死亡車禍」的房子。

不僅很不吉利，每次出門都會想起那件車禍。

● 車禍現場

於是母親跟「美崎建設」提出了什麼建議？

- 「改變玄關的位置」
  ↳ 從家中不會看到車禍現場

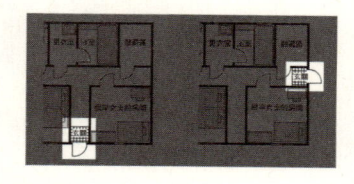

由此解開的兩個謎題

- 「沒有目的地的走廊」原來是「玄關」。
- 母親對根岸女士說「不要去大馬路」，是害怕女兒也遭遇同樣的事故。

至此以為事件就此解決……

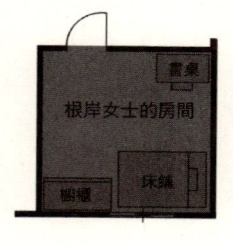

房子完工之後數年，發現母親要「美崎建設」拆除女兒的房間。

動工之前母親就去世了，所以理由至今不明。

詭屋 2 | 348

根岸女士的母親生前，對建築公司提出「拆除女兒房間」的要求。一開始聽到覺得不可思議，但現在知道了「重生聚落」的內情，就能理解她的意圖了。

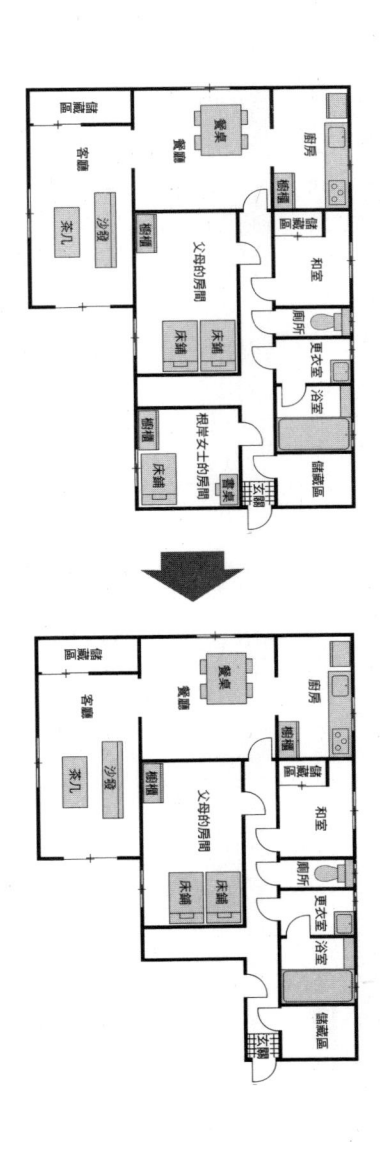

這棟房子拆掉根岸女士的房間之後，形狀就接近聖母大人的體型了。母親想進行的拆除工程，**是除去房子的右腿**。

筆者 這麼說來，根岸女士的母親也出軌了，生了私生子嗎？
栗原 應該是吧。她把那個小孩當成婚生子女撫養。
筆者 啊？⋯⋯等一下。難道是──

過度保護

栗原　是的。根岸彌生小姐是母親出軌生下的小孩。

栗原　我最介意的是她家門前的「大馬路」。

―根岸　母親說：「不管發生什麼事，都不能走到大馬路上。出門的時候走小巷。」

大馬路的人行道確實很狹窄，說危險是有些危險，但我們在鄉下，其實沒有那麼多車輛，我覺得她想太多了。

栗原　母親對根岸女士十分冷淡嚴厲。但是關於車禍這件事，卻過度保護。這種差異是為什麼呢？

我想她母親害怕的是，女兒要是出了車禍，需要輸血的話……這樣就**需要檢驗血型**了。

筆者　檢驗血型怎麼了？

栗原　出軌常常是因為檢驗小孩的血型而曝光的。

詭屋 2 ｜ 350

栗原　比方說，O型的丈夫和O型的妻子，不可能生出A型的小孩。

丈夫　妻子
O型—O型
　　│
　小孩
　O型

丈夫　妻子
O型—O型
　　│
　小孩
　~~A型~~

栗原　要是這樣的話，妻子的出軌對象就是A型或是AB型的男人。以前的婦產科都會替新生兒驗血，也有因此發現出軌而離婚的案例。

丈夫　妻子　外遇對象
O型—O型—┐
　　　　　│
　　　　小孩
　　　　A型

筆者　這樣一來，根岸女士的母親害怕輸血的時候會發現女兒的血型，自己出軌就會暴露……咦？但是以前醫院都會替新生兒驗血啊，那個時候不就已經暴露了嗎？

栗原　根岸女士可能因為**某種原因沒有驗血**。

──根岸　剛才我有提過，我是早產兒，比預產期早了兩個月出生。而且是剖腹產。產婦和孩子情況應該都很危險。

栗原　早產就是嬰兒尚未發育完全就出生的狀態。早產兒體型都很小，當然血液的量也很少，也有可能不抽血，沒有檢查血型。當然，根岸女士是早產兒純屬偶然。但是這種偶然對她母親而言不啻幸運天降。現在我們確認一下時間線。

信奉「重生聚落」
　　↑
隱瞞事實，決定生下孩子
　　↑
出軌之後懷孕

栗原

根岸女士的母親出軌懷孕了。她隱瞞實情，把孩子當成「丈夫的孩子」生下來。話雖如此，一直自己一個人保守著秘密一定很難受。然後她得知了「重生聚落」，被教義感召。

她像秘密的基督徒一樣，背著丈夫信仰聖母大人，然後發生了意想不到的死亡車禍。

栗原

在自家的建築工地附近，而且就在玄關前面，「美崎建設」的員工撞死了小孩。這個時候她發現了一件事。

（平面圖：廚房、儲藏區、和室、廁所、更衣室、浴室、儲藏區、餐廳、父母的房間、根岸女士的房間、儲藏區、客廳、玄關、庭院）

● 車禍現場

353 ｜ 栗原的推理

栗原 只要改變玄關的位置，房子就更像「重生之館」了……這是純屬幸運的偶然。

她就跟丈夫提議。

——根岸女士的父親對公司大發雷霆。

——然後母親出面調停。她提出了一個要求。

——「更改玄關的位置」……這是母親原諒公司的條件。

栗原

在那之後，她又走運了一次——女兒早產所以沒有驗血。只不過這只讓她更為煩惱。對母親而言，根岸女士就像是潘朵拉的盒子。意外、生病、捐血……不知道什麼時候就會發現血型……不知道自己的罪孽就會曝光。不安的心情因為信教而更加嚴重，她更加深信「重生聚落」了。這樣一來，她漸漸發覺了一件事。

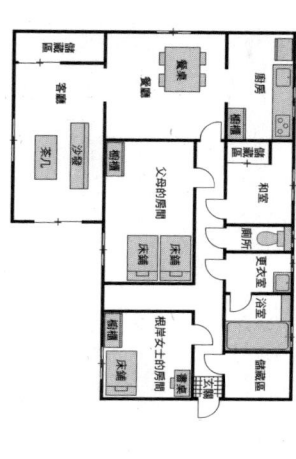

栗原

「這棟房子以『重生之館』來說，並不足夠……她很可能這麼覺得。跟聖母大人的形體差太多了。於是她為了改建而開始存錢。

——根岸 母親的抽屜裡有一個信封，裡面有六十八張一萬日圓的鈔票。（中間省略）

355 | 栗原的推理

栗原　母親生病之前，在便當店打工……

栗原　但是，在便當店打工，再怎麼努力頂多也就存個幾十萬日圓。

　　　他們賣幾百萬，甚至幾千萬日圓的超高價商品。

栗原　教團最少也要求幾百萬日圓的費用。無論如何都攢不到這麼多錢。她放棄了讓「重生聚落」改建，轉而去找「美崎建設」。

　　　「能只拆掉東南角落的房間嗎？」

池田　其實貴宅完工五年之後，令堂一個人到敝公司來。當時令堂對我說了一番不可思議的話。

栗原　以前發生過那樣的事，或許可以商量用便宜的價格改建──她應該是抱著這種期待。但是這種意義不明的改建，建築公司並不會好心替你做。她就這樣持續不安地過完了短暫的一生。事情大致是如此。

筆者 ……這個問題或許不該問栗原先生……但我還是想知道，結果根岸太太到底愛不愛女兒呢？

栗原 「重生聚落」的概念是「拯救出軌而生下的孩子」，所以她應該是愛女兒的。

……只不過看房間的配置，確實也能看出別的可能。

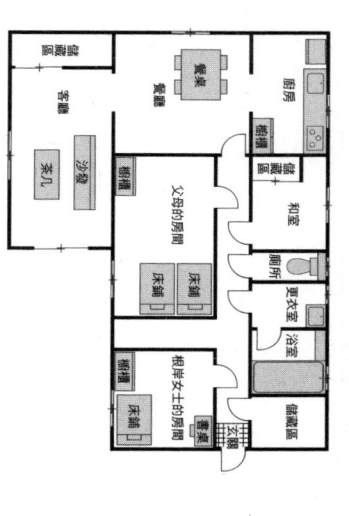

栗原 本來在理想的情況下，兒童房應該設置在「子宮」的位置。

然而根岸女士的房間，怎麼看也不是子宮。硬要說來是在「腿」的位置。毋寧說母親的床比較靠近子宮。

她想拯救的或許是自己，而不是女兒。當然這只是猜想而已。

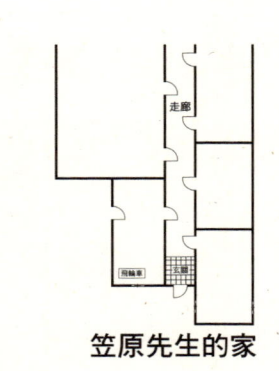

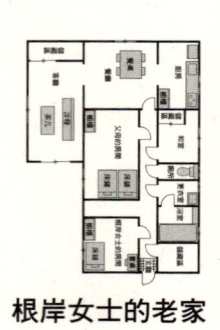

休息

栗原　這樣應該就能理解根岸女士的老家、笠原先生家和入間家跟「重生聚落」有什麼關聯了。

筆者　入間先生的父母也出軌了嗎？

栗原　應該是和根岸女士同樣的模式。

筆者　也就是說……入間先生，是母親外遇生下的……？

栗原　我是這樣認為的。只不過入間家不同的地方，在於改建房子的是父親。他應該是知道妻子出軌，兩個人一起加入教團吧。

筆者　怎麼說呢……真是寬宏大量的父親啊……

笠原先生的家

入間家

根岸女士的老家

栗原 很可能一切都是為了孩子。不過，如果硬要不負責任地胡亂猜測的話，還可以考慮另一種可能性。

—— 雙親在結婚時購入這棟住宅，八年後長男入間先生出生後，就進行過大規模的改建。

栗原 入間先生是雙親結婚八年之後出生的，有點晚呢。
　　　有一種可能性，就是入間先生的父親，**沒有辦法生孩子**。

筆者 無精子症？

栗原 是的。但是夫妻倆想要小孩。然後就……真的是胡亂推測，就此打住吧。

　　　栗原先生坐著伸懶腰。

栗原 這樣上半場就結束了。在下半場開始前，稍微休息一下吧。我去泡紅茶。

359 ｜ 栗原的推理

誕生

熱水倒進咖啡杯裡。窗外不知何時天色已暗。

栗原　到現在為止，我們已經探討了「重生聚落」是一個什麼樣的教團。接下來，我想把重點放在這個教團為何誕生，以及它是如何解散的。要討論「重生聚落」，就不能不提教主聖母大人。我想追溯一下她為什麼成為教主的歷史。

栗原先生打開了資料⑩「無法逃脫的公寓」。

資料⑩「無法逃脫的公寓」
被關在賣春設施「安置樓」裡的母親和孩子

- 居酒屋老牌媽媽桑西春明美女士，年輕的時候是出名的陪酒女郎。
- 她被已婚顧客欺騙，懷了身孕→自己生下孩子成了單親媽媽。
- 她自己開店卻經營失敗，欠了鉅額債務。
- 二十七歲時宣告破產，和當時七歲的兒子滿先生一起，被帶到「安置樓」。

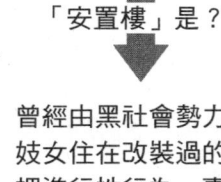

「安置樓」是？

曾經由黑社會勢力經營的賣春設施。讓妓女住在改裝過的公寓裡，客人到房間裡進行性行為。賣春的收入部分用來還債。債務還清之前不能離開房間。

為了防止逃亡，實行了「某種措施」。

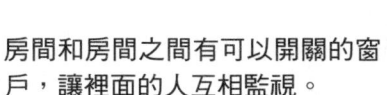

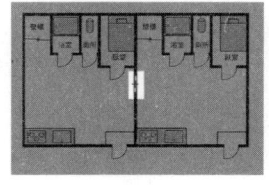

房間和房間之間有可以開關的窗戶，讓裡面的人互相監視。

- 明美女士的隔壁是跟她境遇相同的「八重子小姐」。
- 八重子小姐為了還債，也跟十一歲的女兒一起被關在安置樓裡。
- 鄰居「八重子小姐」沒有左臂。

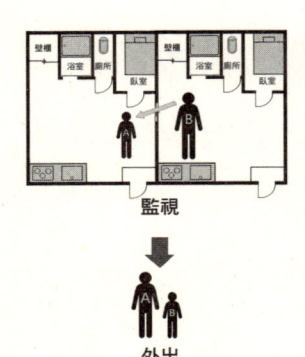

安置樓基本上禁止外出,但如果滿足某種條件,就可以外出。

條件就是「帶著隔壁的孩子出門」……在此期間,留在房間裡的孩子由隔壁的母親監視。

明美女士和八重子小姐偶爾會使用這種制度。

有一天,悲劇發生了。

- 明美女士的兒子滿先生說「想去市區玩」,就由八重子小姐帶他去了。
- 外出當天,滿先生看錯了紅綠燈,跑到馬路上,差點被車撞到。
- 八重子小姐挺身相護,滿先生只受了輕傷,然而八重子小姐必須截斷右腿。

後來八重子小姐怎樣了?

- 一位常客替八重子小姐還清債務,把她們母女帶離安置樓。

常客是誰?

- 建築公司「日倉房屋」的少東。
- 八重子小姐應該是(被迫)和他結婚了。

栗原　在「安置樓」這個賣春設施裡，西春明美女士有個叫做「八重子小姐」的鄰居。八重子小姐沒有左臂，而且為了救助明美小姐的兒子滿先生，還失去了右腿。沒有左臂和右腿的女性……從資料的後半敘述可以看出，八重子小姐就是聖母大人。

明美　當時有一個男人常常來找八重子小姐。

他叫做「日倉」，說是建築公司的少東。那個男人迷上了八重子小姐，替她還清債務。當然他不是出於單純好心，他把她們母女一起帶走了。（中間省略）那種傢伙只因為是「社長的兒子」就繼承公司，現在也是會長啦。這個世界沒救了。

栗原　「現在也是會長啦」……也就是說，這個常客＝緋倉正彥先生。緋倉先生跟聖母大人是這個時候聯手的。

這裡我們回想一下在「重生之館」的神殿裡，聖母大人對信徒們說的話。

「如同各位所知，我生來是罪孽之子。罪孽的母親奪去我的左臂，然後為了拯救罪孽之子，我失去右腿。我會以此殘軀，拯救各位和各位的孩子。讓我們重生吧。無論幾次都可以。」

栗原　「為了拯救罪孽之子，失去了右腿」……我想這是指那次車禍。她確實挺身守護了滿先生，結果右腿必須截肢。這樣一來，為什麼說滿先生是「罪孽之子」呢？資料裡有這樣的記述。

———

明美女士十九歲的時候，懷了男客人的孩子。那個人說自己經營一家小公司，常常認真地跟她說：「我想和妳一起組成幸福的家庭。」明美女士被他的真誠吸引，真的考慮要結婚。

然而，自明美女士告訴那人懷孕消息那天起，他就再也沒來過店裡。不久之後，她聽到奇怪的流言，說他不是公司社長，是個已婚的上班族。

明美女士被已婚的上班族欺騙，懷了身孕。也就是說，滿先生是出軌生下來的孩子……「因雙親的罪孽而生的孩子。罪孽之子。」

栗原　——
明美　這個呢……孩子們不在的時候，我們聊過自己的身世，她好像有很複雜的過去。

栗原　聖母大人在安置樓跟明美女士聊過身世話題。應該是那個時候知道了滿先生的出身背景。

筆者 那麼，聖母大人就不是隨便說些靈性相關的內容，而是在講述事實呢。

栗原 是的。……那就是說……

——「我生來是罪孽之子。罪孽的母親奪去我的左臂，然後為了拯救罪孽之子，我失去右腿。」

栗原 「我生來是罪孽之子」「罪孽的母親奪去了我的左臂」——這些都是事實了。那麼具體實情是怎樣的呢？

明美 她是個被遺棄的孤兒。小屋什麼的……？好像是這麼說的。她被丟在森林裡的小屋裡，然後被人撿到。
也就是說，她以為是父母的人，其實是養父母……我覺得這種故事很老套。
她非常震驚，就離家出走了。「我到現在還恨養父母。」她說。

栗原 「森林裡的小屋」……這個地方很眼熟吧。

栗原先生拿起資料③「森林中的水車小屋」。

資料③「森林中的水車小屋」
水車小屋的奇妙機關

- 昭和十三年，財閥家的大小姐水無宇季在叔叔家暫住的時候，到附近森林裡散步，發現一座水車小屋。

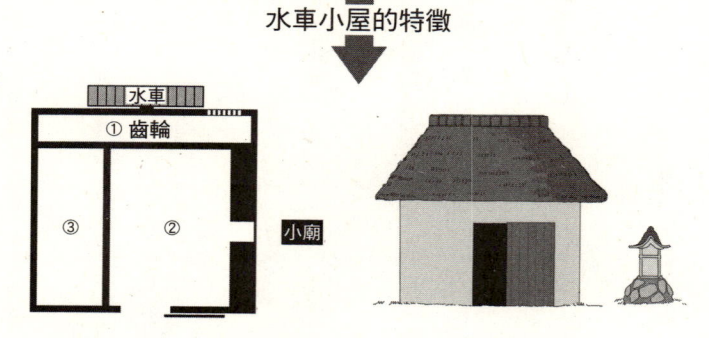

水車小屋的特徵
↓

- 小屋的附近有一間小廟，裡面有「女性神明的石像，一手拿著圓圓的果子」。
- 小屋有三個房間。
  ↳ ①裝置齒輪的房間 ②有門的房間 ③打不開的房間
- ②的房間牆壁上有一個「壁龕」。

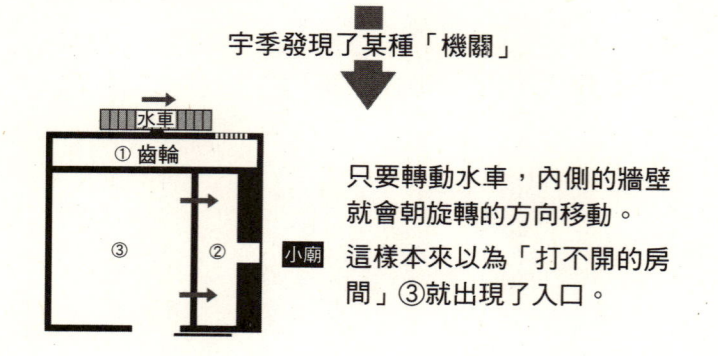

宇季發現了某種「機關」
↓

只要轉動水車，內側的牆壁就會朝旋轉的方向移動。這樣本來以為「打不開的房間」③就出現了入口。

房間③裡有什麼？

⬇

宇季發現「雌性白鷺」的屍體，
然後逃離了現場。

當天晚上，宇季打算詢問叔叔嬸嬸關於水車小屋的事……

⬇

然而叔叔嬸嬸家的「嬰兒」突然身體狀況突然變差。
「好像是手術後恢復得不好，嬰兒左臂關節化膿了。」
於是錯過了詢問的機會。

在那之後宇季是怎麼想的呢？

⬇

- 水車小屋是不是某種懺悔室？
- 把犯了罪而沒有悔意的人關進房間②，然後轉動水車。
- 為了逃避步步進逼的牆壁，罪人會躲進「壁龕」裡，縮成一團。
- 壁龕前面是神明的廟→就像是跟神明跪下懺悔一樣。

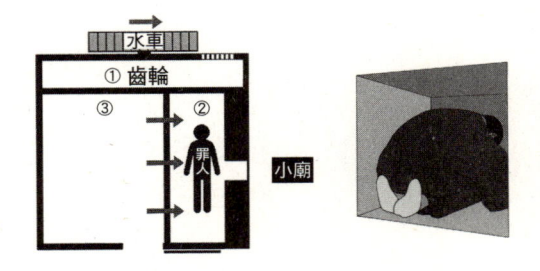

栗原　財閥大小姐水無宇季在森林裡發現的水車小屋到底是什麼呢？我們要注意的是以下這段。

──

我環視周圍，小屋的左手旁有一間看起來像是小廟的建築，我朝那邊走去。小廟有著可愛的三角屋頂，是用白色木頭建造的，看起來還很新。裡面放置著一尊石像。石像是女性神明，一手拿著圓圓的果子。

──

栗原　「石像是女性神明，一手拿著圓圓的果子」……如果瞭解佛教的話，應該知道這是什麼神像。是「鬼子母神」。

筆者　鬼子母神……我好像聽過這個名字……

栗原　這是源自印度的神明，據說是小孩的守護神。鬼子母神的神像常常都一手拿著叫做「吉祥果」的果子，另一隻手抱著嬰兒。

筆者　小孩的守護神啊。

栗原　對。只不過，我在意的是宇季只說了「果子」。也就是說，那尊神像很可能並**沒有抱著嬰兒**。

筆者　沒有抱著嬰兒的鬼子母神，很稀奇嗎？

栗原 　當然根據地區和製作者不同會有各種各樣的變化，但如果神像一隻手拿著吉祥果，通常另一手都會抱著一個嬰兒。

那麼，水車小屋旁邊的石像，為什麼沒有抱著嬰兒呢？看一下水車小屋的平面圖就知道了。

石像在水車小屋「壁龕」的附近。

―――

與其說是洞，並不能貫穿牆壁看到外面，因此可能該說是「壁龕」吧。

牆壁中央那個四方形的「龕」，要是我把自己蜷成一團的話，應該可以縮在裡面。

―――

這個壁龕是不是**用來放進嬰兒的呢？**

筆者 　「放進」嬰兒？

栗原 　是的。我看這份資料的時候想到的。

他指向資料⑤「凶宅就在這裡」。

資料⑤「凶宅就在這裡」
八十多年以前發現的女性遺體

- 上班族平內健司先生，買了一間位於長野縣的中古屋。
- 解開那棟房子的歷史時，發現了可怕的事實。

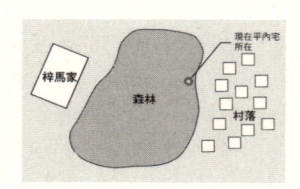

- 現在平內宅所在，以前曾經是森林。
- 森林西邊有名門「梓馬家」的宅邸。

梓馬家發生了什麼事？

- 梓馬家家主清親老爺，跟女侍阿絹出軌了。
- 這件事情曝光之後，清親的夫人大為震怒→打算殺害阿絹。
- 阿絹離開宅邸逃到森林裡。

阿絹去了哪裡？

她在森林裡的「水車小屋」躲避風雨。

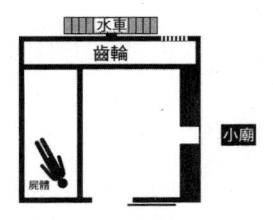

- 然而沒有食物,阿絹在小屋裡餓死了。
- 水無宇季看見的「雌性白鷺」的屍體,是阿絹嗎?

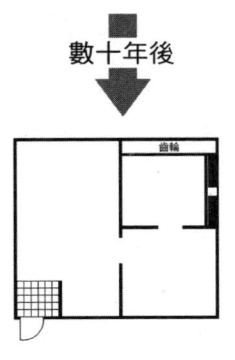

數十年後

- 某人不知為什麼擴建了水車小屋,改裝成沒有窗戶的「倉庫」。

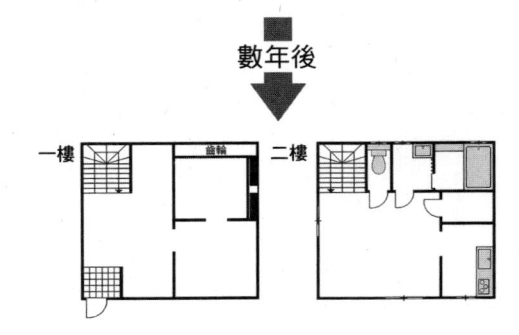

數年後

- 進一步加蓋二樓,當成住宅出售。

栗原　阿絹有沒有可能懷了梓馬清親的孩子呢？

筆者　咦！？

在此之前我完全沒這麼想過。然而這並非不可能的。梓馬清親喜歡阿絹，阿絹也喜歡清親。兩人有孩子一點也不奇怪。

栗原　阿絹挺著大肚子，從宅邸逃出去。清親為了無處可去的她，在森林裡造了一座產房（讓女性生產的小屋）。大概是由梓馬家的木工秘密建造的。

只不過，這裡不只是產房。阿絹的孩子就是清親的孩子……也就是必須藏起來的梓馬家繼承人。要是被夫人發現的話，一定會被殺的。以防萬一，產房中建造了「嬰兒的緊急避難所」。

小廟

筆者　這就是「壁龕」的用途嗎……

栗原　是的。所以壁龕附近才有鬼子母神的石像。石像沒有抱著嬰兒，是因為**空著的那隻手是要守護嬰兒的**……從這裡可以看得出清親有多愛阿絹。

阿絹在產房裡生下孩子。問題這才開始。宇季去水車小屋的時候，嬰兒已經不在了，只有雌性白鷺……也就是阿絹的屍體。那麼，嬰兒到哪裡去了呢？

栗原　宇季的見聞裡，有意味深長的一段敘述。

那天晚上，我和叔叔嬸嬸一起吃過晚飯後，想問他們水車小屋的事。我心想小屋就在離家不遠的地方，可能是叔叔家的產業，他們應該知道些什麼才對。

但是，就在我要開口的時候，裡面房間的嬰兒哭起來。叔叔他們著急起身。好像是手術後恢復得不好，嬰兒左臂關節化膿了。

在那之後幾天，兩人忙著照顧住院的孩子，一直到我回東京，都沒有機會詢問水車小屋的事情。

```
        →
    ┌─────────┐
    │  水車   │
┌───┴─────────┴──┐
│     齒輪       │
│                │
│           →    │
│                │
│           →    ┤ 小廟
│                │
│           →    │
│                │
└────────────────┘
```

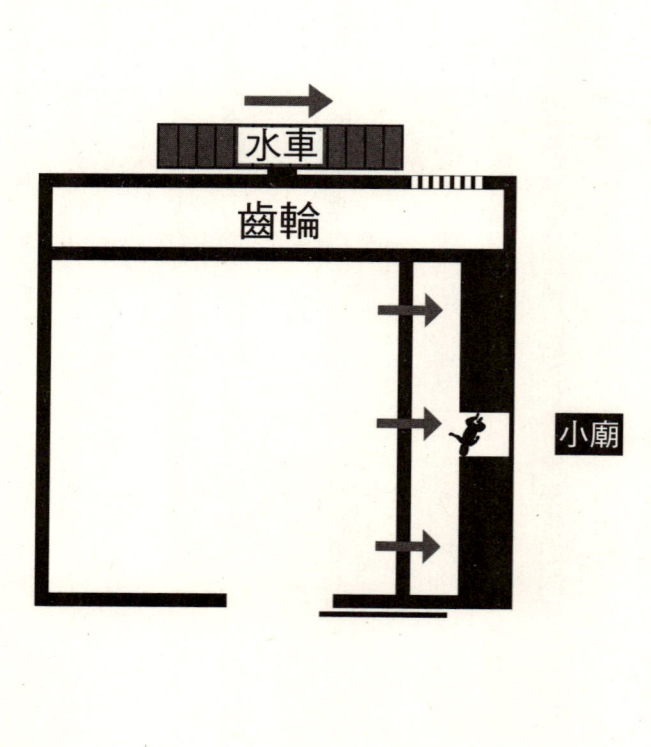

栗原 當時宇季二十一歲，她的叔叔嬸嬸應該年紀不小了。這兩個人有嬰兒，從那個時代背景考量，有一點奇怪。他們是不是**撿到了阿絹的孩子**呢？

栗原 阿絹在水車小屋生產之後，狀態不佳，她知道自己要死了。心想至少在死前把嬰兒藏起來，所以費盡了最後的力氣，轉動水車讓牆壁移動遮住壁龕。

只不過那個時候她沒注意到——

栗原 尋找媽媽的嬰兒，左手被牆壁夾住了。

神明

栗原　阿絹死了之後，是宇季的叔叔嬸嬸把嬰兒救了出來。

栗原 他們偶然在森林裡發現了水車小屋。跟宇季一樣知道了水車的機關，找到阿絹的屍體，和在「壁龕」裡的嬰兒。嬰兒的左臂被牆壁長時間夾住，已經壞死。

栗原 兩人移動了牆壁，不讓阿絹的遺體被外界看見，權充最後的弔唁，然後帶著嬰兒回去了。孩子壞死的左臂動手術切除。

這樣一來，阿絹的孩子就成了他們的養女，取名叫「八重子」。

八重子小姐據說是在長野縣一個富裕家庭長大的。

然而在十八歲的時候，雙親告訴她一個事實。

明美　她是個被遺棄的孤兒。小屋什麼的……？好像是這麼說的。她被丟在森林裡的小屋裡，然後被人撿到。

也就是說，她以為是父母的人，其實是養父母……

她非常震驚，就離家出走了。「我到現在還恨養父母。」她說。

雙親告訴她的「事實」，應該是她的身世秘密。八重子小姐震驚之下，離家出走了。

她為什麼憎恨撫養她長大的兩個人呢……？

這外人就不得而知，家家有本難唸的經啊。

筆者　嗯……

栗原　這外人就不得而知。

筆者　她離家之後，來到東京找工作，由於身體殘缺，吃了很多苦頭。她靠替人寫信封地址之類的零工設法養活自己。

然而轉機突然到來。

——八重子小姐二十一歲的時候，跟打工公司的社長墜入愛河，他跟她求婚了。

詭屋 2 ｜ 378

明美　她突然就當上社長夫人，真是不得了。

馬上就有了孩子，以為從此幸福安穩了——結果呢，哪有那麼簡單。人生總有料想不到的陷阱，充滿困難。

她老公的公司因為股票市場不景氣而倒閉，留下大量的債務然後自殺。她們母女二人還不起債務，就被帶到安置樓來了。

栗原　離家的八重子小姐經歷結婚、生子、丈夫自殺、背負鉅額債務，最後被關到安置樓裡。

明美　當時有一個男人常常來找八重子小姐。他叫做「日倉」，說是建築公司的少東。那個男人迷上了八重子小姐，替她還清債務。

栗原　就這樣她成為了日倉房屋下任社長，緋倉正彥先生的妻子。這對她而言是幸還是不幸，我們不得而知。

但至少她這輩子吃穿不愁了……本以為是這樣，然而這並不是結局。

栗原先生翻開資料②「孕育黑暗的房子」。

379 ｜ 栗原的推理

資料②「孕育黑暗的房子」
「日倉房屋」建造的住宅成屋

- 2020年,發生少年殺害全家的案件。
- 謠傳說那是因為少年家的「格局」不對勁。

↓

格局平面圖有問題嗎?

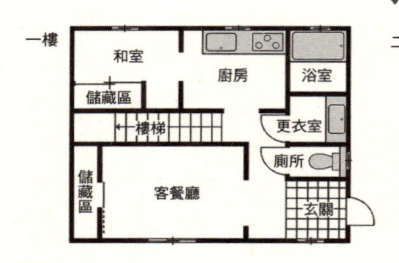

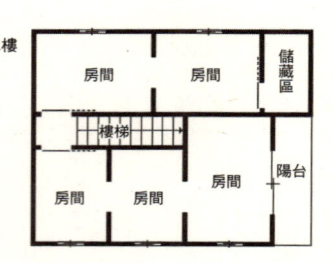

一樓：和室、廚房、浴室、儲藏區、樓梯、更衣室、廁所、儲藏區、客餐廳、玄關

二樓：房間、房間、儲藏區、樓梯、房間、陽台、房間、房間

- 房間太多。
  ↳本來需要的走廊等等「多餘的空間」被取消了,住起來非常擁擠不舒服。
- 門非常少。
  ↳缺乏個人空間,沒有隱私。
- 生活動線過於集中在某幾個地方。
  ↳家人必然會發生衝突。

↓

這些微小的因素累積起來……

↓

增強了少年心中的黑暗?

針對這點「日倉房屋」如何應對？
⬇

- 操縱各媒體，不讓平面圖在市面流傳。

為什麼要做到這個地步？
⬇

- 媒體曾經大肆報導日倉房屋的社長緋倉正彥先生不實的傳聞，讓日倉的股價和信用立刻重挫。
- 「美崎建設」趁機買進了持股。在那之後十幾年，日倉都沒辦法重振起來。

日倉由此得到的教訓？
⬇

- 徹底實施媒體對策。
- 積極利用媒體的力量，掩蓋自己低劣的住宅惡評。

現在指揮日倉房屋的是？
⬇

社長・緋倉明永 ― 父子？ ― 會長・緋倉正彥

飯村　那是在……我還在當木工學徒的時候，1980年代後半吧。

有人在傳日倉房屋社長的奇怪謠言，說他「年輕的時候曾經虐待女童」。結果可能是不實的傳聞，但電視跟雜誌都大肆報導，一般民眾都議論紛紛，也就是現在所謂的「甚囂塵上」。

輿論、風評是很可怕的，日倉的股價立刻跌停。這只能說一聲「可憐」了。就在這個時候，當時中部地方的競爭對手「美崎建設」趁機買進日倉的持股。在那之後十幾年，日倉都沒辦法重振起來。

經過這次教訓，他們學會了「在媒體面前，事實完全無力」。

栗原　在1980年代後半，由於媒體報導讓股價和信用都跌到谷底，公司幾乎經營不下去。當時的社長緋倉正彥必須打破這種僵局。那個時候他注意到了宗教。

當時日本燃起了空前的靈性熱潮，邪教非常盛行。

現在很難以想像，但當時奧姆真理教的麻原彰晃還上電視綜藝節目，大家都覺得他是明星。1995年他們發動了無差別恐怖攻擊之後，社會對他們的批評變得嚴厲，但至少在那之前，邪教被認為是「在時髦青年中流行的一種有點奇怪但很酷的東西」。

栗原　緋倉先生為了提升企業形象，開拓客源，創立教團，當成公司的秘密事業。

筆者　咦!?……那麼「重生聚落」是緋倉先生自己創建的嗎？

栗原　這麼想的話，很多地方都解釋得通了。

過了一會兒，舞台上出現了一個人。並不是教主御堂陽華璃。是一個穿著西裝，大約四十來歲的男子。

透著不悅的眉頭緊鎖，雙目凹陷，很有特色的鷹勾鼻。這個男人看著很眼熟。他是中部地方數一數二的建築公司「日倉房屋」的社長，緋倉正彥先生。

之前就聽過傳聞。「邪教組織『重生聚落』跟日倉房屋的社長有很深的關聯，他捐了鉅額的資金」……

栗原　不能被這篇文章騙了。只是出資者而已，不可能在舞台上對信徒演講，那樣置教團的顏面於何地。

緋倉先生能夠毫無顧忌地我行我素，是因為教團是他創立的。

筆者　……原來如此……

栗原　緋倉先生創立的教團，利用自己的妻子……也就是八重子小姐當教主。日本人自古

筆者　以來就有把身體殘障者當神明崇拜的慣例。

栗原　這種事在古書上看過，是真的嗎？

筆者　是的。日本各地都有「獨眼・獨腳・獨手」這些殘缺特徵神明的崇拜信仰。為什麼呢？很多民俗學者都分析，這是古人賦予天生殘障的孩子「神明」這個角色的結果⋯⋯

栗原　是這樣啊⋯⋯

筆者　其他也有以「侏儒能讓家族興旺」這種傳說而製作的大頭福神娃娃。人們在與眾不同的身體特徵上，發掘出神秘意義。從這方面看來，八重子小姐確實適合擔任「神明」這個任務。

栗原　

　　　傳聞說，聖母大人已經年過半百，但她臉上沒有什麼皺紋，黑色的長髮光澤豔麗。她的皮膚光滑有彈性，看起來起碼比半百年輕個十歲。

　　　右腿從腿根起就不見了，她以修長筆直的左腿支撐身體，文風不動地坐著。身上只披著白色的絹布，幾乎稱得上半裸。

　　　緋倉先生利用八重子小姐的體態和她的過往，創造出「重生聚落」的教義。

「讓出軌生下的孩子，在教主的子宮裡安眠，獲得救贖的教團」……緋倉先生與其說是企業家，不如去當小說家或是藝術家更合適。

筆者　被迫扮演教主的八重子小姐，到底是怎樣的感受呢？

栗原　這就不知道了。但不管她真心感受如何，本來就是因為人家替她還了債才被帶來的，可以想像她沒有權利拒絕。八重子小姐只能坐在神殿裡，說事先預備好的台詞。

──論幾次都可以。」

栗原　「如同各位所知，我生來是罪孽之子。罪孽的母親奪去我的左臂，然後為了拯救罪孽之子，我失去右腿。我會以此殘軀，拯救各位和各位的孩子。讓我們重生吧。無

「罪孽的母親」應該是指阿絹。阿絹身為女侍，跟有妻室的梓馬清親出軌。結果生下了聖母大人。然後她因為母親的疏忽失去左臂。

──「重生聚落」已經在1999年解散，第二年，「重生之館」也拆除了。

栗原　教團雖然獲得了一定的支持，但沒辦法長期持續。應該有各種理由吧。隨著奧姆真理教發動恐怖攻擊，邪教團體受到社會嚴厲的批評。包括笠原在內的一些信徒未能得到所謂的「救贖」，開始控訴教團「詐欺」。

九〇年代後半，日本經濟不景氣，民眾能夠花費在改建上的費用減少了。

只不過，更大的原因應該是日倉房屋已經不需要「重生聚落」了。

筆者　為什麼呢？

栗原　請看一下資料②「孕育黑暗的房子」。

──

飯村　輿論、風評是很可怕的，日倉的股價立刻跌停。（中間省略）

就在這個時候，當時中部地方的競爭對手「美崎建設」趁機買進日倉的持股。在那之後十幾年，日倉都沒辦法重振起來。

──

栗原　「在那之後十幾年，日倉都沒辦法重振起來。」……換句話說，**之後他們重新振作起來了**。為什麼日倉房屋能重振？理由就在資料①「沒有目的地的走廊」裡。

1990年1月30日　晨報

昨天29日下午4點左右，富山縣高岡市發生意外死亡事件。死者是住在該市的小學生春日裕之介（8歲）。裕之介小朋友在路上步行的時候，一輛卡車從建築工地倒車出來，撞倒了他。卡車上載運著建築材料。司機表示：「視野不好，沒有看見小男孩。」司機是美崎建設的員工……

栗原　員工在客戶的土地前撞死孩童，這是非常嚴重的事故。可能因為這件事，美崎建設的信譽一落千丈。在中部地方，美崎是日倉房屋最大的競爭對手。

筆者　競爭對手的業績下滑，日倉房屋再度奪回股份。

栗原　到那時，謠言應該已經逐漸被人遺忘了。而且，日倉房屋從過去的經驗中學到巧妙利用媒體的策略，東山再起只是時間的問題。業務回到軌道之後，「重生聚落」在公司裡的存在價值就漸漸降低，最後終於解散。

那麼，教團解散之後，聖母大人如何了呢？

栗原先生拿起資料④「捕鼠之家」。

資料④「捕鼠之家」
祖母為什麼跌下樓梯？

- 早坂詩織小姐小時候曾經應朋友「美津子」的邀請，去她家過夜。
- 美津子是「日倉房屋」社長的女兒。

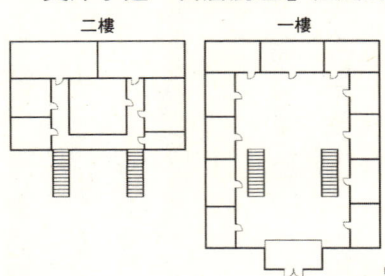

那棟豪宅是父親（社長）為美津子和祖母建造的。美津子的房間裡，有一座很大的書櫃。

早坂小姐在美津子去上廁所的時候，偷看書櫃裡面。

不知為何沒有兩人都喜歡的漫畫，早坂小姐覺得很奇怪。

那天晚上，美津子睡著之後，她又想窺探書櫃，但不知為何門鎖上了。

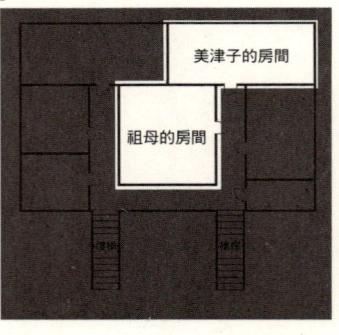

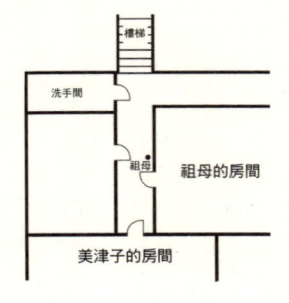

第二天早上，早坂小姐要去廁所，在走廊上碰到祖母。祖母腿腳不方便，用手扶著右邊的牆壁，踉蹌地往前走。早坂小姐想幫她但被拒絕，於是自己先去了洗手間。早坂小姐上完廁所，正在洗手時，祖母從樓梯上摔落。

早坂小姐的推理
⬇

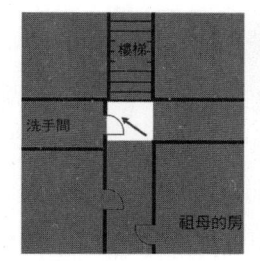

樓梯前面有一個沒有任何扶手的空間。祖母在那裡失去平衡，從樓梯跌落下去。

為什麼？
⬇

美津子深夜把祖母的「柺杖」藏進自己的書櫃裡。

結論
⬇

- 社長已經疏遠了在社內掌握權力的祖母，為了殺害她而建造這棟房子。
- 樓梯前面危險的空間是故意設計的。
- 然而因為祖母平時都用柺杖，因此「陷阱」沒有啟動。

啟動陷阱的是美津子
⬇

- 可能是受到父親（社長）的教唆，把柺杖藏起來了。
  ↳ 社長利用自己的女兒實行犯罪？
- 美津子是為了製造不在場證明，才請早坂小姐來家裡過夜。

祖母

栗原　從早坂詩織小姐的年齡反向推算,這件事發生在2001年。是教團解散後的兩年左右。

――――

早坂　房門一打開,就有一股甜甜的香味飄來。可能是在薰香吧。房間裡掛著畫,還有各種裝飾品。祖母坐在椅子上看書。她看起來年輕又漂亮,跟「祖母」這兩個字一點都不合。她穿著花朵圖案的外套,完全遮住雙腿的長裙,雙手戴著白色的手套。

栗原　早坂小姐在「美津子」家見到的高貴祖母,穿著完全遮住腿的長裙,雙手戴著白手套。很明顯地是在隱藏手腳。為什麼呢?她會不會是裝著**義手和義腿?**

筆者　這樣來說,這位祖母就是聖母大人了。

```
緋倉正彥 ─┬─ 八重子
          │
      緋倉明永 ─┬─ 妻子
                │
             美津子
```

社長・緋倉明永　　會長・緋倉正彥

栗原　緋倉先生和八重子小姐生了明永先生。明永先生是日倉房屋的現任社長。他的女兒是美津子。八重子小姐是美津子的「祖母」。

問題是，緋倉一家是怎麼看待八重子小姐的呢？

栗原的推理

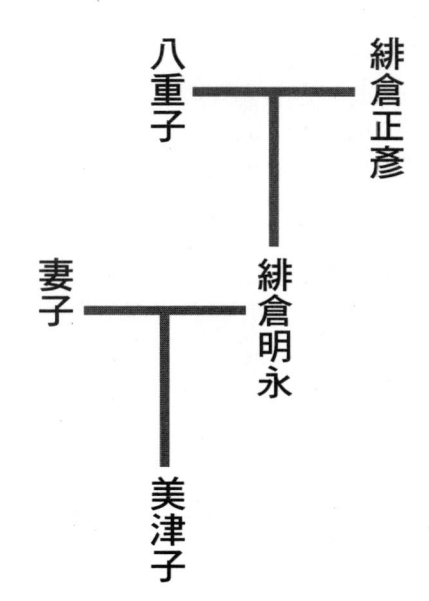

栗原

從平面圖就可以看出，八重子小姐的房間完全接觸不到外界。也就是說沒有窗戶。

那個時候奧姆真理教的案子才過沒幾年，邪教教團是社會抨擊的對象。「邪教教團的前任教主在家裡」，這對緋倉家的形象非常不利。然而，也不能隨便怠慢她。

一方面給她優渥的待遇，另一方面又將她藏起來不跟外界接觸。這個房間的構造正展現了她當時的處境。

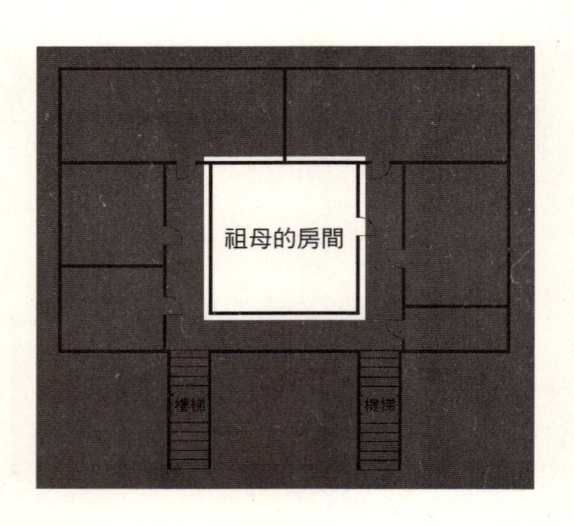

（圖：祖母的房間／樓梯／樓梯）

筆者　真是自私自利啊⋯⋯

栗原　即便置身於這種困境，八重子小姐還是平靜地生活著。只不過他們一家連這樣也容不下她。

八重子小姐墜樓身亡，早坂小姐是這樣推理的。

──

美津子半夜溜進祖母的房間，拿走柺杖藏在書櫃裡。清晨祖母醒來想上廁所，要拿柺杖，不知怎地卻找不到。

當時祖母心裡怎麼想的呢？洗手間離房間不遠，「不用拄柺杖也能去」，她應該輕易地這麼以為。

──

栗原　這個推理很不錯，但有個地方不對。

美津子藏在書櫃裡的不是祖母的柺杖，而是「義腿」。

筆者　啊⋯⋯原來如此⋯⋯

栗原　那個早上，八重子小姐尿急醒來。為了去洗手間，她必須裝上義手和義腿。但不知怎地**義腿不見了**。

無可奈何之下，她只好靠著一條腿去洗手間。

393　｜　栗原的推理

栗原 只要沿著左邊走，就不必通過「危險的空間」，但她只能從右邊走。因為她的左手是義手。用義手支撐身體很不放心吧。接下來發生了什麼大家都知道了。

筆者 果然……是明永先生教唆女兒美津子，把麻煩人物八重子小姐除掉了。

栗原 真的難以置信。家族企業很容易產生黑暗面。

洗手間

樓梯

祖母的房間

美津子的房間

假設

栗原　好了，到這裡大部分的事情都已經解釋完了。有什麼問題嗎？

筆者　平內先生的家……

筆者　這明顯是水車小屋增建而成的。是誰、又為什麼要做這種事啊？

栗原　可能是教團打算蓋成觀光景點吧。「聖母大人出生地」之類的。只有水車小屋太狹窄了，所以加蓋成能容納很多人的空間……我猜想是這樣。

——女性　大概是二十年前吧，有過大規模的工程。那棟房子不是兩層樓嗎？我搬到這裡的時候，只有一層樓。工程完成之後變成兩層樓，我記得自己還想著「加蓋了呢」。

栗原　然而在這裡開始運作之前，教團就解散了。房子沒法利用，於是加上廁所、廚房、浴室，當成民宅出售——還真會做生意。

在這之後，栗原先生請我吃晚餐，之後離開他的公寓。外面早已天黑。

我在走向車站的途中，整理栗原先生的推理。光是閱讀資料，就能夠推測出如此合理的故事，他的腦子真的太好了，我嘆服不已。

然而……

不知怎地，我心裡還是殘留著一股難以釋懷的疑惑。

我不覺得栗原先生的推理有錯。但是，我感覺他似乎漏掉了什麼。一個很重要的關鍵……

東想西想的當口已經走到了車站。我進入閘口前的咖啡店，再度翻閱資料。然後我在某份資料的某個地方，發現了在此之前沒察覺的小小矛盾。

我在進行這次採訪的時候……

為什麼會有矛盾呢？

為什麼呢？

思索了一會兒，我提出一個假設。

我把這個假設暫時擱置，將資料又看了一遍。不可思議的是，原本以為已經解決的幾個謎題，現在看起來完全不同了。

這些謎題一個一個連結起來，不知何時又構成了一個新的故事。

兒子

2023年2月28日 東京都中目黑

我在餐廳包廂等一個人。這個人不僅能解開一連串事情的真相,很可能還知道非常重要的事實。

包廂的門終於開了,他走了進來。身穿厚厚的運動衫和黑色長褲。當然啦,這是跟之前見面的時候完全不一樣的服裝。

西春滿先生……以前曾經住在安置樓的西春明美女士獨生子。

筆者 在您忙的時候找您出來,非常抱歉。

西春 沒事。店裡昨天和今天都休息。

筆者 咦?不是年中無休嗎?

西春 本來是這樣,但是最近媽媽的身體不好,常常沒有營業,客人都是衝著媽媽來的。

筆者 但是滿先生做菜的水準一流啊,應該有客人來吃飯吧?

西春 不敢當。媽媽雖然那麼說,但我做菜實在不怎麼樣。

筆者　沒有正式研習過，只看著市面上的食譜做的。考慮到媽媽的身體，我已經打算不做了。

西春　要把店關了嗎？

筆者　是的。不過就算想不做了，但以我這個年紀也找不到別的工作吧……

滿先生輕輕笑了一下。

之前去店裡的時候，我沒有注意到他的短髮已經花白，面容也很蒼老。

西春　那個，可以請問您今天是有什麼事嗎？

筆者　啊，不好意思。其實我有東西想讓滿先生看看。這是之前我去店裡打擾的時候從令堂那裡聽到的資料整理。大部分內容您應該也都聽見了，但我還是想請您過目一下。

滿先生翻閱著資料⑩「無法逃脫的公寓」，面無表情地看完了。

西春　您覺得如何呢？有沒有什麼跟事實不一樣的地方？

筆者　……「您覺得如何呢？」既然這樣問我，那就是有您覺得不對勁的地方吧。

筆者 ……是的，這個地方。

── 明美 這個呢……孩子們不在的時候，我們聊過自己的身世，她好像有很複雜的過去。

筆者 「孩子們不在的時候」……令堂確實是這麼說的。

但是這很奇怪。安置樓禁止出入，如果要出門，必須跟隔壁的鄰居交換孩子才行。

A女士出門的時候

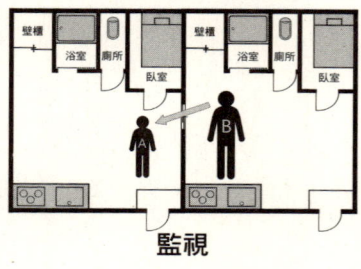

```
壁櫃  浴室 廁所  臥室      壁櫃  浴室 廁所  臥室
         [A]              [B]
         監視
```

↓

[A][B]
外出

B女士出門的時候

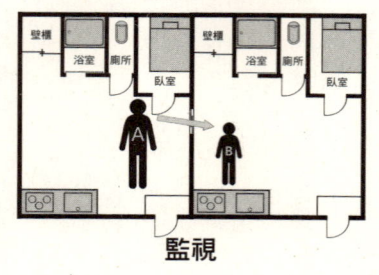

```
壁櫃  浴室 廁所  臥室      壁櫃  浴室 廁所  臥室
    [A]                      [B]
         監視
```

↓

[A][B]
外出

詭屋 2 | 400

筆者　也就是說，滿先生出門的時候，一定由八重子小姐陪同。反過來八重子小姐的女兒出門的時候，必須跟明美女士一起才行。

西春　**孩子們都不在的時間，長到能夠聊彼此的身世，這應該是不可能的。**

筆者　可能是去上廁所或是洗澡啊。

兩個人的孩子都同時去洗手間，並且待了很久不出來嗎？洗澡也是？而且，令堂是這麼說的──

──明美　他現在能獨當一面了。還記得他國中以前，非得跟我一起洗澡才行呢。

筆者　兩人離開安置樓的時候，滿先生九歲。也就是說，在安置樓的時候，你們一直都一起洗澡的。

西春　……

筆者　這樣的話，明美女士跟八重子小姐聊身世的時候，兩個人的小孩在哪裡、做什麼呢？我思考了一下，得到一個結論。如果錯了我很抱歉。在安置樓賣春的……**不是明美女士，是滿先生您吧？**

401 ｜ 栗原的推理

滿先生露出痛苦的表情，然後開始抽泣。他用低沉的聲音小聲說：

西春　媽媽……並沒有錯。

謊言

第二天，我再度前往梅丘的公寓。

栗原先生一面泡綠茶，一面說。

栗原　原來如此。那棟安置樓是**專門服務戀童癖的賣春場所**啊。

—— 客人都是每天晚上深夜過後才來。每個人都坐著高級的車子。安置樓的客戶

明美　都是有錢人。

筆者　一次要十萬日圓，以現在的行情來說也太高昂了。要付這麼多是有道理的。客人都是深夜才來，自然是因為買春違法，但更嚴重的是「兒童性交易」的事實要

是暴露就糟了。

——明美女士他們住的安置樓，原則上是不允許離開房間的。但是只要滿足某個條件，就可以外出。那個條件就是「交換孩子」。

筆者　「外出」這個制度對組織而言沒有任何好處，但是孩子們的健康和心情是需要維護的，畢竟他們是商品。

明美女士為什麼要說謊呢？

栗原　滿先生是這麼說的。

筆者　

「媽媽……並沒有錯。要是拒絕賣春的話，我們母子都會被殺的。真的沒有辦法……」

「媽媽在店裡招呼客人裝得很開朗，其實她不是那樣的人。現在每天晚上只剩下我們兩個人的時候，都還哭著跟我道歉。一直一直道歉。『阿滿，那個時候真對不起你。是媽媽不好，對不起。』已經持續幾十年了。」

「請原諒媽媽在接受採訪的時候說了謊。她是為了掩護我。『以前曾經賣過春』，她怕這種事情被別人知道，我會受到歧視。」

403 ｜ 栗原的推理

筆者　然後滿先生告訴我當時車禍的真相。

　　　滿先生和八重子小姐到市區的時候，滿先生是故意跑到馬路上去的。滿先生受不了每天晚上被強迫，痛苦得想自殺……他是這麼說的。

栗原　原來如此……

筆者　安置樓是兒童性交易場所的話，這段話的意義也改變了。

──　明美　當時有一個男人常常來找八重子小姐。

　　　他叫做「日倉」，說是建築公司的少東。那個男人迷上了八重子小姐，替她還清債務。當然他不是出於單純好心，他把她們母女一起帶走了。

栗原　緋倉正彥先生看中的，不是八重子小姐，而是她的女兒。

　　　八重子小姐的女兒當時十一歲。在網路上搜到的資料，緋倉先生現在七十歲，也就是當時他二十歲。年齡差九歲。以夫妻來說這個年齡差並不稀奇。

　　　我想，他們應該是等到八重子小姐的女兒長大成人後，才正式結婚的吧。

```
八重子 ─── 緋倉正彥
         │
    ┌────┴────┐
   女兒    緋倉明永（現任社長）
            │
         緋倉美津子
```

筆者 資料④「捕鼠之家」的美津子，是緋倉正彥先生和**八重子小姐的女兒**所生的孩子。然後現任社長緋倉明永，是美津子的哥哥。

栗原 八重子是美津子的外「祖母」這件事沒有改變就是了。

筆者 是的。這樣一來，1980年代後半吧。「日倉房屋社長年輕時曾經虐待女童」這個傳聞，絕非空穴來風。

―― **飯村** 那是在⋯⋯我還在當木工學徒的時候，1980年代後半吧。

有人在傳日倉房屋社長的奇怪謠言，說他「年輕的時候曾經虐待女童」。

405 ｜ 栗原的推理

筆者　他曾經花錢進行兒童性交易，然後把那個女童當成老婆……可能是傳出了這種消息。

栗原　這樣的話，讓妻子的生母當教主，創建邪教團體，緋倉先生算是冒了很大的風險。

筆者　是吧……不，即使撇開謠言不談，我還是覺得一家企業試圖透過邪教來獲利是很奇怪的事情。

栗原　……？

筆者　啊……不是，我當然不是要否定栗原先生的推理。事實上緋倉先生確實是「重生聚落」的幹部。

栗原　只是……那個，該怎麼說呢……我總覺得……雖然他是幹部，但也許並不是真正的首腦。

筆者　你是說，幕後主使另有他人……？

栗原　對。這只是我的推測……創立「重生聚落」的，是他的妻子……也就是**八重子小姐的女兒**。

筆者　……為什麼會這麼想呢？

栗原　請再讀一次這一段。

我打開資料④「捕鼠之家」。

早坂　她穿著花朵圖案的外套，完全遮住雙腿的長裙，雙手戴著白色的手套。

筆者　八重子小姐在家裡也用長裙和手套掩飾義手和義腿。更有甚者……

早坂　祖母手扶著右側的牆壁，朝樓梯的方向走去，好像隨時都會倒下。我覺得她的腿一定很不好。而且她還穿著那麼長的裙子拖著走，我擔心她會不會絆倒，急忙趕過去想扶她。
但是她拒絕了，說：「沒事的。我只是去一下那邊的洗手間。」但我總不能說：「這樣啊，那好吧。」於是我說：「我也要去洗手間，我們一起去吧。」我要幫她，但她又對我說：「不用擔心我，妳去吧。要是忍不住就糟了。」

筆者　早坂小姐完全沒有發現八重子小姐沒有左臂，裝著義肢。也就是說，八重子小姐那個時候**裝著義手，並且戴上手套掩飾**。
「想上廁所但是找不到義腿，只能用一隻腳支撐身體」，在這種急迫的狀態下，八重子小姐仍舊要掩飾自己身體的殘障。

她是不是對自己的身體有某種心理障礙呢？

明美 過了一陣子我才發現，她……沒有左手臂。好像是剛出生時就因意外失去了左臂。

筆者 就連住在隔壁的明美女士都花了一陣子才發現八重子小姐沒有左臂。可見得八重子小姐一定是極力隱瞞。她對自己身體就是感到這麼的羞恥吧。

右腿從腿根起就不見了，她以修長筆直的左腿支撐身體，文風不動地坐著。身上只披著白色的絹布，幾乎稱得上半裸。

筆者 這樣的話，在眾人面前裸露身體，對她而言應該是很大的屈辱。

筆者 而且，模仿她的形體建造的房子越來越多……簡直像是羞辱她一樣。

所以我想，「重生聚落」真正的目的，是不是為了惡意欺辱八重子小姐？

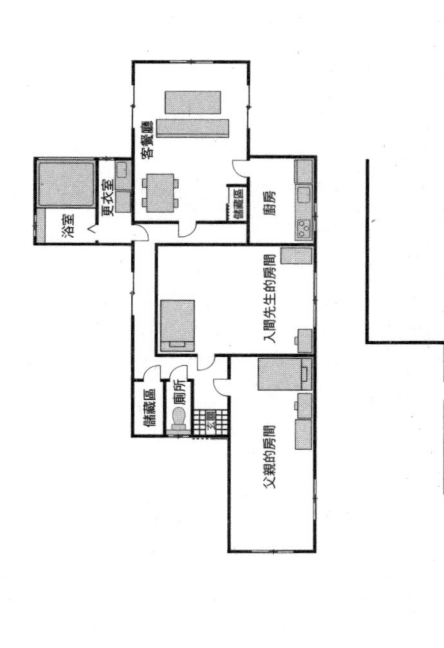

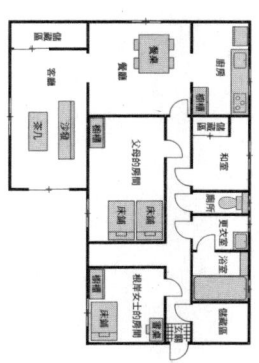

復仇

筆者 滿先生說他不怨恨母親。但是並不是所有人都跟他一樣寬宏大量。八重子小姐的女兒憎恨讓自己去賣春的母親,於是她為了報復母親,創立了「重生聚落」……或者該說是,讓她丈夫緋倉正彥創立教團。

栗原 但是為了這種個人的感情,能用公司的資金創立教團嗎?

筆者 我想緋倉先生應該無法違抗她。畢竟她手上握著緋倉「兒童性交易」的弱點。八重子小姐也是。她對女兒的罪惡感使她只能言聽計從。

栗原 兩個人都被她掌控了。

栗原先生慢慢啜飲綠茶。

筆者 聽到剛才那番話,我對自己**新的推論**有了自信。

栗原 新的推論……是什麼?

筆者 上次見面之後,我就一直在想八重子小姐憎恨養父母的理由。

明美　她是個被遺棄的孤兒。小屋什麼的……？好像是這麼說的。她被丟在森林裡的小屋裡，然後被人撿到。也就是說，她以為是父母的人，其實是養父母……我覺得這種故事很老套。她非常震驚，就離家出走了。「我到現在還恨養父母。」她說。

栗原　突然聽說自己是養女，應該非常震驚。但是離家出走，多年來一直積怨難消，的確有些過分了。

或許，養父母對八重子小姐說的內容不是「養女」這件事？想到這裡我想起了一段敘述。

你帶了資料③「森林中的水車小屋」嗎？

筆者　以防萬一我都帶了。

一隻死掉的雌性白鷺。一定是有人懷著惡意把牠關在裡面。牠出不去，就這樣餓死在這裡。看牠的樣子，應該已經過了很長的一段時間。羽毛都已脫落。**一邊的翅膀尖端沒了，屍體已經腐敗，暗紅色的液體流了滿地。**

栗原　「一邊的翅膀尖端沒了」這裡過於不著痕跡，以至於之前忽略了，但仔細想想還是很奇怪吧。

筆者　啊，的確如此。

栗原　編輯說這裡的雌性白鷺是「人類女性的暗喻」……我也有同感。這樣的話「一邊翅膀的尖端沒了」，就等於是**失去了一邊的手臂前端**，也就是「沒有手」。

宇季發現阿絹遺體的時候，阿絹**失去了一隻手**。理由在接下來的敘述裡有暗示。

―――――

那天晚上，我和叔叔嬸嬸一起吃過晚飯後，想問他們水車小屋的事。我心想小屋在離家不遠的地方，可能是叔叔家的產業，他們應該知道些什麼才對。

但是，就在我要開口的時候，裡面房間的嬰兒哭起來。叔叔他們著急起身。好像是手術後恢復得不好，嬰兒左臂關節化膿了。

栗原　看來宇季不知道嬰兒是在**水車小屋撿到的**。為什麼叔叔嬸嬸沒有把這件事告訴宇季？

筆者　……嗯……

詭屋 2 ｜ 412

栗原　或許那兩個人跟嬰兒有什麼不可告人的隱情。

筆者　不可告人的隱情……？

栗原　比方說……叔叔嬸嬸發現水車小屋的時候，**阿絹還活著**——之類的。

筆者　啊……

栗原　她抱著剛出生的嬰兒，跟兩人求助。那時候他們做了什麼？

筆者　難道是……？

栗原　從宇季的記述看來，他們倆沒有孩子。可能他們想要孩子，卻生不出來，在這種情況下，發現臨死的女性和剛出生的嬰兒，也許就起了歹念。

　　嚇人的場景在我腦中浮現。

　　宇季的嬸嬸想要搶走嬰兒。阿絹緊緊抓住嬰兒的左臂，不想讓孩子被搶走。嬰兒大聲哭叫。那個時候，叔叔手拿刀刃……比方說，伐木用的斧頭，朝阿絹的手腕劈下。兩人轉動水車，把阿絹關起來，然後逃離現場。

栗原　為什麼嬰兒的左臂必須截肢？有可能是因為阿絹的手雖然被切斷，但卻仍舊緊緊握著，導致長時間血流不通吧。

413 ｜ 栗原的推理

安息之地

栗原　這樣一來，**那棟房子**的解釋也隨之改變了。

栗原　水車小屋為什麼增建成這樣？之前我以為緋倉先生是想把水車小屋當成「重生聚落」的觀光地點，因此改建。但，也許並非如此。下令加蓋的可能是聖母大人。現在我是這麼想的——請看平面圖。

水車
齒輪
齒輪

415 | 栗原的推理

栗原　水車小屋左邊的房間……也就是**阿絹死去的地方**，用增建的方式將那裡包圍起來。

從這邊可以想像一下八重子小姐的心情，她一定十分疲倦了吧。

筆者　疲倦？

栗原　她的人生可說是波瀾萬丈。

聽到自己信賴的雙親說出令人震驚的真相，拖著獨臂的殘障身體獨自離家出走。結婚、生子、丈夫自殺、被關進山間、女兒每晚遭人侵犯、最後出了車禍，連右腿也遭切除。

女兒被大企業的少東包養，獲得地位和財產，但我想她仍舊不幸福。她一定每天都懷抱著對女兒的罪惡感，而「重生聚落」的創立，是進一步的打擊……那是女兒的復仇。

她被迫擔任教主，不想被人看見的殘缺身體被很多人看見了，有時還被辱罵成「騙子」，即便如此，她仍舊抱著對女兒贖罪的心意忍耐著。

後來終於可以卸任了，又被當成一家的包袱，關在連窗子都沒有的房間裡。她到底懷著怎樣的心情呢？

筆者　……真的難以想像。

栗原　八重子小姐對人生感到疲憊厭倦，可能只想**回到母親的身邊**。

—女性　大概是二十年前吧,有過大規模的工程。那棟房子不是兩層樓嗎?我搬到這裡的時候,只有一層樓。工程完成之後變成兩層樓,我記得自己還想著「加蓋了呢」。

—如果這是真的,那平內先生的房子,以前是沒有廚房、廁所和浴室的。那種地方不可能有人住。

栗原　她想把以前母親抱著自己的地方,像堡壘一樣圍起來,最後不讓任何人看見,在黑暗中沉沉睡去。

這可能是她為了自殺而建造的房子。

那一天，我在群馬縣高崎市的一個小站下車。

在公寓跟栗原先生討論過後，已經過了兩個月。冬天結束，風吹在身上感覺溫暖柔和。

在車站前搭乘公車，車程二十分鐘左右，到達了目的地。那裡有一間在市區裡的養老院。

我在門口等了兩小時，一位女士從裡面出來。她的短髮束在腦後，在養老院的制服外面披著一件外套。我出聲打招呼，她對我深深一鞠躬。

她胸前別著名牌。上面印著「緋倉美津子」。

犯人

我聽了栗原先生的推理，以為一連串的謎題事件都解開了。然而重新閱讀資料，我很在意一件事。

是誰殺害了八重子小姐？

栗原先生和早坂詩織小姐都認為「美津子」是受了父親教唆,因此啟動陷阱,然而我仍然無法釋懷。

十三歲的中學生,就算聽從父親的指使,難道真的就會乖乖幫忙殺人嗎?我非常想跟她當面談談,瞭解事情真相。

緋倉美津子小姐高中畢業後就離家獨立生活,在那之後跟家族和公司都完全沒有聯絡。我花了很長的時間打聽她的下落。透過人脈關係蒐集情報,這才終於發現美津子小姐在群馬縣當看護師。我覺得這份職業一定有很深刻的意義。

我透過電子郵件表達採訪她的意願,她一定覺得很奇怪。當然,一開始她拒絕了。我鍥而不捨,最後跟她說「我想知道八重子小姐去世的真正原因」,最後她提出了「在工作日的休息時間,在上班地點附近見面」的條件,答應接受採訪。

美津子　不好意思讓您久等了,一直都沒有機會休息。
筆者　沒關係。在您忙碌的時候佔用您的時間,真是對不起。
美津子　我們去那裡聊聊吧?

她轉向養老院對面的兒童小公園。今天是平日,一個小孩都沒有。我們過馬路走進公

419 ｜ 栗原的推理

園，在油漆剝落的長椅上坐下。我發現美津子小姐的手腕上有大片瘀傷。

美津子　今天早上，有個失智的爺爺硬拉著我不放。

筆者　不貼個貼布什麼的沒關係嗎？

美津子　這種事是家常便飯，要是每次都處理的話，就會裹成木乃伊了。

美津子好像開玩笑般笑道。

本來她身為緋倉家的長女，可以過著自由自在的生活，為什麼捨棄家庭，從事這種樸實的工作呢？

記憶

美津子　我上小學之後，發現自己的處境很奇怪。周圍的孩子們說的「家庭」，跟我們家有根本上的不同。當時我住在長野縣的一棟大房子裡，有爸爸媽媽和祖母，還有我哥哥明永，然後還有很多的傭人。
我爸爸溺愛哥哥，總是帶他去公司和其他各種地方。哥哥是聰明的長子，為了讓他繼承自己的事業，所以讓他四處體驗。我是女兒，也並不優秀，在家裡簡直就

是個透明人。

我母親總是關在自己房間裡，避免跟別人交流。就連我這個女兒都覺得她是大美人，但不知怎地總帶著一種讓人難以親近的氣場。我唯一親近的家人，只有祖母。

「八重子祖母」……我是這麼叫她的。我去她房間裡，她總會說：「美津子，怎麼啦？」然後陪我玩好幾個小時。

我想您已經知道了，祖母有義手。所以沒有辦法做複雜的動作，但畫畫啦、做紙氣球啦這種單手就能玩的遊戲，我們兩個會一起笑著玩耍，那是我唯一的慰藉。

美津子小姐眺望著遠方，輕輕嘆息。

美津子

雖然我被家人排擠，但有時候爸爸會用溫柔的聲音跟我說話。每當這種時候，他總是帶著昂貴的禮物，露出討好的笑容靠近我。然後他一定會「拜託」我什麼事。

那是我六歲的時候。父親帶著照相機來，妳要說：「有件事要拜託妳。下個星期天會有一個哥哥帶著一個大大的熊寶寶來跟我說：『上次我們全家去旅行，大家感情非常好』喔。」……事實上我從來沒跟家人去旅行過，感情也不怎麼樣，但是我被熊寶寶迷住了，就答應了他。

星期天的時候，有個男人帶著相機來家裡。那天母親很稀奇地打扮得漂漂亮亮，從房間裡出來了。父親、母親、我和哥哥四個人一起在鏡頭前擺姿勢，我努力地說了父親跟我約好的那些「謊話」。

那段影片後來在地方電視台的綜藝節目上播放。我當時覺得自己講得不錯，但在電視上看起來好像是在讀台詞一樣很不自然，但是大人們會覺得是「第一次接受電視採訪所以緊張的小女孩」吧。

「日倉房屋的小姐，是非常可愛的大家閨秀。雖然有點緊張，但在親愛的家人環繞下，活力滿滿地接受了訪問。」影片配上輕鬆愉快的旁白，我成功地被日倉房屋利用，成為提升公司形象的**吉祥物角色**。

在那之後，父親不時會來「拜託」我。每次我都在採訪時說謊，在鏡頭面前露出天真無邪的笑容。老實說，我有感覺到自己做的不是什麼好事，但只要不傷害任何人，就無所謂了……至少在那時我是這麼想的。

那個時候，父親臉上帶著不自然的笑容，「拜託」了我一件事。那跟平常的拜託不一樣，我不太清楚到底是什麼意思，糊裡糊塗地答應了。

改變一下話題,當時我們家有一位叫做「新井先生」的專屬廚師。他是個不苟言笑,不會討好雇主的大叔,但他做的菜非常好吃。有一天,我按照父親吩咐,在家裡人很多的時候說了這樣的話:

「上次新井叔叔叫我把衣服脫掉,摸我的身體。」

我記得全場瞬間就安靜下來⋯⋯第二天,新井先生就不來我們家了。我年紀雖然小,也隱約明白那是因為我的緣故。

我說的**那句話**,讓新井先生揹上不實的罪名⋯⋯想到這裡,我非常後悔。同時我也憎恨讓我這麼做的父親。

過了大概半年之後,父親又來拜託我了。是之前常有的「在鏡頭前說謊」。但是因為新井先生的事,我對父親起了反抗的心理,我假裝答應,然後背叛他。我在鏡頭前面說了實話。也就是我們家人感情一點也不好,也沒有一起出去旅行過。我第一次的反抗讓父親驚慌失措,臉色蒼白,顯得非常慌亂。看到他的樣子,我暗自得意,在心裡擺出勝利的姿勢。

只不過在此同時,不知怎地感到一股寒意。我旁邊有一道銳利的視線。是我母親。

那天晚上，晚餐吃的是燉牛肉，我非常喜歡這道菜，但味道有點奇怪，所以我只吃了一半。與其說是調味有問題，不如說是舌頭覺得刺痛不舒服。吃完飯刷牙的時候，我突然覺得頭暈，倒在地上把剛才吃的東西全吐出來了。接下來五天，我一直發高燒，上吐下瀉，在床上輾轉反側，非常痛苦。臥病在床的時候，祖母一直握著我的手。家裡只有一個人，也就是我母親。意外的是，連哥哥也來看我，父親替我請了醫生。

後來回想起來，晚餐的時候，替我端燉牛肉上來的傭人手微微發抖，其他的傭人也都低著頭，好像十分不安。一定是有人命令他們在我的碗裡加了什麼東西。不是我父親。他不會護著我，但懦弱平凡的父親，做不出毒害自己親生女兒這麼過分的事。

既然不是父親，那能命令傭人的，就只有母親了。

當時我並不知道母親利用父親，在暗地裡操縱日倉房屋。但是我知道家裡的人在跟母親接觸的時候，都像要討好她似地小心翼翼。唯一能跟母親唱反調的，只有長年在緋倉家工作的新井先生。

他離開後，就沒有人敢違抗母親了。

從那之後，美津子小姐每天都活在害怕下一次「拜託」會出現的日子裡。

美津子

到了上中學的年紀，我去群馬縣的女校就讀。學校是父親決定的，他專門在當地蓋了一棟房子給我住，祖母也會一起搬過去。我聽說的時候，雖然沒說出口，但心裡想著「這就是要把我們這些討人厭的傢伙打發掉」。我長大了，已經失去了日倉房屋吉祥物的利用價值。祖母也是……**那個時候**她已經卸任了。

離開雙親生活，但這並不表示能夠擺脫「被拜託」的恐懼。但跟在長野的家喘不過氣的生活比起來，還是輕鬆多了。

我在學校交到了新的朋友，是一個叫做「詩織」的女孩子。一開始是我先跟她搭話的。不知怎地我覺得跟她很親近。我可能是把那種孤孤單單、寂寞的表情，跟被家人排斥的自己重疊了吧。我們一起聊天，寫交換日記……那是我人生裡唯一的青春時光。我覺得這樣的日子能一直持續下去就好了。

但是……暑假快到的時候……有一天父親到家裡來了。

父親在我房間裡，帶著之前從未見過的扭曲笑臉說：

「美津子。有件事要拜託妳。下星期六早上,把祖母的義腿藏起來好嗎?」

那個時候,美津子第一次得知**家裡的秘密**。

美津子　一開始我以為是什麼惡劣的玩笑。但是父親帶著彷彿要哭出來的表情……好像在求我饒命一樣……我明白了事情的重要性。母親應該已經告訴父親,我如果拒絕他的「拜託」會有什麼後果了。

「不想這麼做」、「辦不到」,我在心裡不停地重複……但我要說出口的時候,當初在床上感受的痛苦浮現在心頭……無論如何都發不出聲音來。要是再度背叛父親……不對,**背叛母親**的話,這次一定會被殺吧。我真的非常害怕……

把我當成最垃圾的人吧。不管怎麼輕蔑我都沒關係……我明白的。我把自己的命跟祖母的命拿來比較了。

贖罪

美津子　動手的那一天,我邀請詩織到家裡來過夜。我想要有人陪在身邊。把朋友捲進這

種事來，真的太差勁了吧，但是我自己一個人實在承擔不住。

晚上我確認詩織睡著之後，偷溜出房間，到祖母房裡去，祖母也已經睡著了。我拿起她放在床邊膚色的塑膠義腿，躡手躡腳地要偷溜出房間。那個時候，背後傳來「沙沙」的聲音，好像是被褥摩擦的聲音，嚇得我動也不敢動。我不敢回頭，呆呆地站了一會兒，之後沒有任何聲音，我心想「應該是睡著翻身而已」，就放心回到自己房間了。

我把義腿藏在書櫃裡，上鎖，回自己床上躺下，心情漸漸平靜下來。然後……我終於正視現實。

那個無可否認的現實是：**我正在試圖殺害祖母**。眼淚在恐怖和罪惡感浮現之前就滾滾落下。

我被家人排斥，唯一對我好的就是祖母。和我一起畫畫，一起折紙氣球，一起開心地笑的是祖母。我痛苦的時候，一直撫握著我的手的是祖母。這樣下去，我最喜歡的祖母就要……我就要失去唯一的家人了。

我下床打開書櫃的鎖，然後……我把義腿放了回去。

筆者

啊……？

美津子

我去祖母的房間，把義腿放在床邊，然後回自己房間，感覺很神奇。

我又背叛了母親。接下來不知道會發生什麼事，但我並不害怕。可能是我以自己

的意志守護了祖母,覺得很開心吧。這是我第一次明知會有危險,還是保護了別人。我沉浸在飄飄然的感覺中,進入夢鄉。

美津子放在膝頭的手緊握成拳。

美津子 但是您也知道,祖母還是出事了。就跟我母親的計畫一樣,跌下樓梯摔死了。很奇怪的是,**祖母沒有裝義腿**。我看到的時候心想:

「是祖母保護了我。」

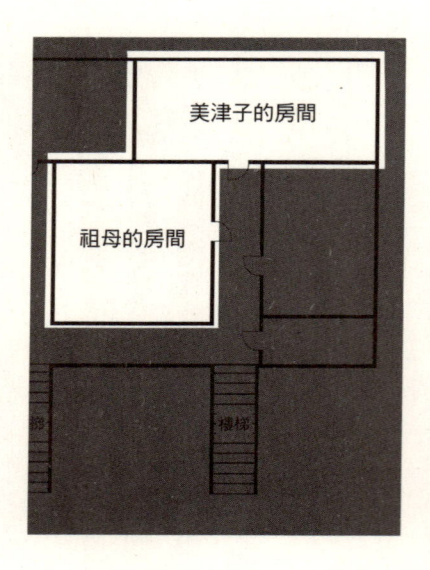

（圖：美津子的房間、祖母的房間、樓梯）

美津子 我的房間和祖母的房間隔著一道牆壁,她一定是聽到父親說的話了。不對……應該說是父親為了讓她聽到,故意在我的房間「拜託」的。那不是拜託我,而是拜託祖母。要是違背了命令,失敗的話,孫女不知道會有什麼遭遇。所以……請妳去死吧……這樣。

祖母為了保護我,故意跌下樓梯……我是這麼想的。

葬禮那天,一直到撿骨的時候,我都一直在心裡說「對不起」。

從美津子小姐的話中,可以體會出她對八重子小姐的感情有多深厚。但是不知道為什麼,我覺得她的語氣實在過於平淡。

美津子 葬禮結束,回到家的時候,發現了一件不可思議的事。義腿不在祖母的房間裡。我知道祖母去世的時候沒有裝義腿。這樣的話,義腿應該在房間裡。我四下尋找,但卻找不到。那個時候我察覺了一個嚇人的可能性。

我急忙回到自己的房間,想打開書櫃。但是打不開……書櫃門是鎖著的。我打開書桌抽屜裡的筆盒,拿出鑰匙,戰戰兢兢地打開書櫃。膚色的橡膠義腿就在裡面。我瞬間渾身發冷。只有我知道書櫃的鑰匙在筆盒裡。因此,鎖上書櫃的……也就是說,把義腿藏進書櫃裡的,只有我。

筆者　這是怎麼回事？

美津子　我一定**沒有把義腿放回祖母的房間**。之前那些，是我作的夢。

——我沉浸在飄飄然的感覺中，進入夢鄉。

——我又背叛了母親。接下來不知道會發生什麼事，但我並不害怕。可能是我以自己的意志守護了祖母，覺得很開心吧。這是我第一次明知會有危險，還是保護了別人。

美津子　我貪生怕死，決定殺害祖母，我不願意承認自己這麼軟弱無恥，「要是能這樣就好了」、「要是我是這種人就好了」……把這種願望投射到了夢境裡。我把現實跟夢境混淆了。

我不知道您想聽到怎樣的答案。

但是……祖母是我殺的。

美津子小姐站起來，轉身背對我。

美津子　我逃出緋倉家，因為我沒辦法再忍耐天天提心吊膽，擔心下一次「拜託」什麼時候會來的日子。高中畢業我就離家了，一面打工一面去上護校。

我選擇看護師這個工作……大概是因為希望獲得寬恕。

她撫摸自己手腕上的瘀傷。

美津子　今天特地請您在工作日的休息時間過來，是想讓您看見我當看護師的樣子。我想讓您認為「她非常後悔被父母強迫殺害祖母，為了贖罪才選擇待在這麼辛苦的環境裡，努力地工作著」。

但是現在，在講述過去一切時，我終於明白了。

我只是裝出被害者的樣子，想逃避罪責而已。

您的調查報導要怎麼寫我都無所謂。

美津子小姐走向養老院，我只能無言地凝視著她的背影。

全書完

作　　者		雨穴
裝幀設計		Kouichi Tsujinaka（Œuf inc.）
譯　　者		丁世佳
總 編 輯		莊宜勳
主　　編		鍾靈
出 版 者		春天出版國際文化股份有限公司
地　　址		台北市大安區忠孝東路4段303號4樓之1
電　　話		02-7733-4070
傳　　真		02-7733-4069
E－mail		bookspring@bookspring.com.tw
網　　址		http://www.bookspring.com.tw
部 落 格		http://blog.pixnet.net/bookspring
郵政帳號		19705538
戶　　名		春天出版國際文化股份有限公司
出版日期		二〇二五年八月初版
定　　價		530元
總 經 銷		楨德圖書事業有限公司
地　　址		新北市新店區中興路二段196號8樓
電　　話		02-8919-3186
傳　　真		02-8914-5724
香港總代理		一代匯集
地　　址		九龍旺角塘尾道64號 龍駒企業大廈10 B&D室
電　　話		852-2783-8102
傳　　真		852-2396-0050

春日文庫 173

詭屋2 11張平面圖
変な家2 〜11の間取り図〜

詭屋2　11張平面圖/雨穴作;丁世佳譯. -- 初版. -- 臺北市：春天出版國際文化股份有限公司, 2025.08-
　冊；　公分. -- （春日文庫；173-）
譯自：　変な家2　〜11の間取り図〜
ISBN　978-626-7735-45-9(第2冊　：　平裝)

861.57　　　　　　　　　　　　　　114009227

版權所有・翻印必究
本書如有缺頁破損，敬請寄回更換，謝謝。
ISBN 978-626-7735-45-9
Printed in Taiwan

HENNA IE 2 11 NO MADORIZU
Copyright © Uketsu 2023
Chinese translation rights in complex characters arranged with ASUKA SHINSHA, INC.
through Japan UNI Agency, Inc., Tokyo